人民日报散文
精粹版

人民日报文艺部／主编

人民日报出版社

·北京·

图书在版编目（CIP）数据

人民日报散文：精粹版 / 人民日报文艺部主编 .
北京：人民日报出版社．2025.5. -- ISBN 978-7-5115-
8413-7

I . I267

中国国家版本馆 CIP 数据核字第 2024NG2342 号

书　　名：人民日报散文（精粹版）
RENMIN RIBAO SANWEN（JINGCUI BAN）

主　　编：人民日报文艺部

责任编辑：毕春月　刘思捷
封面设计：金　刚

出版发行：**人民日报**出版社
社　　址：北京金台西路 2 号
邮政编码：100733
发行热线：（010）65369527　65369846　65369509　65369512
邮购热线：（010）65363531　65363527
编辑热线：（010）65369521
网　　址：www.peopledailypress.com
经　　销：新华书店
印　　刷：北京盛通印刷股份有限公司
法律顾问：北京科宇律师事务所　（010）83622312

开　　本：880mm×1230mm　1/32
字　　数：264 千字
印　　张：12.125
版次印次：2025 年 5 月第 1 版　　2025 年 5 月第 1 次印刷

书　　号：ISBN 978-7-5115-8413-7
定　　价：68.00 元

如有印装质量问题，请与本社调换，电话：（010）65369463

人民日报散文
精粹版

目录

沸腾了的北平
——记人民解放军的北平入城式

刘白羽

❋ 这时虽然暮色苍茫，可是整个北平还到处充满愉快的歌声。北平是真正沸腾了。

　　二月三日，人民解放军举行了解放北平的入城仪式。装甲部队、炮兵、坦克部队、骑兵、步兵，一路从南面永定门入城，另一路由西北面西直门入城，会合之后向南走，由西长安街转和平门，向西，出广安门，这浩浩荡荡的行列，从上午十点到下午四点钟，前头已经出了和平门，后头还在向永定门拥进。

　　这天，从早晨起，人民就一群群一队队地，向前门广场拥去。九时半，林彪将军、罗荣桓将军、聂荣臻将军、叶剑英将军，出现在前门箭楼上。这时候，前门广场上，人民的行列像海洋，各色各样，红的白的，猎猎飘动的旗帜，就像翻腾的海浪。人们高举着自己热爱的领袖毛主席和朱总司令的巨像。工人、学生、职员、教授，各式各样的人都来了。人们向前挤，向前挤。结彩的火车头开进了东车站，载着好几千平汉路工人，从远远的长辛店赶来。丰台的铁路员工也拥进了欢迎的行列，汽车厂、机械厂等等九个工厂的工人，摘去了帽子上带有国民党党徽的帽花。一个燕京同学说："我三点半天没亮就起来了。"

十时，四颗照明弹升上了天空，庄严隆重的入城式开始了。远远地从北面，从前门那边，黑压压的一片人迎上前来，前面一面欢迎大旗迎风飘舞；从南面，人民军队的头一辆带队的装甲车，摇着一面红色指挥旗，朝着欢迎的人群开过来，随后是高悬毛主席、朱总司令肖像的四辆红色胜利卡车，满载着乐队，铜管乐器金光闪闪，吹奏着雄壮的进行曲。装甲车部队一条线似的接在后面。在珠市口一带，部队与欢迎的行列相遇了，欢迎的行列在左面，部队在右面，欢呼雷动。招手呀！呼喊呀！多少人激动地流下了眼泪。光荣呀！只有人民的军队才能得到这样的光荣。人群拥上来了，高呼着"万岁！"他们跑进了解放军行列里面，队伍都不好向前走了。欢迎的群众在装甲车上写："你们来了，我们大大快乐！""真光明啊！""同志们！加油呀！彻底消灭国民党反动派呀！"——队伍陆续向前门广场前进。

十二时，人群里起了一片欢呼声，人民的英雄炮兵出现了，绿色道奇卡车牵引着戎防炮、高射炮、化学迫击炮、美式十五生的榴弹炮、日式十五生的榴弹炮、巨大的加农炮，一辆接着一辆。这里面有从辽西，从沈阳缴获的几个美国装备的重炮团。看啊！人民是多么喜爱自己的武器：一门巨大的榴弹炮上面，骑着一个北平的小孩子，他骄傲地高举着手里的旗子笑着过去了。另外几门榴弹炮被人们写上了："瞄准蒋介石呀！""送给四大家族每人一颗呀！"十生的巨型加农炮上，一个胸前挂了奖章的英雄炮手，和一个穿绿衣服的邮政工人抱在一起。随后驶过的另一门大炮上站着五六个女学生。还有一个商人站在炮座上挥手高呼"解放军万岁！"箭楼上，检阅这一英雄行列的林彪将军，庄严而亲切地注视着每一辆炮车，注视着人民的狂欢。箭楼下，庆祝解放联合会的扩音车，领导着唱起"我们的队伍来了！""我们的队伍来了！"开麦拉轧轧地响。数也数不尽的炮车，从欢呼的人们身边奔驰过去，两旁锣鼓喧天，人们扭起秧歌舞来，左面是清华，右面是燕京。他们唱呀，舞呀。有的化装作蒋介石、宋子文、孔祥熙、宋美龄，在人民部队强大的威力面前，显出各种狼狈的丑态，这是历史的真实反映，人民的爱与憎在这里明白地显现出来。

　　一时十分，突然谁发现了前门牌楼旁边冒起了青烟。喊了声"我们的坦克来了！"一阵坦克轰隆隆的声音传了过来，第一辆坦克从远而近，一个青年学生挥着两只手，站在坦克的炮塔上，狂热地喊"万岁！""万岁！"每个坦克上飘着一面红旗。人群里激起一片欢呼，有的欢喜得流出泪，也忘了擦。戴着无沿皮帽子的坦克手，从坦克塔里露出上身，向人民挥手、微笑、敬礼。坦克部队后面是摩托化警卫部队，卡车上一色绿的钢盔，雪亮的刺刀。一位白发苍苍的老人，看得高兴，笑着喘了口气说："这口气可喘过来了！"另外一位说："我们老百姓有了这样强大的武装，任何反动派也不许他再欺负我们了。"

　　这时，一片"东方红，太阳升……"歌声响彻天际。远远好像一片麦浪波动，近来一看原来是戴着皮帽子的人民骑兵来到了。人们叫呀，鼓掌呀，把五彩的纸旗都抛上天空。的哒的哒的马蹄踏着柏油马路，那样整齐、雄壮，骑兵们手上的马刀闪着寒光。骑兵后面就是英雄的步兵。三时，作为前导的军乐队一出现。人民的欢腾达到了顶点的时候了。英雄的部队一支从永定门进城，一支从西直门进城，一个是被敌人称作"暴风雨式的军队"，一个"塔山英雄部队"。在一九四六年冬季，那天空似乎是黑暗的时代，他们在长白山下四保临江，并肩作战。这两支英雄部队从艰难到胜利，在这里得到了人民的热爱、狂爱，这是解放军的光荣，也是中国人民的夸耀。战士们在千万只热爱的眼光下前进。一个胸前挂着六个奖章的战斗英雄，被人们热烈地围着、拉着。一个女学生跑上去摸摸那个光荣的毛泽东奖章。这时，欢迎的人们已经站了整整一天，忘记了寒冷，忘记了饥饿，依恋地舍不得这些英雄，他们与行进的队伍汇合起来，高唱"我永远跟着你前进"，昂然通过一向为帝国主义禁地的东交民巷。

　　将近下午五时的时候，夕阳照进了广安门，在高大的城门前有无数人群欢送钢铁机械部队。在驶行一整日的战车上、坦克上，飘闪着无数小红旗，战士们手上还捧着人民献给他们的一束束鲜花，这时虽然暮色苍茫，可是整个北平还到处充满愉快的歌声。北平是真正沸腾了。

《人民日报》
1949年2月18日
第4版

我热爱新北京

老舍

❋　北京解放了，人的心与人
的眼一齐见到光明。

北京是美丽的。我知道，因为我不单是北京人，而且到过欧美，看见过许多西方的名城。假若我只用北京人的资格去赞美北京，那也许就是成见了。

我知道北京美丽，我爱她像爱我的母亲。因为我这么爱她，所以才为她的缺点着急，苦闷。我关切她的缺欠正像关切一个亲人的疾病。是的，北京确是有缺欠。那些缺欠是过去的皇帝、军阀与国民党政府带给北京的。他们占据着北京，也糟踏北京。

在过去，举例说吧，当皇帝或蒋介石出来的时候，街道上便打扫干净，洒上清水；可是，他们的大轿或汽车不经过的地方便永远没见过扫帚与水桶。达官贵人住着宫殿式的房子，而且有美丽的花园；穷人们却住着顶脏的杂院儿。达官贵人的门外有柏油路，以便疾驶他们的汽车；穷人的门前却是垃圾堆。

一九四九年年尾，我回到故乡北京。我已经十四年没回来过了。虽然别离了这么久，我可是没有一天不想念着她。不管我在哪里，我还是拿北京作我的小说的背景，因为我闭上眼想起的北京，是要比睁着眼看见的地方，更亲切，更真实，更有感情的。这是真话。

到今天，我已在北京住了一年。在这一年里，我所看到听到的都证明了，新的政府千真万确是一切仰仗人民，一切为了人民的。只就北京的建设来说，证据已经十分充足了。让我们提出几项来说吧：

（一）下水道：北京的下水道已年久失修，每逢一下大雨，就应了那句不体面的话："北京，刮风是香炉，下雨是墨盒子。"北京人民政府自从一成立就要洗刷这个由反动政府留下的污点，一方面修路，一方面挖沟。我知道，在十几年抗日与解放战争之后，百废待举的时候，政府的财力是不怎么从容的。可是，政府为了人民的福利，并不因经济的困难而延迟这重大的任务。各城的暗沟都挖了，雨水污水都有了宣泄的路子。北京不再怕下雨；下雨不再使道路成为墨盒子。

最使我感动的是：这个为人民服务的政府并不只为通衢大路修沟，而是也首先顾到一向被反动政府所忽视的偏僻的地方。在以前，反动政府是吸去人民的血，而把污水和垃圾倾倒在穷人的门外，教他们"享受"猪狗的生活。现在，政府是看哪里最脏，疾病最多，便先从哪里动手修整；新政府的眼是看着穷苦人民的。

在北京的南城，有一条明沟，叫作龙须沟。多么美的名字啊，龙须沟！可是，实际上，那是一条最臭的水沟。沟的两岸密匝匝地住满了劳苦的人民，终年呼吸着使人恶心的臭气。多少年了，这条沟没有人修理过，因为这里是贫民窟。人民屡次自动地捐款修沟，款子却被反动的官吏们吞吃了。去年夏初，人民政府在明沟的旁边给人民修了暗沟，秋天完工；填平了明沟。人民怎样的感戴是可以想象到的。我亲自去看过这条奇臭的"龙须"，和那新的暗沟，并且搜集了那一带人民的生活情形，与他们对政府给他们修沟的反映，写成一出三幕话剧，表示我对政府的感激与钦佩。这话剧或者将在北京解放二周年纪念日演出。

（二）清洁：北京向来是美丽的，可是在反动政府下并不处处都清洁。是的，那时候人民确是按期交卫生费的，但是因为官吏的贪污与不负责，卫生费并不见得用在公众卫生事宜上。现在，北京像一座古老美丽的雕花漆盒，落在一个勤恳的人的手里，盒上的每一凹处都收拾得干干净净，再没有一点积垢。真的，北京的每一条小巷都已清清爽爽，连人家的院内也没有积累的垃圾，因为倾倒秽土的人员是那么勤谨，那么准时必来，使人们都愿意逐日把院里和院外收拾清楚。美丽是与清洁分不开的。以前，只为北京的美丽我已感到骄傲，现在我又多了一分骄傲，看，这人民的古城也多么清爽可喜啊！我可以想象到，在十年八年以后，北京的全城会成为一座大的公园，处处美丽，处处清洁，处处有古迹，处处也有最新的卫生设备。

（三）灯水：北京，在解放前，夜里常是黑暗的。她有电灯，但灯光是那么微弱，以至于似有若无。而且，时时长时间的停电。政治的黑暗，使电灯也无光。那时候，水也是那样：夏天水源枯竭，便没有水用；即在平日，也是有势力的拼命用水，穷人住的地带根本没有自来水管。他们须喝井水。这七百年的古城，在反动政府的统治下，灯水的供应似乎还停留在七世纪前的光景。

北京解放了，人的心与人的眼一齐见到光明。北京的电灯，由于电厂有了新的管理法，由于工人的进步与努力，真像电灯了。工人们保证不缺电，不停电。这古老的都城，在黑夜间，依然露出她的美丽。那金的绿的琉璃瓦，红的墙，白玉石的桥，都在明亮的灯光下，显现出最悦目的颜色。而且，电力还够供给各工厂的，使北京也会生产啊！同样地，水也够用了。而且就是住在龙须沟的人们也有了自来水吃啊。

我爱北京，我更爱今天的北京——她是多么清洁，明亮，美丽！我怎能不感谢毛主席呢？是他，给北京带来了光明，和说不尽的好处啊！我只提到下水道与灯水什么的，可是我的感激是无尽的，因为我在这里所提到的不过是新北京建设工作的一部分啊。

《人民日报》
1951年1月25日
第3版

人民日报散文（精粹版）

归来

徐迟

✳ 十年，整整十年，没有看
见你了！整整十年，没有在你
的怀抱中了。现在我回来了。

　　山城重庆，重重叠叠的屋宇。它披着一层薄纱似的轻雾，美
丽得像在画中一样！在它的背后，耸起了多么熟悉的山峰和山峰
上一圈花边似的淡淡的树木剪影。多么熟悉，因为曾经朝夕相对
啊！轮船渐渐驶近了朝天门，却又一个拐弯，进入秀丽的嘉陵江。

　　一连几天在船身震动之中的乘船人，终于感到船停止它的震
抖了。出现了一种奇异的安静。然而，这安静并不长久。另一种
震抖传动而来。我全身感到了这震抖，我成了一根被拨动的琴弦。
十年，整整十年，没有看见你了！整整十年，没有在你的怀抱中
了。现在我回来了。

　　一辆车已在码头上等候我们。我们穿过一条新辟的马路，经
临江门一带，疾驰前进。我又认得又不认得重庆的街道了！重庆

的街道啊，我多么愿意下车来，停留在街头，细细看你，摸你。在这里我们曾度过了我们的历史中最艰苦的年头。难道不是在这里，我们半夜惊跳起来，把睡得香甜，连警报汽笛也唤不醒的孩子粗暴地摇醒，然后挎着包，提着箱，跟跄奔进防空洞；难道不是在这里，美国兵坐在吉普车里横冲直撞，奴颜婢膝的国民党西崽向他们打躬作揖，而我们用以维持生活的，我们口袋里的钱币却每时地被一种奇怪的妖法盗窃了去？难道不是在这里，除了太阳给我们一个影子之外，反动统治者也给了我们一个尾随不舍的魔影——我们在这里被折磨过，被侮辱过！

然而，现在不用说这一切了。你已经完全变了样，变得使游子归来，都不认识自己的家园了。

头一天晚上，朋友们招待我去重庆市川剧院看戏。我正听着抑扬的高腔音乐，突然从舞台和剧场的某些暗示中发现了：这可不是"青年馆"吗？是的，这正是当年的"青年馆"。记忆立刻涌了上来。在这台上，有人曾朗诵过"狂人日记"，马思聪曾弹奏过他的"剑舞"，大乐队曾以贝多芬的"英雄"祭奠过罗曼·罗兰老人，郭沫若先生曾站在那个失地千里的何应钦面前，痛骂了他几个小时。骂一句，台下鼓一次掌。而且，就是在这台上，十年前，在《双十协定》签订前夕，毛泽东主席曾经大声疾呼地呼吁和平，他说："和为贵。"

第二天，我一清早就去寻找故居，没有想到所在地已变成一个公园，原来是草堂，现在矗立着一座楼房。我访问了张家花园，战时的作家协会，不能相信我们的作家曾住过这样破烂、这样湫隘的房子。我寻找紫薇村，没有找到，寻找红球坝，发现从前的一片菜园上，布满房屋，成为热闹的市区。我寻找大田湾，突然发现我已回到人民礼堂那天坛似的大建筑物面前了。在这里耸起宏伟的三层翠绿的圆顶，它在一刹那之间改变了山城的面貌。

我到处寻找，寻找沧白堂前的砖头，较场口的血迹和泪痕。博物馆派来的女同志，带领我们参观曾家岩五十号。我们曾在它的楼下听过政治报告，在小屋中看过秧歌舞剧。可是，这是多么奇怪的一幢房子啊！中国共产党的领导同志和国民党特务同住在一个屋顶下面。在二楼，周恩来和董必武同志的两间卧室之旁，特务占了五个房间。当年的斗争是多么激烈，敌人已搜入到这座房子里来了。可是，现在，我们站在五十号的大门口，照起相来了。

重庆，有多少可回忆，可纪念的事物啊！可是，两天后，怀旧的心情很快消失。满眼是新事物。第三天，就觉得这种心情有点迂。第四天，我自己也简直不能忍受它了！

滑竿没有了。人力车也看不见了。电车满城飞，爬坡比起汽车来还快。缆车上上下下，往来于两路口菜园坝之间。菜园坝车站是四十年愿望的终点，成渝路的起点。现在，人们正在等待着宝成路通车的佳音。川黔路已经在兴建之中，将要跨越长江和嘉陵江的两座江桥开始钻探了。山城重庆还将是我国最早修建地下铁道的一座城市，一条地下铁道线从牛角沱通往大溪沟，另一条线从菜园坝通往朝天门。让我们采大理石来修造车站，用最美丽的名字给它们命名。

美丽的城市啊！我曾从朝天门出发，穿过繁荣的市区，到两路口参观体育馆，然后经过大坪，向着杨家坪而去。新建的一排排的工人宿舍，洁白的墙，绿的窗户，门前的小花圃，新建的电影院。

未来的重庆正在这里劈开山头填平山谷，建设起来。我们又从这靠长江的一面横插到嘉陵江的一面去，于是看到了沙坪坝、磁器口的一片巨大的市区。一处是工业区，另一处是轻工业和文化区。

伟大的城市啊。一条宽阔的沿江码头将要像腰带似的怀抱这座山城。三峡水库将水位提高后，从上海来的万吨大轮船将要泊在这拥有一切现代化设备的大港。围绕着重庆钢铁公司的将是许多机器制造工业。重庆还是一座巨大的煤炭工业之城。蕴藏在长江和嘉陵江水波里的巨大的电力，则将推动这些工业。

富饶的城市啊！多少果树迎着阳光？多少果实使枝头下垂？去年的广柑还没有吃光，今年的又挂在树上了！为什么大自然对这里如此厚道？这里用不到绿化，四季都是绿的。绿化在这里只是绿的规划化：这几座山是广柑，那几座是柚子，等等。

看啊，百花满地，蝴蝶满园。还不知是蝶多，花多？还不知是花多，蝶多？看啊，四只抖动的蝴蝶在争夺一朵西番莲的花蕊。山城的气候特点使山城的花比哪儿的花更香，这儿是我们的一个香水工厂所在地。

夜晚，站在枇杷山公园的高处往下望，山下是几十万家灯火。你可以用一张黑纸，在上面刺着无数针眼，然后放到灯前看一看，这就是夜重庆，而我是回来了。

《人民日报》
1956年7月4日
第8版

天安门前

沈从文

❋ 天安门成了人民争取持久
和平的象征，共同努力走向幸
福美好生活的象征。

近几年来，我因工作关系，无论风晴雨雪，每天早晨、晚间
都得进出天安门几次。可是试想拿起笔来写写天安门，倒不知从
何说起了。

三十年前到北京来观光的人，在城郊各处都常有机会看见成
串的骆驼队伍，从容不迫地在灰尘扑扑的道路上前进。每只骆驼
背上必驮载两大袋杂粮或煤块。末尾照例还有只小骆驼押队，颈
脖下悬个筒子形大铁铃，走动时当当地响。这些铃铛大致是世代
相传，经历了许多年月风霜，声音有些已经哑沙沙的了。若机会
凑巧，还可看到一种用两只骆驼组成的驼轿，一前一后斜斜地排
着，抬着个大木轿笼，摇摇晃晃地走着，它也许正从蒙古国、热
河长途远道前来，恰好停顿在城外一个店铺前边。那店铺门口屋

檐前挂有一块"某某镖局"的招牌。原来《七侠五义》《小五义》中提起的镖客，还有人在继承事业，又还有主顾上门求教。这个古老城市里，当时就还留下许多这类古老社会的标本。有的属于两百年前的，有的属于七八百年前的。骆驼队本来是沙漠中的舰队，在市中心的天安门前发现时，就更加显得这个城市的古老。当时北京电车开行还不多久，若遇骆驼队伍横贯马路时，电车司机照规矩还得暂时停车，等待一会儿，像是人人都得承认这是八百年前北京建都以来的成员，对待它们应当表示一点客气或尊重。

在天安门前的，还有青年学生、工人、市民，在这里举行示威游行前的集会。"五四""三一八""五卅""九一八"……除了这些大的登报上书的集会以外，还经常有小规模的，每次虽然不过两三千人，或七八百人，已使得旧军阀官僚感到头疼心烦不好办。因此天安门前有一时曾经各处都种满了白丁香和黄刺玫，不知道的还以为军阀官僚在美化旧都，事实上原来只是有意把广场面积缩小，消极防止爱国青年的示威活动。

三十年来，北京城经历过了许多重大事变，终于解放了。天安门成了人民争取持久和平的象征，共同努力走向幸福美好生活的象征。每逢节日，几十万群众集会游行已成平常事情。时代不同了，骆驼队伍再不容易在这里出现了。现在什么人想看看这种神气庄严、体魄壮伟、耐劳负重的生物，大致得到南口居庸关一带，才有机会偶然碰上。至于住在北京市的小朋友们呢，将来只有到动物园或地志博物馆去，才有希望知道真正的骆驼究竟是什么样子，并且明白成串骆驼由长城外来到北京的种种情形。北京动物园如今还没有骆驼的位置，我建议不妨加入两三只，并且把它们祖先两千年前就经常载运了各种重要物资，横贯西北大沙漠，对于沟通中原和西域各民族关系，以及在中西文化交通史方面所作的伟大贡献，和二千年来在华北一般交通运输中所起的重要作用，加以适当的说明。更好的自然是将来地志博物馆陈列中表现城乡关系时，能够把三十年前成串骆驼在暮色沉沉时通过天安门前的景象，和解放后几十万群众在这里看五色焰火上冲霄汉、歌舞狂欢的景象，作一个显明对比，可见出两个时代，两种社会，如何截然不同。

天安门前大路上，成串骆驼迈着大方步过路，这种古色古香的，同时也是暮气沉沉的时代，已经完全结束了。代表今天、象征明天的各种新事物，却在不断出现。天安门大白石桥、石狮子前边，我们经常都可发现一群群年纪四五岁的小朋友，两颊红嘟嘟的，双双拉着手排队上公园去，随着阿姨的指点，一齐暂时停下来欣赏面前那个高大的天安门楼，欣赏毛主席六年前站到那上面向中国人民、向全世界宣布"中国人民站起来了"的那个地方。这个庄严壮丽的大门楼背后，正衬着一片透蓝的天空，一群白鸽子和银星点子一样，在这个蓝空天幕下绕着门楼回旋飞翔。回过头向南边望望，人民英雄纪念碑大棚架已经撤去，全部工程过不久就要完成了。要使得这个纪念碑更加庄严好看一些，扩大四周空地，更新的待施工的建筑群蓝图，应当已经在准备中。

前一代的流血牺牲，为这一代青年学习和工作开辟了无限广阔平坦的道路，这一代的勤劳辛苦，又正在为幼小一代创造更加幸福美好的环境，全中国人民——老年、壮年、青年和儿童，就活在这么一个新的社会中。革命纪念碑全部落成后，夏天黄昏时节，会经常有各种音乐团体，在纪念碑前边石台上，向市民举行公开演奏会，在这里我们不仅可听到热情优美的民间音乐，还有希望可听到世界各国伟大作曲家最健康悦耳的音乐。到三个五年计划完成时，天安门前的广场，可能已经完全改变了样子，所有看台都用汉白玉石作得整整齐齐，纪念碑附近已展开极宽，四周六七层高的新建筑物群，也大部分用汉白玉石装饰，作得十分华美。这里是革命博物馆，那里是祖国自然资源馆，第三是民族文化馆，第四是工业建设馆，第五是……到晚上，这些大型建筑物里边，都光亮得和大白天一般，有万千游人进出。纪念碑前却有了二十丈大的巨型新式银幕，用电视方法，放映国家歌舞剧院正在上演的音乐舞蹈节目，免费供给三万市民群众欣赏。也还会看见成串骆驼正在慢慢地从天安门前边走过，而且押队那只小骆驼，颈脖下那个铃铛，依旧当当地响着，把多数人暂时都吸引到半世纪前北京旧风景画中去，原来这是历史博物馆在用电视教育回述天安门前的种种历史！

《人民日报》
1956年7月9日
第8版

初冬过三峡

萧乾

✳ 出了三峡，我只有力气说
一句话：这真是自然的大手笔。

一

听说船早晨十点从奉节入峡，九点多钟我揣了一份干粮爬上
一道金属小梯，站到船顶层的甲板上了。从那时候起，我就跟天、
水以及两岸的巉岩峭壁打成一片，直直伫立到天色昏暗，只听得
见成群的水鸭子在江面上啾啾私语，却看不见它们的时候，才回
到舱里。在初冬的江风里吹了将近九个钟头，脸和手背都觉得有
些麻木臃肿了，然而那是怎样难忘的九个钟头啊！我一直都像是
在变幻无穷的梦境里，又像是在听一阕奔放浩荡的交响乐章：忽
而妩媚，忽而雄壮；忽而阴森逼人，忽而灿烂夺目。

整个大江有如一环环接起来的银链，每一环四壁都是蔽天翳日的峰峦，中间各自形成一个独特天地，有的椭圆如琵琶，有的长如梭。走进一环，回首只见浮云衬着初冬的天空，自由自在地游动，下面众峰峥嵘，各不相让，实在看不出船是怎样硬从群山缝隙里钻过来的。往前看呢，山岚弥漫，重岩叠嶂，有的如笋如柱，直插云霄，有的像彩屏般森严大方地屹立在前，挡住去路。天又晓得船将怎样从这些巨汉的腋下钻出去。

那两百公里的水程用文学作品来形容，正像是一出情节惊险，故事曲折离奇的好戏，这一幕包管你猜不出下一幕的发展，文思如此之绵密，而又如此之突兀，它迫使你非一口气看完不可。

出了三峡，我只有力气说一句话：这真是自然的大手笔。晚餐桌上，我们比过密西西比，也比过从阿尔卑斯山穿过的一段多瑙河，越比越觉得祖国河山的奇瑰，也越体会到我们的诗词绘画何以那样峻拔奇伟，气势万千。

二

没到三峡以前，只把它想象成岩壁峭绝，不见天日。其实，太阳这个巧妙的照明师不但利用出峡入峡的当儿，不断跟我们玩着捉迷藏，它还会在壁立千仞的幽谷里，忽而从峰与峰之间投进一道金煌煌的光柱，忽而它又躲进云里，透过薄云垂下一匹轻纱。

早年读书时候，对三峡的云彩早就向往了，这次一见，果然是不平凡。过瞿塘峡，山巅积雪跟云絮几乎羼在一起，明明是云彩在移动，恍惚间却觉得是山头在走。过巫峡，云渐成朵，忽聚忽散，似天鹅群舞，在蓝天上织出奇妙的图案。有时候云彩又呈一束束白色的飘带，它似乎在用尽一切轻盈婀娜的姿态来衬托四周叠起的重岭。

初入峡，颇有逛东岳庙时候的森凛之感，四面八方都是些奇而丑的山神，朝自己扑奔而来。两岸斑驳的岩石如巨兽伺伏，又似正在沉眠。山峰有作蝙蝠展翅状，有的如尖刀倒插，也有的似引颈欲鸣的雄鸡，就好像一位魄力大、手艺高的巨人曾挥动千钧巨斧，东斫西削，硬替大江斩出这道去路。岩身有的作绛紫色，有的灰白杏黄间杂。著名的"三排石"是浅灰带黄，像煞三堵断垣。仙女峰作杏黄色，峰形尖如手指，真是奇丽动人。

尽管山坳里树上还累累挂着黄澄澄的广柑，峰巅却见了雪。大概只薄薄下了一层，经风一刮，远望好像楞楞可见的肋骨。巫峡某峰，半腰横挂着一道灰云，显得异常英俊。有的山上还有闪亮的瀑布，像银丝带般蜿蜒飘下。也有的虽然只不过是山缝儿里淌下的一道涧流，可是在夕阳的映照下，却也变成了金色的链子。

船刚到夔府峡，望到屹立中流的滟滪滩，就不能不领略到三峡水势的险巇了。从那以后，江面不断出现这种拦路的礁石。勇敢的人们居然还给这些暗礁起了动听的名字，如"头珠石""二珠石"。这以外，江心还埋伏着无数险滩，名字也都蛮漂亮。过去不晓得多少生灵都葬身在那里了。现在尽管江身狭窄如昔，却安全得像个秩序井然的城市。江面每个暗礁上面都浮起红色灯标，船每航到瓶口细颈处，山角必有个水标站，门前挂了各种标记，那大概就相当于陆地上的交通警。水浅地方，必有白色的报航船，对来往船只报告水位。傍晚，还有人驾船把江面一盏盏的红灯点着，那使我忆起老北京的路灯。

每过险滩，从船舷下望，江心总像有万条蛟龙翻滚，漩涡团团，船身震撼。这时候，水面波纹圆如铜钱，乱如海藻，恐怖如陷阱。为了避免搁浅，穿着救生衣的水手站在船头的两侧，用一根红蓝相间的长篙不停地试着水位。只听到风的呼啸，船头跟激流的冲撞，和水手报水位的喊声。这当儿，驾驶台一定紧张得很了。

船一声接一声地响着汽笛，对面要是有船，也鸣笛示意。船跟船打了招呼，于是，山跟山也对语起来了，声音辽远而深沉，像是发自大地的肺腑。

三

最令人惊心动魄的是激流里的木船。有的是出来打鱼的，有的正把川江的橘麻下运。剽悍的船夫就驾着这种弱不禁风的木船，沿着嶙峋的巉岩，在江心跟汹涌的漩涡搏斗。船身给风刮得倾斜了，浪花漫过了船头，但是勇敢的桨手们还在劲风里唱着号子歌。

这当儿，一声汽笛，轮船眼看开过来了。木船赶紧朝江边划。轮船驶过，在江里翻滚的那一万条蛟龙变成十万条了，木船就像狂风中的荷瓣那样横过来倒过去地颠簸动荡。不管怎样，桨手们依旧唱着号子歌，逆流前进。他们征服三峡的方法虽然是古老失时的，然而他们毕竟还是征服者。

三峡的山水叫人惊服，更叫人惊服的是沿峡劳动人民征服自然，谋取生存的勇气和本领。在那耸立的峭壁上，依稀可以辨出千百层细小石级，交错蜿蜒，真是羊肠蟠道三十六回。有时候重岩绝壁上垂下一道长达十几丈的竹梯，远望宛如什么爬虫在巉岩上蠕动。上面，白色的炊烟从一排排茅舍里袅袅上升了。用望远镜眺望，还可以看到屋檐下晒的柴禾、腊肉或渔具，旁边的土丘大约就是他们的祖茔。峡里还时常看见田垄和牲口。在只有老鹰才飞得到的绝岩上，古代的人们建起了高塔和寺庙。

　　船到南津关，岸上忽然出现了一片完全不同的景象：山麓下搭起一排新的木屋和白色的帐篷。这时候，一簇年轻小伙子正在篮球架子下面嘶嚷着，抢夺着。多么熟稔的声音啊！我听到了筑路工人铿然的铁锹声，也听到更洪亮的炸石声。赶紧借过望远镜来一望，镜子里出现了一张张充满了青春气息的笑脸。多巧啊，电灯这当儿亮了。我看见高耸的钻探机。

　　原来这是个重大的勘察基地，岸上的人们正是历史奇迹的创造者。他们征服自然的规模更大，办法更高明了。他们正设计在三峡东边把口的地方修建一座世界最大的水电站，一座可以照耀半个中国的水电站。三峡将从蜀道上一道险峻的关隘，变成为幸福的源泉。

　　山势渐渐由奇伟而平凡了，船终于在苍茫的暮色里，安全出了峡。从此，漩涡消失了，两岸的峭岩消失了，江面温柔广阔，酷似一片湖水。轮船转弯时，衬着暮霭，船身在江面轧出千百道金色的田垄，又像有万条龙睛鱼在船尾并排追踪。

　　江边的渔船已经看不清楚了，天水交接处，疏疏朗朗只见几根枯苇般的桅杆。天空昏暗得像一面积满尘埃的镜子，一只苍鹰此刻正兀自在那里盘旋。它像是寻思着什么，又像是对这片山川云物有所依恋。

《人民日报》
1956年12月16日第8版、
17日第7版

南国花市

秦 牧

❉　银夜花街十里长，满城男
女鬓衣香。人潮灯下浑如醉，
争看春秋初上妆！

　　"春风摇荡自东来，折尽樱桃绽尽梅。"暖融融的春风一吹，
大地上就到处花开了。这时节，很使人想起中国古代那些"一县
花""芙蓉城"之类的传说。广州春节前夜的花市，比历史传说
的境界还要美些。这些年我住在广州，每年一度的花市，总是非
得去挤一挤流几滴汗不可。这一夜，似乎许多广州人都有佛教所
说的那种"拈花微笑"的风度了。

　　广州是一个终年都有花开的城市。木本中的紫荆，草本中的
剑兰，我真不知道它们究竟什么时候不开花。小小的花摊平时是
到处密布的，但是大规模的花市却只是一年一度。唯其是一年一
度，气派可就更好看啦。地理环境使广州最先地迎接春风，在全
国各个城市中最先地成为花团锦簇的城市。因为那道使人想起了

温暖的北回归线就在广州北面不远穿过！记得苏联文学作品中曾经提到他们那里有一种花叫作"报春花"（和中国一些地方称为"报春花"的木兰不同），开的是一个个小铃似的花朵。俄国民间传说认为春风一吹，这些田野的小铃就摇起头来，呼唤大地道："开花啦，开花啦，春天来了。"广东有一种特产的名花叫作"吊钟花"，每一个花蕊里面能长出十个左右的倒吊的小钟儿似的花朵来。仿佛它们也是春天的使者，敲着它们的小钟儿报告春讯，于是，鹅黄嫩绿、万紫千红都苏醒过来，倏忽间大地就披上花巾了。

广州的花市共有三个地方，把它们前后连接起来，恐怕有几里路长。这些成为花市的地方，是很有点历史渊源的。例如在中国近代史上很著名的"十三行"附近，在古代放置"铜壶滴漏"的双门底（现在的永汉北路一带），在从前朱门大户集中区的西关，就每每有一个花市。在临近春节的三两天，这些地方沿街搭起了花架，那模样儿很有点像马戏的看台。沿架置满花卉果树，使这些竹架一列列变成了"花墙"。街道也就一条条变成了"花街"。人流就在这些花街中穿来穿去。春节的前夜，即所谓农历的除夕，花市的热闹景象达到了高潮。这一夜，看花的，买花的，摩肩接踵，一直闹到天亮。几乎全城的大多数人，像乡村人家赶集似的，都跑来看花了。

从前的人们曾经叹惜过"种花一年，看花十日"。在《今古奇观》中，古代文人借小说里人物之口，说过这样的话："凡花一年只开得一度，四时中只占得一时，一时中又只占得数日。它熬过了三时的冷淡，才讨得这数日的风光……况就此数日间，先犹含蕊，后复零残，盛开之时，更无多了。"这些话是说得不错的。就正因为这样，广州的花市更加使人像踏进一个梦幻的境界似的，感到格外迷恋和赞叹。因为在这个花市里，同时陈列的盛开的花总有好几十种。原来在秋天开的，花农使它延迟在这一两天开。原来在暮春开的，花农又催它提前在这一两天开。那景气，颇使人想起中国神话中的"司花使者"一夜中使群花尽开的杰作。在花市里，"幽香淡淡影疏疏"的梅花、"卧丛无力含醉妆"的牡丹、"丰肌弱骨要人医"的芍药、"毫端蕴秀临霜写"的菊花，有"凌波仙子"美号的水仙、"淡染胭脂"的桃花、古雅一如宋画的茶花、摇着许多小钟的吊钟花、香得离奇的"含笑"、从下端开花开到顶端的剑兰彩雀、端庄的玉簪、妖冶的玫瑰……花样儿真是多极了。南国花市的另一个特色是有许多结实累累的果树同时陈列着。这就是金橘、橙子、朱砂桔、人心果之类。种得好的金橘，有一株结果在百枚以上的。花花卉卉排列得多，使人想起各种各样的花卉似乎也各有性格，它们有刚强的，有软弱的，有庄重的，也有撒娇卖俏的，它们给人的幻想不一定和少女们联系在一起，它们也使人想起其他的人们。小葵树使人想起恬静严肃的中年人，仙人掌类植物使人想起饱历风霜的铁汉。剑兰像是女体育家、鸡冠像是摇大葵扇插大红花的媒婆……

在花市挤来挤去，那风趣是很难形容的。对春节这一类的节日，一种古老的美妙的感觉似乎一直钻进我们的微血管里。那种气氛是我们全民族所共同感受的。表面上，人山人海在看花，而在人丛中似乎总有一个声音在响着，那是迎春的声音，互相祝贺的声音，那是背诵唐诗或者先哲格言（例如"一年之计在于春"之类）的声音。它使人在这种气氛中唤起一种强烈的民族感情。

年轻时代一到春天来了、人家燃爆竹、插梅花就有一种暖融融的感觉。从前以为这不过是春天来了，爱情的酵母在血管里作怪的缘故，其实这是不尽然的。那是节日唤起的民族生活感情。在花市里，一个人对周围的一切，是显得多么熟悉和水乳交融啊。

　　在这样的日子里，同时有许多卖古董的、卖瓷器的、卖字画的、卖金鱼的摊子一齐出现了。品种纷繁的花，品种纷繁的金鱼，哥窑、钧红、天青、粉彩……的瓷器，一起给人贺节来了。那是多少人在多少世代中劳动的结晶，一种多么深厚的文化积累啊！在花市里，举着一束花、肩着一支吊钟慢慢走回家去是悠闲享福不过的事。这些年来看到大家都能够这样做，更是一种快乐的事。在那场合，人是很容易想到诗的，我就写了这么几句：

　　　　银夜花街十里长，满城男女鬓衣香。
　　　　人潮灯下浑如醉，争看春桃初上妆！

《人民日报》
1957年2月14日
第8版

我们把春天吵醒了

冰 心

❋ 隐隐地他们听到了高空中春幡招展的声音；从千万扇细小的天窗里，他们看到了金雾般的春天的阳光。

季候上的春天，像一个困倦的孩子，在冬天温暖轻软的绒被下，安稳地合目睡眠。

但是，向大自然索取财富、分秒必争的中国人民，是不肯让他多睡懒觉的！六亿五千万人商量好了，用各种洪大的声音和震天撼地的动作来把他吵醒。

大雪纷飞，砭骨的朔风，扬起大地上尖刀般的沙土……我们心里带着永在的春天，成群结队地在祖国的各个角落里，去吵醒季候上的春天。

我们在矿山里开出了春天，在火炉里炼出了春天，在盐场上晒出了春天，在水坝上砌起了春天，在纺机上织出了春天，在沙漠的铁路上筑起了春天，在汹涌的海洋里捞出了春天，在鲜红的唇上唱出了春天，在挥舞的笔下写出了春天……

春天揉着眼睛坐起来了，脸上充满了惊讶的微笑："几万年来，都是我睡足了，飞出冬天的洞穴，用青青的草色，用潺潺的解冻的河流，用万紫千红的香花……来触动你们，唤醒你们。如今一切都翻转了，伟大呵，你们这些建设社会主义的人们！"

春天，驾着呼啸的春风，拿起招展的春幡，高高地飞起了。

哗啦啦的春幡吹卷声中，大地上一切都惊醒了。

昆仑山，连绵不断的万丈高峰，载着峨峨的冰雪，插入青天。热海般的春气围绕着它，温暖着它，它微笑地欠伸了，身上的雪衣抖开了，融化了；亿万粒的冰珠松解成万丈的洪流，大声地欢笑着，跳下高耸的危崖，奔涌而下。它流入黄河，流入长江，流入银网般的大大小小的江河。在那里，早有亿万个等得不耐烦的、包着头或是穿着工作服的男女老幼，揎拳捋袖满面春风地在迎接着，把它带到清浅的水库里、水渠里，带到干渴的无边大地里。

这无边的大地，让几千架的隆隆的翻土机，几亿把上下挥动银光闪烁的锄头，把它从严冬冰冷的紧握下，解放出来了。它敞开黝黑的胸膛，喘息着，等待着它的食粮。

亿万担的肥料：从猪圈里，牛棚里，工厂的锅炉里，人家的屋角里……聚集起来了，一车接着一车，一担连着一担地送来了。大地狼吞虎咽地吃饱了，擦一擦流油的嘴角和脸上的汗珠，站了起来，伸出坚强的双臂来接抱千千万万肥肥胖胖的孩子，把他们紧紧地搂在怀里。

这些是米的孩子，麦的孩子，棉花的孩子……笑笑嚷嚷地挤在这松软深阔的胸膛里，泥土的香气，熏得他们有点发昏，他们不住地彼此摇撼呼唤着叫："弟兄们，姊妹们，这里面太挤了，让我们出去疏散疏散吧！"

隐隐地他们听到了高空中春幡招展的声音；从千万扇细小的天窗里，他们看到了金雾般的春天的阳光。

他们乐得一跳多高！他们一个劲地往上钻，好容易钻出几尺深的泥土。他们站住了，深深地吸了一口春天的充满了欢乐的香气，悠然地伸开两片嫩绿的翅叶。

俯在他们上面，用爱怜亲切的眼光注视着他们的，有包着花布头巾笑出酒窝来的大姑娘，也有穿着工作服的眉花眼笑的小伙子，也有举着烟袋在指点夸说的老爷爷……

原来他们又已经等得不耐烦了！

春天在高空中把这一切都看在眼里。他笑着自言自语地说："这些把二十年当作一天来过的人，你们在赶时间，时间也在赶你们！……"

春天捎上春幡赶快又走他的云中的路。他是到祖国的哪一座高山，哪一处平原，或是哪一片海洋上去做他的工作，我们也没有工夫去管他了！

横竖我们已经把春天吵醒了！

一九五九年二月六日

《人民日报》
1959年2月8日
第8版

荔枝蜜

杨朔

❋ 蜜蜂是在酿蜜,又是在酿造生活;不是为自己,而是在为人类酿造最甜的生活。蜜蜂是渺小的;蜜蜂却又多么高尚啊!

花鸟草虫,凡是上得画的,那原物往往也叫人喜爱。蜜蜂是画家的爱物,我却总不大喜欢。说起来可笑。孩子时候,有一回上树掐海棠花,不想叫蜜蜂蜇了一下,痛得我差点儿跌下来。大人告诉我说:蜜蜂轻易不蜇人,准是误以为你要伤害它,才蜇。一蜇,它自己耗尽生命,也活不久了。我听了,觉得那蜜蜂可怜,原谅它了。可是从此以后,每逢看见蜜蜂,感情上疙疙瘩瘩的,总不怎么舒服。

今年4月,我到广东从化温泉小住了几天。四围是山,怀里抱着一潭春水。那又浓又翠的景色。真是一幅青山绿水画。刚去的当晚,是个阴天,偶尔倚着楼窗一望:奇怪啊,怎么楼前凭空涌起那么多黑黝黝的小山,一重一重的,起伏不断。记得楼前是

人民日报散文(精粹版)

一片较比平坦的园林，不是山。这到底是什么幻景呢？赶到天明一看，忍不住笑了。原来是满野的荔枝树，一棵连一棵，每棵的叶子都密得不透缝，黑夜看去，可不就像小山似的。

荔枝也许是世上最鲜最美的水果。苏东坡写过这样的诗句："日啖荔枝三百颗，不辞长作岭南人"，可见荔枝的妙处。偏偏我来的不是时候，满树刚开着浅黄色的小花，并不出众。新发的嫩叶，颜色淡红，比花倒还中看些。从开花到果子成熟，大约得三个月，看来我是等不及在从化温泉吃鲜荔枝了。

吃鲜荔枝蜜，倒是时候。有人也许没听说这稀罕物儿吧？从化的荔枝树多得像汪洋大海，开花时节，满野嘤嘤嗡嗡，忙得那蜜蜂忘记早晚，有时趁着月色还采花酿蜜。荔枝蜜的特点是成色纯，养分大。住在温泉的人多半喜欢吃这种蜜，滋养精神。热心肠的同志为我也弄到两瓶。一开瓶子塞儿，就是那么一股甜香；调上半杯一喝，甜香里带着股清气，很有点鲜荔枝的味儿。喝着这样的好蜜，你会觉得生活都是甜的呢。

我不觉动了情。想去看看自己一向不大喜欢的蜜蜂。

荔枝林深处，隐隐露出一角白屋，那是温泉公社的养蜂场，却起了个有趣的名儿，叫"蜜蜂大厦"。正当十分春色，花开得正闹。一走近"大厦"，只见成群结队的蜜蜂出出进进，飞去飞来，那沸沸扬扬的情景，会使你想：说不定蜜蜂也在赶着建设什么新生活呢。

养蜂员老梁领我走进"大厦"。叫他老梁，其实是个青年人，举动很精细。大概是老梁想叫我深入一下蜜蜂的生活，小小心心揭开一个木头蜂箱，箱里隔着一排板，每块板上满是蜜蜂，蠕蠕地爬着。蜂王是黑色的，身量特别细长，每只蜜蜂都愿意用采来的花精供养它。

老梁叹息似的轻轻说："你瞧这群小东西，多听话。"

我就问道："像这样一窝蜂，一年能割多少蜜？"

老梁说："能割几十斤。蜜蜂这物件，最爱劳动。广东天气好，花又多，蜜蜂一年四季都不闲着。酿的蜜多，自己吃的可有限。每回割蜜，给它们留一点点糖，够它们吃的就行了。它们从来不争，也不计较什么，还是继续劳动、继续酿蜜。整日整月不辞辛苦……"

我又问道："这样好蜜，不怕什么东西来糟害么？"

老梁说："怎么不怕？你得提防虫子爬进来，还得提防大黄蜂。大黄蜂这贼最恶。常常落在蜜蜂窝洞口。专干坏事。"

我不觉笑道："噢！自然界也有侵略者。该怎么对付大黄蜂呢？"

老梁说："赶！赶不走就打死它。要让它待在那儿，会咬死蜜蜂的。"

我想起一个问题，就问："可是呢，一只蜜蜂能活多久？"

老梁回答说："蜂王可以活三年，一只工蜂最多能活六个月。"

我说："原来寿命这样短。你不是总得往蜂房外边打扫死蜜蜂么？"

老梁摇一摇头说："从来不用。蜜蜂是很懂事的。活到限数，自己就悄悄死在外边，再也不回来了。"

我的心不禁一颤：多可爱的小生灵啊，对人无所求，给人的却是极好的东西。蜜蜂是在酿蜜，又是在酿造生活；不是为自己，而是在为人类酿造最甜的生活。蜜蜂是渺小的；蜜蜂却又多么高尚啊！

　　透过荔枝树林，我沉吟地望着远远的田野，那儿正有农民立在水田里，辛辛勤勤地分秧插秧。他们正用劳力建设自己的生活，实际也是在酿蜜——为自己，为别人，也为后世子孙酿造着生活的蜜。

　　这黑夜，我做了个奇怪的梦，梦见自己变成一只小蜜蜂。

《人民日报》
1961年7月23日
第7版

城在白杨深处

袁鹰

❋ 十七年过去了，伊犁河水日夜在流，街道上的渠水日夜在流，当年的白杨幼苗已经长成参天的大树，向后代叙说着伊犁的过去、现在和未来。

蓝缎子似的伊犁河水呵，
你两岸有多少株新栽的白杨！
像百灵鸟一样的马达铃琴呵，
你琴弦里注入了多少欢乐？

在新疆，当远方来的客人称赞起一株挺拔秀丽的白杨树的风姿的时候，当地的同志常常好心地纠正："这还不算什么。你到伊犁去，就会看到那才真是一座白杨城。"

尽管对伊犁的白杨树已经有如此这般的思想准备，但当一旦身临其境，我们仍然感到一阵惊奇和欣喜，既在意中，又在意外。

那天下午，我们从风色宛似江南的伊犁河谷进入伊宁市，首先吸引住我们的，不是马上的哈萨克骑手，不是冬不拉的弦声，也不是马路两旁淙淙的渠水，而是那一行行、一排排的绿色巨人，整整齐齐、高高大大、郁郁葱葱的钻天杨。

它们威武地站列路旁，大街小巷，无处不在。每株都有几十米吧，笔直地耸入高空，把蓝天划成条条块块。长得那么凝重，几十年的风霜雨雪，不曾使它们有过分毫的屈曲；靠得又是那么紧密，一株挨着一株，谁也不能叫它们分开。青白色的树干，泛着一层淡淡薄薄的银光，繁茂的枝叶上却荡漾着翡翠般的嫩绿，牵牵连连，结成长长的碧玉屏风，把远远近近的俄罗斯风格的楼房、伊斯兰教礼拜寺伞盖形的尖顶和人家庭院里浓密的果园，一齐遮住。

古诗云："白杨多悲风，萧萧愁煞人。"南宋词人姜夔在合肥见满城杨柳，西风夕起，骚骚然作秋声，谱了一曲《凄凉犯》，首句是"绿杨巷陌秋风起，边城一片离索"。当时金兵压境，国土日蹙，连江淮腹地的合肥都被看作是"边城"，当然绿杨骚骚也就全是凄凉情味了。在长夜漫漫的岁月里，萧萧的白杨树带给伊犁各族人民的，何尝不是凄凉呢？从清朝的伊犁将军到国民党的地方军阀，残酷的阶级迫害和民族压迫使伊宁城充溢着愁云惨雾，使伊犁河日夜呜咽，富饶的土地上洒满了劳动人民的眼泪。然而，"萧瑟秋风今又是，换了人间"。古代诗人对白杨的描写和情怀，和今天的伊宁却没有任何联系。一样是边城，一样是绿杨巷陌，一样是秋风，伊宁给人们的感觉，再没有半点凄凉，一分离索，而是无限的丰盈，无限的生机，无限的妩媚多姿，无限的诗情画意。

白杨树笼罩着的，是新的工厂，新的建筑，新的学校，新的居民点，新的街道，是作为伊犁哈萨克族自治州首府的新的伊宁市。

秋天的清晨，我们在斯大林大街上散步。斯大林大街是联结着伊宁的新城和旧城的主要街道。它的路面很宽广，使人想象到节日的繁华：在白杨树下，滔滔不绝地流过欢乐的人潮。头戴绣花小帽、身穿大花裙子的是维吾尔族姑娘，脚蹬长筒靴、犷悍又潇洒的是哈萨克族骑手，在绿长袍上系着腰带的是蒙古族牧民，在白衬衫上绣着彩色花边的是塔塔尔族小伙子……那些衣衫的色彩，真是要多鲜艳有多鲜艳：像金子一样的金黄，像石榴花一样的鲜红，像湖水一样的蓝，像春草一样的绿，像葡萄一样的紫；再加上冬不拉、弹布尔和手风琴，伴着年轻人纵情的歌声，把斯大林大街装点得五彩缤纷，有声有色。可惜我们来迟几天，错过了国庆，也错过了库尔邦节，没有能赶上那热闹的场面。

今天，是一个普通工作日的清静的早晨。阳光刚从天山的群峰上升起，透过白杨树的细枝，洒在宽阔的路面上，印下一行行规则的影子。一夜西风，最早的黄叶才开始悄悄地往下落。

三位姑娘亲昵地并肩走过来，用维语谈着话。一个是维族，一个是汉族，第三个呢，一时辨别不出。也许是乌孜别克族，也许是塔吉克族。本来，是可以从姑娘们的服装和衣饰上认出来的，可是她们现在穿的全是普通的上衣和裙子，伊犁女工们最时兴的打扮。我们猜想，她们也许是同事，又是邻居，正趁着朝阳上毛纺厂、被服厂或者皮革厂去。是的，昨天，就在有六十年历史的皮革厂靴鞋车间里，我们不是就遇见许多民族妇女的制鞋能手吗？

几辆空着的马车从北头迤逦而来，直向伊犁河岸驶去。这是伊犁地区最常见的轻便的马车，人们管它叫"六根棍"。这"六根棍"，可别小看它，在伊犁河的渡船上，我们就见过不少六根棍络绎不绝地把一车车粮食从南岸被叫作粮仓的察布查尔锡伯自治县拉过河来，再转运到汽车站，装上开往乌鲁木齐的大卡车。

伊宁的新的一天开始了。长途公共汽车已经开出市区，在伊犁河谷的公路上奔驰；工厂的汽笛在长鸣；渡口的大木船正在解缆，对岸已经等着一串车马行人；牛奶店卸下木板窗，准备迎接最早到来的主妇；孩子们三五成群上学校去，虽然是不同民族，却是齐声地唱着《社会主义好》；生产建设兵团农场的职工们做完了早操，正准备下地收最后一批马铃薯，机耕队的性急的小伙子已经发动拖拉机的马达，端详着无边的沃土，准备为明年的大丰收催动征鞍了。秀丽的白杨城呵，在清晨特别显得那么活跃。

从斯大林大街走过去不远，就是林木参天的西公园。在白杨林里，有1944年伊犁、塔城、阿山三区反抗国民党反动统治的武装起义的领导人阿合买提江等几位烈士的陵墓。逢年过节，人们在西公园开庆祝会、唱歌跳舞，总要到墓前凭吊。血火纷飞的日子过去了，可是人们怎能忘记那战斗的年代呢？怎能忘记当年作为三区起义司令台的伊宁的光辉业绩呢？伊犁的许多同志，都能从今天的工厂或者学校的身旁，分明地指出哪条街曾经发生剧烈的争夺战，哪座楼曾经是起义领导人的办公室和民族解放军的指挥所，哪儿又曾经是盛世才匪帮的监狱和杀人场。十七年过去了，伊犁河水日夜在流，街道上的渠水日夜在流，当年的白杨幼苗已经长成参天的大树，向后代叙说着伊犁的过去、现在和未来。

伊宁城大街小巷的路旁，都有两条水渠，它们从天山上来，到伊犁河去。虽是在城市里流，从人家门口走过，可是清清亮亮，明净之至。"问渠那得清如许，为有源头活水来。"它们供给满城居民日常用水，也为满城树木花草带来取之不尽的滋养，这就使伊宁城的白杨树越栽越多、越长越美了。

《人民日报》

1961年11月19日

第4版

可贵的山茶花

邓拓

✳ 我们生活在东风吹遍大地的新时代，我们要让人民过着日益美满幸福的生活，我们对于如此美丽而高贵的山茶花，怎么能不加倍地珍爱呢！

　　我生平最喜欢山茶花。前年冬末春初卧病期间，幸亏有一盆盛开的浅红色的"杨妃山茶"摆在床边，朝夕相对，颇慰寂寥。有一个早上，突然发现一朵鲜艳的花儿被碰掉了，心里觉得很可惜。我把她拾起来，放在原来的花枝上，借着周围的花叶把她托住。经过了二十天的时间，她还没有凋谢。这是多么强烈的生命力啊！当时我写了一首小诗，称颂这朵山茶花：

　　　　红粉凝霜碧玉丛，
　　　　淡妆浅笑对东风。
　　　　此生愿伴春长在，
　　　　断骨留魂证苦衷。

她的粉红色花瓣，又嫩又润，恍惚是脂粉凝成的；衬着绿油油的叶子，又厚又有光泽，好像是用碧玉雕成的；一株小树能开许多花朵，前后开花的时间，可以连续两三个月。她似乎在严寒的季节，就已经预示了春天的到来；而在东风吹遍大地的时候，她更加不愿离去，即便枝折花落，她仍然不肯凋谢，始终要把她的生命献给美丽的春光。这样坚贞优美的性格，怎能不令人感动啊！

今年春节，我有机会在云南的昆明和大理等地，看到各色各样的山茶花。特别是在大理，不但所有的公共场所都遍栽山茶花，而且许多居民的庭院中也尽是山茶花。在这个古老的小县城里，春节前夕的街头，到处摆满了小摊，出售野生的山茶花。我当时看到这番情景，马上产生一个强烈的印象，觉得这个小巧玲珑的古城，把它叫作"茶花城"，一点也不过分。美丽的山茶花，使这里的山水人物，全都变得那么娇艳可爱了。仰望苍山，俯瞰洱海，听着五朵金花公社的歌声，看着金花银花姐妹们热情的笑脸，人们的生活更显得丰富而美满，如诗如画，永不凋谢，永远繁荣！

这样美丽的山茶花乃是我国西南地区的特产，而以云南、四川为最。明代的王世懋，在他的著作《学圃杂疏》的"花疏"中写道：

吾地山茶重宝珠。有一种花大而心繁者，以蜀茶称，然其色类殷红。尝闻人言，滇中绝胜。余官莆中，见士大夫家皆种蜀茶，花数千朵，色鲜红，作密瓣，其大如杯。云：种自林中丞蜀中得来，性特畏寒，又不喜盆栽。余得一株，长七八尺，异归，植淡园中，作屋幕于隆冬，春时撤去。蕊多辄摘却，仅留二三花，更大绝，为余兄所赏。后当过枝，广传其种，亦花中宝也。

王世懋是江苏太仓人，为明代著名诗人王世贞的弟弟。从他的这一节记载中，我们可以看出，明代嘉靖年间，江苏等地的山茶花，大概都由四川和云南移植过去的。王世懋在书中还介绍了黄山茶、白山茶、红白茶梅、杨妃山茶等许多品种。在他以后，到明代万历年间，王象晋写了一部《群芳谱》，其中对山茶花又作了详细的介绍：

山茶一名曼陀罗，树高者丈余，低者二三尺，枝干交加。叶似木樨，硬有棱，稍厚；中阔寸余，两头尖，长三寸许；面深绿，光滑；背浅绿，经冬不脱。以叶类茶，又可作饮，故得茶名。花有数种，十月开至二月。有鹤顶茶，大如莲，红如血，中心塞满如鹤顶，来自云南，曰滇茶。玛瑙茶，红黄白粉为心，大红为盘，产自温州。宝珠茶，千叶攒簇，色深少态。杨妃茶，单叶，花开早，桃红色，焦萼。白宝珠，似宝珠而蕊白，九月开花，清香可爱。正宫粉、赛宫粉，皆粉红色。石榴茶，中有碎花。海榴茶，青蒂而小。菜榴茶、踯躅茶，类山踯躅。真珠茶、串珠茶，粉红色。又有云茶、磬口茶、茉莉茶、一捻红、照殿红。

作者在这里介绍了许多种山茶花的名目和特点，很有参考价值。但是，他说山茶又叫作曼陀罗，后来其他作者也这么说，这一点我却有另外的解释。曼陀罗显然是梵语的译音，并非我国原有的名称。而山茶花的原产地的确是我们中国，所以介绍她的本名只能用中国原有的名称，而不应该采用外来的名称。

唐代段成式的《酉阳杂俎》，早已肯定了山茶花的名称和基本特征。他说："山茶，叶似茶树，高者丈余，花大盈寸，色如绯，十二月开。"到了宋代，范成大在《桂海虞衡志》中，更把山茶花分为南北两大类，一类是以当时的中原，即所谓中州所产的为代表；另一类则是南山茶，就是我们现在所说的云南四川等地的山茶花。估计自古迄今南北各地山茶花的种类，总在一百种上下。正如明代的李时珍在《本草纲目》中所说的，"山茶之名，不可胜数"。这就好比菊花的名目一样，随着人工栽培技术的不断进步，她们的花色品种也必然会越来越多。李时珍在《本草纲目》中还介绍了山茶花的许多用途和医药价值。这就证明，她不但可供人们欣赏，而且是人们养生祛病的良友啊！

　　虽然，最珍贵的山茶花品种，目前还只能在南方温暖的地带有繁殖的条件，但是也可以断定，只要培植得法，她同样可以适应北方的气候和土壤，而逐渐繁殖起来。而且只要条件适宜，山茶花的寿命可以延续很久。据明代隆庆年间冯时可写的《滇中茶花记》所说："茶花最甲海内，……寿经三四百年，尚如新植。"看来在我国南北各地，如果经过植物学家和园艺技师的共同研究，完全有可能把昆明、大理等处最好的山茶花品种，普遍移植，绝无问题。这比起在欧洲、美洲各国种植山茶花，条件要好得多了。人们都知道，法国人加梅尔，在十七世纪的时候，曾将中国的山茶花移植到欧洲，后来又移植到美洲。难道我们要在国内其他地区移植还不比他们更容易吗？

　　但是，无论天南海北的人，每当欣赏山茶花的时候，都不应该忘记她还有一段动人的传说。这是流传在云南白族人民中的一

　　　　　　　　　　　　　　　　人民日报散文（精粹版）

个神话故事。它告诉我们：古代有个魔王，嫉恨人间美满的生活，他用魔法把大地变成一片惨白的世界，不让有红花绿叶留在人间。但是，人们是爱惜自己的美好生活的。一位白族的少女，毅然决然地献出了不朽的青春，献出了宝贵的生命，用自己的鲜血，重新染红了山茶花，用自己的胆汁重新染绿了花叶。从那以后，山茶花才更加娇艳地出现在大地上。

怪不得历来有无数的诗人，写了无数的诗篇，一致赞赏山茶花的高贵品质。

这里应该首先提到宋代苏东坡歌咏山茶花的一首七绝。他写道：

> 山茶相对阿谁栽？
> 细雨无人我独来。
> 说似与君君不会，
> 烂红如火雪中开。

宋代另一个著名诗人范成大，也写了许多赞美山茶花的诗，其中有一首绝句是：

> 折得瑶华付与谁？
> 人间铅粉弄妆迟。
> 直须远寄骖鸾客，
> 鬓脚飘飘可一枝！

特别应该记住，爱国诗人陆放翁，因为看到花园里有"山茶一枝，自冬至清明后，著花不已"，曾经写了两首绝句，大加赞扬：

> 东园三日雨兼风，
> 桃李飘零扫地空。
> 惟有小茶偏耐久，
> 绿丛又放数枝红。

> 雪里开花到春晚，
> 世间耐久孰如君？
> 凭栏叹息无人会，
> 三十年前宴海云。

在宋代的诗人中，就连曾子固素来被认为不会写诗的人，也都写过几首诗，尽情歌唱山茶花的秀艳和高尚的性格。曾子固的诗中有些句子也很动人。比如，他说："为怜劲意似松柏，欲挈更惜长依依。"他把山茶花和松柏相比，可算得估价极高了。

后来元、明、清各个朝代都有许多著名的诗人和画家，用他们的笔墨和丹青，尽情地描绘这美丽的山茶花。如今，我们生活在东风吹遍大地的新时代，我们要让人民过着日益美满幸福的生活，我们对于如此美丽而高贵的山茶花，怎么能不加倍地珍爱呢！

《人民日报》
1962年3月25日
第5版

天下第一山

吴伯箫

❉ 谈到人间，谈到革命，谈到无产阶级的不朽的事业，人们首先想到的是井冈山。

这里说说井冈山。

井冈山是中国无产阶级革命的摇篮，是革命队伍的集合点，立脚点，出发点。在这里，一峰一岭，都长存着革命斗争的史迹；一树一竹，都饱受过革命雨露的滋润；一工一农，都经历过革命风暴的锻炼和考验。在这里，每一步路，都会踏着革命前辈坚实的脚印；每一呼吸，都会感觉出革命的艰苦、乐观、胜利的气息。作井冈山人，战斗在井冈山，建设井冈山，是无上的光荣；访问井冈山，重温革命的历史，接受革命的传统教育，是莫大的幸福。

"这座山是革命的山。"[①]

井冈山在罗霄山脉中段。"北麓是宁冈的茅坪，南麓是遂川的黄坳，两地相距九十里。东麓是永新的拿山，西麓是鄱县的水口，两地相距八十里。"②到处是耸峙的峰峦，险峻的崖壁。满山松、杉、毛竹和知名不知名的杂树，一片接一片，一丛连一丛，葱茏，苍翠，盖地遮天，从山麓一直拥上山顶。站在高处眺望，林海波涛，汹涌起伏，一浪高过一浪，一层叠上一层，那气势壮阔极了。在漫天云雾，伸手不见五指的时候，深厚，迷蒙，天地成为浑然的一体，会使人感到像翱翔在云里，潜游在海里。歌谣说："千山竹，万山木，走路不见天，烧火不见烟。"那还只是描绘了井冈山山高林密的一个方面。

井冈山以茨坪为中心，方圆五百五十里，五大哨口像五尊顶天立地的巨人守卫着雄关要隘。八面山的羊肠小道是湘赣两省的分界线，人们说，走路不小心跌一跤，就会从江西跌进湖南。双马石艰险陡峭，胆小的人不敢从双马石下过。黄洋界，海拔一千六百米，"黄洋界上炮声隆，报道敌军宵遁"。这是一声炮响吓退敌人的地方。另外，一个朱砂口，一个桐木岭，也称的是：一夫当关，万夫莫开。

就是在这样的地方，井冈山，毛泽东同志在三十八年前率领第一支工农革命军亲手建立了第一个红色政权，把这里作为革命根据地，进行武装斗争，土地革命。"天欲堕，赖以拄其间。"大革命失败后，支撑住革命天下的正是这建立在井冈山上的红色政权。广大的工农群众衷心地拥护这个政权，把根据地看作自家的江山，大家歌唱："行州府，茨坪县，大小五井金銮殿。"歌唱里充满了自豪的感情，表现出工农革命必将席卷天下的气概。

当年，根据地的生活是艰苦的。虽然说井冈山地区，茶，油，木材，毛竹，药材，出产都极丰富，但是"人口不满两千，产谷不满万担"，③再加敌人严密封锁，产品运不出去，丰富的资源不容易发挥作用，根据地里食盐、布匹、药品都很缺乏。在井冈山革命博物馆里陈列着一罐老游击队员当时不舍得吃为红军一直保存下来的硝盐，尝一粒，又苦又涩，一点咸味都没有。但是那时的红军，就连这样的硝盐也不是经常能够吃到的。粮食要到几十里以外的宁冈去挑。毛泽东同志在茨坪的旧居里，除了三屉桌、木板床、条凳，几件简单朴素的家具之外，就有斗笠和扁担。去黄洋界的路上，五里横排那里，有一棵槲树，当年毛泽东同志同战士一道挑粮，从小路盘山上来，曾在那棵树下歇肩。现在那棵树依旧叶密荫浓，挺拔旺盛，屹立在宽阔的盘道旁边石垒的平坛上，成为这段光辉历史的见证。艰难困苦并没有难倒革命的战士，当时战士们是乐观的，愉快的。"红米饭，南瓜汤，秋茄子，味好香，餐餐吃得精打光。"简单几句话生动地描写了他们饮食的情况。说到穿衣，《井冈山的斗争》里写着："这样冷了，许多士兵还是穿两层单衣。"在茅坪，一位姓谢的革命老人也回忆说："毛委员把棉袄送给我穿，他自己却只穿两层单衣。我不过意地说：'毛委员你冷啊！'毛委员说：'不要紧，习惯了。''解衣衣人，推食食人。'"正是领袖跟战士、群众同甘共苦的这种崇高的感情，亲密的关系，团结了革命队伍，克服了重重的物质困难，战胜了残暴的敌人。

武装起来的工农，进行人民的解放战争，那是必然胜利的。井冈山很多地方就记载着一曲又一曲革命的凯歌。旗锣坳伏击，一战消灭了反动地主武装尹道一，为改造两支旧军队开辟了道路。宁冈的龙市，是一九二八年四月二十八日朱德同志率领的部分南昌起义军跟毛泽东同志胜利会师的地方，横跨龙江的大桥就叫会师桥。这个历史性的会晤，奠定了中国革命胜利的基础。在永新县的新老七坳岭，红军击溃了敌人七个团，消灭了一个团左右，创造了机智和勇敢相结合的战斗范例。直到现在群众还这样传颂着："不费红军三分力，打垮江西两只羊。"④

在井冈山，红军接二连三地打胜仗，革命根据地的各项军事政策，各种组织形式、战斗形式，都逐渐基本形成。像"分兵以发动群众，集中以应付敌人"的作战原则，像"敌进我退，敌驻我扰，敌疲我打，敌退我追"的十六字诀，像革命军人如何对待人民群众的"三大纪律，六项注意"⑤，都是毛泽东同志在那个时候总结了革命战争的宝贵经验，用最具体、最生动、最简要的语言固定下来的。像军队是战斗队又是工作队；"支部建在连上"，党始终是军队的领导者、组织者和鼓舞者，没有党的领导，就没有革命的军队；依靠农村建立革命根据地，借此积蓄和发展革命力量，逐渐包围城市并最后夺取城市……这些也都是伟大的毛泽东思想的体现。《中国的红色政权为什么能够存在？》是在茅坪的八角楼写的，楼上住室的桌子上现在还保存着圆形辟雍式石砚；《井冈山的斗争》是在茨坪一幢向东的平房里写的，屋里桌子上也还放着一盏生了锈的马灯。当年石砚的墨渍，不是还散发着浓郁的芳香吗？马灯的焰火，不是还闪耀着灼灼的光芒吗？三十八年的历史证明，这些辉煌的文献所指引的井冈山的道路，正是中国革命前进的道路、胜利的道路啊！从井冈山举起来的红旗，曾经沿着这条道路，举到瑞金，举到延安，举到北京。眼看亚洲、非洲、拉丁美洲，凡是要革命、要解放的地方，都将高高地举起这样鲜明的旗帜。

战斗在井冈山的人，用自己大公无私、光明磊落的行动告诉人们什么叫全心全意为革命。他们不为名：多少英勇牺牲的同志，在白色恐怖的环境里闹革命，曾必须隐姓埋名，有的到现在查不出真实的名字；巍然屹立在茨坪中心山上的革命烈士纪念塔，纪念在小井医院被敌人杀害的伤病员，就都是无名英雄。他们不为利："从军长到伙夫，除粮食外一律吃五分钱的伙食"，冬天穿两层单衣，不讲享受，不置私产。他们为什么呢？就是为了世界的革命，为了人类的解放，为了没有人剥削人、没有人压迫人的共产主义。把自己的生命同无产阶级的革命事业结合起来，以此为光荣，以此为幸福，丝毫不计较个人的利害得失，他们怎么能不全心全意！

站在井冈山上，望望寥廓的世界，人们的心里会涌起无限肃穆景仰的感情。

世界上有什么山能够跟井冈山比拟呢？珠穆朗玛峰，海拔八千八百八十二米，是世界上最高的山峰了；但是它的意义在于地理、地质和冰川，人只能在那峰顶上作短暂的停留。奥林匹斯，据说是众神所居，古代希腊人视为神山；但是那是神话，谁也没法知道它的奥秘。谈到人间，谈到革命，谈到无产阶级的不朽的事业，人们首先想到的是井冈山。井冈山，在陈旧的地图上，也许没有它的位置，在帝王将相的历史里，它也不会占什么篇幅；但是，自从毛泽东同志率领中国工农革命军在那里建立了革命根据地的那一天起，井冈山要用耀眼的红星标志在世界的地图上，要用瑰丽的篇章记载在人类的历史里。它将震撼寰宇，长青万古。

通往井冈山的路，当年崎岖狭窄，现在是平坦宽阔的。汽车在山道上迂回盘旋，进山可以到茨坪，大井，茅坪……载送旅客瞻仰各处的革命胜迹；出山更畅行无阻，可以驶向无限广阔辽远的地方。

井冈山是天下第一山。

一九六五年八月十五日

注：

①朱良才：《这座山，它革命》，记一九二八年毛主席的话。

②毛泽东：《井冈山的斗争》。

③毛泽东：《井冈山的斗争》。

④消灭敌人朱培德的杨如轩、杨池生两个主力师。

⑤后来是八项注意。

《人民日报》
1965年10月26日
第6版

挖荠菜

张 洁

✤ 那时，我的心里便会不由
得升起一个热切的愿望：巴不
得这个世界上的一切，都像荠
菜一样是属于我们每一个人的。

我对荠菜，有着一种特别的感情……

小的时候，我是那么馋！刚抽出嫩条还没打花苞的蔷薇枝，
把皮一剥，我就能吃下去；刚割下来的蜂蜜，我会连蜂房一起放
进嘴巴里；更别说什么青玉米棒子、青枣、青豌豆啰。所以，只
要我一出门儿，碰上财主家的胖儿子，他就总要跟在我身后，拍
着手、跳着脚地叫着："馋丫头！馋丫头！"羞得我连头也不敢回。

我感到又羞恼，又冤屈！七八岁的姑娘家，谁愿意落下这么
个名声？可是有什么办法呢？我饿啊！我真不记得什么时候，那
种饥饿的感觉曾经离开过我。就是现在，每当我回忆起那个时候
的情景，留在我记忆里最鲜明的感觉，也还是一片饥饿……

吃那些没收进主人家仓房里的东西，我还一次也没有被人家

抓到过。倒不是因为我的运气格外好，而是人们多半并不想认真地惩罚一个饥饿的孩子。可有一次，我在财主家的地里掰玉米棒子，被他的大管家发现了，他立刻拿着一根又粗又直的木头棒子，毫不留情地紧紧向我追来。

我没命地逃着。我想我一定跑得飞快，因为风在我的耳朵旁边呼呼直响。不知是我被吓昏了头，还是平时很熟悉的那些田间小路有意捉弄我，为什么面前偏偏横着一条小河？追赶我的人越来越近了。我害怕到了极点，便不顾一切地纵身跳进那条河。

河水并不很深，但是足以没过我那矮小的身子。我一声不响地挣扎着、扑腾着，身子失去了平衡。冰凉的河水呛得我好难受，使我几乎背过气去，而河水却依旧在我身边不停地流着、流着……在由于恐怖而变得混乱的意识里，却出奇清晰地反映出岸上那个追赶我的人的残酷的笑声。

我简直不知道我怎么样才爬上对岸的。更使我丧气的是脚上的鞋子不知什么时候淖了一只。我实在没有勇气重新回头去找那只丢失了的鞋子，可我也不敢回家。我怕妈妈知道。不，我并不是怕她打我。我是怕看见她那双被贫困的生活折磨得失去了光彩的、哀愁的眼睛。那双眼睛，会因为我丢失了鞋子而更加暗淡。

我独自一人游荡在田野上。太阳落山了。琥珀色的晚霞渐渐地从天边退去。远处，庙里的钟声在薄暮中响起来。羊儿咩咩地叫着，由放羊的孩子赶着回圈了，乌鸦也呱呱地叫着回巢去了。夜色越来越浓了。村落啦，树林子啦，坑洼啦，沟渠啦，好像一下子全都掉进了神秘的沉寂里。我听见妈妈在村口焦急地呼唤着我的名字，只是不敢答应。一种比饥饿更可怕的东西平生头一次潜入了我那童稚的心……

说过了这些，人们也许会理解我为什么对荠菜有着那么特殊的感情。

经过一个没有什么吃食可以寻觅、因而显得更加饥饿的冬天，大地春回、万木复苏的日子重新来临了！田野里长满了各种野菜：雪蒿、马齿苋、灰灰菜、野葱……最好吃的是荠菜。把它下在玉米糊糊里，再放上点盐花，真是无上的美味啊！而挖荠菜时的那种坦然的心情，更可以称得上一种享受：提着篮子，迈着轻捷的步子，向广阔无垠的田野里奔去。嫩生生的荠菜，在微风中挥动它们绿色的手掌，招呼我，欢迎我。我再也不必担心有谁会拿着大棒子凶神恶煞似的追赶我，我甚至可以不时地抬头看看天上叽叽喳喳飞过去的小鸟，树上绽开的花儿和蓝天上白色的云朵。那时，我的心里便会不由得升起一个热切的愿望：巴不得这个世界上的一切，都像荠菜一样是属于我们每一个人的。

解放以后，我进了城。偶然，在大菜场里，也可以看到人工培植的荠菜出售。长得肥肥大大的，总有半尺来长，洗得干干净净，水灵灵的。一小扎，一小扎，码得整整齐齐地摆在菜摊子上，价钱也不贵。可我，总还是怀念那长在野地里的荠菜，就像怀念那些与自己共过患难的老朋友一样。

多少年来，每到春天，我总要挑个风和日丽的日子，带上孩子们到郊区的野地里去挖荠菜。我明白，孩子们之所以在我的身旁跳着，跑着，尖声地打着呼哨，多半因为这对他们来说，是一种有趣的游戏——和煦的阳光，绿色的田野，就像一幅优美的风景画似的展现在他们面前，使他们的身心全都感到愉快。他们长大一些之后，陪同我去挖荠菜，似乎就变成了对我的一种迁就了，正像那些恭顺的年轻人，迁就他们那些因为上了年纪而变得有点怪僻的长辈一样。这时，我深感遗憾：他们多半不能体会我当年挖荠菜的心情！

等到我把一盘用精盐、麻油、味精、白糖精心调配好的荠菜放到餐桌上去的时候（小的时候，我可是做梦也没有想到我那可爱的荠菜会享受到今天这样的"荣华富贵"），他们也还是带着那种迁就的微笑，漫不经心地用筷子挑上几根荠菜……看着他们那双懒洋洋的筷子，我的心里就像翻倒了五味瓶，什么滋味都有。因为我知道，这种赏光似的迁就，并不只是表现在对挖荠菜这一桩事情上。它还表现在对我们这一代人的一些见解和行为上。在他们看来，我们的有些见解和行为，都像陈列在博物馆里的出土文物——离他们的现实生活太远了，不顶用了。自然，我也并不认为我们的见解和行为就完全正确。只要他们不觉得厌烦，我甚至愿意跟他们谈谈我们在探索人生方面所曾经走过的弯路，以便他们少付出一些不必要的代价。我真希望我们之间不是各自站在各自的那个圈子里的两代人，而是心心相通的朋友。

孩子，让我们多谈谈心吧，让妈妈多讲讲当"馋丫头"时的故事给你们听吧。想想你们妈妈当年挖荠菜的情景，你们就会珍爱荠菜，珍爱生活。你们就会懂得什么是幸福，怎样才会得到幸福。

《人民日报》
1979年5月16日
第6版

花雨

王宗仁

❋ 世上哪有什么花雨？它原来是从战士的调色盘里溢出来的？调色盘，明日你又将给戈壁带来什么新奇的色彩？

花雨？

哪里有？

戈壁滩上。你看，烈日像只火轮子，高悬在头顶，喷射着热流，把个戈壁烤得都"开锅"了。连空气都是滚烫滚烫的，人站着都要大汗直冒。就在这时候突然自晴空降下一阵雨来。那雨丝有绿的、黄的、红的、蓝的、粉的……像朵朵花儿拍抚着戈壁，三拍两拍，就把干巴巴的沙地拍得湿润润，每颗冒火的沙砾都浸出了水珠！

照着太阳下雨本来就够新奇了，又是花雨，真乃奇上加奇。那落地的雨点很快就汇起一个个小窝儿，水窝又串成一条条小溪，小溪呀横流、竖流、斜流，最后归拢在一起，蹦蹦跳跳地跑进了戈壁菜园，去拥抱那饥渴的青苗。

密密的雨丝给戈壁滩编织起一个老大的雨帘，就在这雨帘里面，镶嵌着色彩斑斓的戈壁菜园。啊，那是一幅幅水彩画，那是一幅幅丰收景：白菜已卷心，青椒吊绿钟，茄子棵上结紫桃，西红柿满架挂红彩。还有那萝卜、韭菜、大葱、豆角、丝瓜、菠菜……铺一层银，压一层金，展一层翠，叠一层绿，把昔日贫瘠的戈壁打扮得多么富有！各种各样的蔬菜用它们艳丽的花朵、鲜嫩的叶子、肥壮的果实，把雨帘染成了五色线、七彩帘。啊，花雨就是这样而来！

其实，花雨并非从天降，它攥在治沙人的手心。

一根铁管上插着一长溜人工喷雨器，启开开关，银珠子喷呀金豆子洒。合闭开关，烟消云散，雨过天晴。

铁管通到何处？巧染花雨的人们，你在哪里？

看见了，深山的黑龙潭边，有一间茅屋，一台机器正唱着欢歌，旁边坐着一个军垦战士。正是他操纵着这个降雨机器，把这潭千百年来的死水，变成了戈壁花雨。

此刻，他正在聚精会神地作画。面前放着调色盘，一个一个色碗像一排排酒盅，里面盛满了各色水彩，满溢溢的，仿佛随时都会流淌出来。双膝上放着一张未完成的画。他用饱蘸色彩的大笔挥画着，我看见那横的竖的、粗的细的各色线条，像一道道河流，淌进了戈壁，冲毁了东岗的沙丘，淹没了西岭的沙丘，染绿了南坡的沙山……

噢，我终于明白了！世上哪有什么花雨？它原来是从战士的调色盘里溢出来的?

　　调色盘，明日你又将给戈壁带来什么新奇的色彩?

《人民日报》

1980年8月28日

第8版

洗桃花水的时节

铁凝

❋ 大自然有时热烈，有时冷漠；有时温存，有时残忍。但它带给人的永远是生机，是生命的延续再延续。

一场场黄风卷走了北方的严寒，送来了山野的春天。这里的春天不像南方那样明媚、秀丽，融融的阳光只把叠叠重重的灰黄色山峦，把镶嵌在山峦的屋宇、树木，把摆列在山脚下的丘陵、沟壑一股脑都溶合起来，甚至连行人、牲畜也溶合了进去。放眼四望，一切都显得迷离，仅仅像一张张错落有致、反差极小的彩色照片。但是寻找春天的人，还是能从这迷离的世界里感受到春天的气息。你看，山涧里、岩石下，三两树桃花，四五株杏花，像点燃的火炬，不正在召唤着你、引逗着你，使你不愿收住脚步，继续去寻找吗？再往前走，还能看见那欢笑着的涓涓流水。它们放散着碎银般的光华，奔跑着给人送来了春意。我愿意在溪边停留，静听溪水那热烈的、悄悄的絮语。这时我觉得，春天正从我脚下升起。

这样的小溪我见过不少，却不知有哪一条比温泉镇村边这条溪水更招人喜爱。虽然它流经的地方是那样偏僻，那样贫瘠，每到春天，还是吸引着那么多人。

温泉镇的溪水是条热水，温泉镇也是因此而得名。一座几省闻名的温塘疗养院就设在这里。我就是在春天，去那里看望一位住院的亲人。

一路上我设想过它的容貌。温泉，你是条泼辣的瀑布从高处一泻而下，还是一股柔软的热流从地下缓缓升起？水有多大？温度有多高？那些身患宿疾的人们是怎样接受它的治疗的；对健康人，温泉的意义到底又在哪里？长途汽车跑了一段柏油路，开始进入丘陵地带。冀中平原被抛到车后，一张张反差小的"照片"又扑了过来。拔地而起的灰黄色山峦，像近在咫尺，又像远在天边，叫你怎么也摸不清它们的距离。我凭着对春天的感觉，感觉着它们的所在。很长时间，窗外的景致变化不大。乏味的景色甚至使我产生了倦意。

"别闭眼，别磕着哪儿。"一位老大爷吆喝着小姑娘。

小姑娘抬起头四下望望，有些不好意思地眨着眼睛，脸上泛起一阵阵绯红。这使我又想起了山野里点燃起来的那些桃花、杏花，刚才的倦意也顿时消散。

"去温塘治病？"我问大爷。

"去洗桃花水。"大爷告诉我，一面攥起拳头捶打自己的膝盖。

桃花水？我虽不理解大爷的意思，却骤然感到大爷的话是那么新鲜、怡人，比刚才小姑娘的脸色所给予我的还要浓烈、美好。

我不愿再去追问洗桃花水意味着什么，也许这只是洗温泉澡旳一种夸张了的形容吧，难道水里真会掺进什么桃花不成？我从这简单的话语里领略到美的享受已经足够，说穿了，单从自然科学的角度去加以注解，也许反而会失去它美好的韵致。

正午上车，黄昏前到达温泉镇。下车后，果然同车人大都走进了这座有着现代化规模设施的温塘疗养院。办完探视手续，我才想起寻找我的邻座大爷。但拥在住院处窗前的人群中却没有大爷和那位小姑娘，只有"桃花水"的声音越来越清晰地在我耳边"流动"起来……

第二天我概览了这座疗养院的全貌，也懂得了并意外地享受了温泉澡的妙处。原来那是高压水泵把地下含有氡气的温泉抽进高入云霄的水塔，再从水塔内引进各治疗室。细腻、滑爽的温泉水注入洁白的澡盆，清澈见底。入浴时，如果不是耳边那涟涟的水声，你会觉得自己是坐在一团绵软的、暖融融的气体上，你失去了体重，你正无所依托地向一个地方上升……

这就是桃花水吧？它应该是。你看那水中泛起的一朵朵小浪花，恰似桃花开放——人们总是按照自己的臆想，去把那些美好的事物想象、形容得更美好，更理想化。否则，怎么还会有诗、演义和传奇？可我怎么也不相信自己的主观臆想，我又想到了那位同车大爷，他显然不是这座现代化疗养院的病人。桃花水一定还蕴含着别的奥妙。

紧挨疗养院是真正的温泉镇，这是个200来户的山村。一条陷在干燥黄土里的红石板小路顺坡而下，街里几家旧板搭门脸，和门内作为营业标志的幌子，装点了这座旧镇的古风。尤其一家理发店内伸出的白布牙旗，更能使人想到古代那些古道驿站。几家烧饼铺是近两年新开张的，门上大都用店主人的姓氏写着"王记烧饼铺""何记烧饼铺"……有的挂出一只柳条笊篱，意思是店内还兼营炒、焖、烩饼。不论新店老店，门框上都贴着吉祥的对联："生意兴隆通四海，财源茂盛达三江"。这些属于生意经的传统对联，现在不知为什么似也有了新的立意。新店和老店很容易区别：新店的绿油漆、玻璃门窗不仅有别于旧式板搭门，木风箱旁边还接上电动吹风机。顾客进门一坐，只消一拉开关，三两分钟之内你就可以吃上油汪汪的炒饼、味道浓郁的豆腐汤，而那木风箱只是偶尔遇上停电时才有用场。一位姓邢的掌勺大爷，一边提刀切着饼丝，一边告诉我，半小时之内他做过四十份炒饼、四十碗豆腐汤，速度和质量都得到顾客的盛赞。这样好的生意，可惜一个偏儿子不愿接班，愿意买台小拖拉机往附近水库大坝送沙子。一天两个来回，一趟收入五块半。就这样，扔下烧饼炉走啦。

"四十份炒饼，有那么多吗？"我问。

"怎么没有？眼下正洗桃花水。"

"桃花水？在哪儿？是不是疗养院？"我一连串地追问着，虽然早已意识到我理解上的错误。

"那算什么桃花水，把水抽上天再放下来，没劲。你顺街往西走走。"

吃完大爷的炒饼，我出门一直向西走去，不多远已是村口。土山脚下那是什么？似霞，似雾，似流动着的火焰，莫不是一片桃林？我终于又看见了那点燃在北国春天里的熛红，这才是春的信息。可桃花和水又有什么关系呢？我决定再向前走。不断有三三两两的行人迎面而来，有男有女，但大都是腿脚不利索的老人。老人们边走边用精湿的毛巾擦着脸，拧出毛巾中的水珠。他们腿脚虽欠佳，个个面容却很舒展。水，水，我好像闻到了水的芬芳。

一条坚硬、光明的小路直通桃林，原来桃林的那一边才是温泉的源头。刚才远处所见并非雾，那是温泉源头的蒸汽。那些面容舒展的老人便是从这里走出来的。穿过桃林，那边果然是一片温暖的浅滩，金黄色沙砾上蒸腾着热气。洗桃花水的人们都聚集在这里。人们在浅水里围着一个个涌出地面的泉头，高挽起裤腿，双膝跪入水中，默默地接受着大自然的陶冶。人们没有言语，只有对水的虔诚。

热爱自然，也许是人类的天性。大自然有时热烈，有时冷漠；有时温存，有时残忍。但它带给人的永远是生机，是生命的延续再延续。大自然孕育了人类，在物质文明和精神文明高度发达的今天，人们更加渴求大自然的抚慰。

对于这个温泉的记载是从战国开始的。一年一度的桃花水，千百年来你抚慰过多少黄帝的子孙，又有多少人向往着你的抚爱。但在二十世纪八十年代，几个小小的温泉源头，一片浅浅的温沙滩，已经远远不能满足人们的需求。温泉镇的小伙子和姑娘们，就更愿走出浅滩去享受那淋漓尽致的温泉浴。那座设备可观的温塘疗养院虽和他们没有缘分，两座温泉浴室却又出现在温泉镇的红石板街上。属于公社的那座规模虽不小，但附近三乡五村、山前山后的农民，还是愿意到一座新建的男女温泉浴室入浴。这里一切免费，连存车处都免费。因为它是靠几家个体户自愿资助兴办的，据说还有卖炒饼的大爷那位"偏儿子"一份。单看浴室门前那黑压压的一片自行车，就知道里面的盛况了。

女浴室里，姑娘们那一阵阵无所顾忌的嬉水声互相碰撞着溢出窗外，吸引我走了进去。我忽然想起格拉西莫夫那幅油画《农庄浴室》。画面上是一群集体农庄的健壮妇女，钻在浴室里，在淋漓尽致地享受热水沐浴。她们的兴致是那样高涨，体态是那样无拘无束。但和这些相比，画面上的小木屋就显得太低矮、太拥挤了。低矮的木屋，狭窄的水池，它好像包容不了这群人体的青春光华……温泉镇的女浴室可不是一座低矮的小木屋，这是一座墙壁镶有洁白瓷砖的水泥建筑。水池足有半个游泳池大，水也是饱满、充裕的。姑娘、媳妇们就在这里脱掉穿了一冬的厚棉衣，潜入水池，尽情享受水的抚爱。对，是抚爱。不然她们的身体为什么会那样丰硕、那样光彩照人；她们的面孔为什么会那样滋润、那样容光焕发？她们走出浴室，大度地走过男浴室门口，信手拨弄着披在肩上的湿漉漉的长发，骄傲地接受着小伙子们远远投来的目光。

　　温泉镇人用桃花来形容春天。我注意到，他们不仅爱种桃花，剪桃花窗纸、桃花门挂来装点春天，连娶进家门的新娘子也用桃花来形容。新房炕头上，新娘所坐之处都用红纸墨笔写上：桃花女在此。然而，这才是真正的桃花水。是水，是春天的水洗开了一树树面容姣好的桃花。

　　出浴的姑娘们扬着头走在古镇的红石板街上，走过那些挂着幌子的饭馆、店铺。她们的面容使这座古朴的温泉镇变得滋润了。

《人民日报》
1983年6月3日
第8版

洗桃花水的时节　　　　　　　　　　　　　　063

太阳的香味

叶文玲

❋ 高原的蔬菜瓜果哟，不但十分脆甜，而且分外芬芳，因为它融合着高原战士的万千汗水，因为它饱含着太阳的香味哪！

没有去过青海，我却早早有了从古诗中获得的认识："青海长云暗雪山，孤城遥望玉门关""青海戍头空有月，黄沙碛里本无春"。

青海高原，你难道真是这样春无春，秋非秋，荒漠、苍凉，令人听而生畏的么？

不是亲聆目睹，我总疑信参半，没有去过的地方，又特别想去闯一闯。

我终于去青海了。

沿着青藏线的兵站，我们走了整整一个月，朝行夜宿，四千里路云和月，自以为快走出"界"了呢，细看地图，嘿，只不过沿着柴达木走了多半圈！

但我还是异常兴奋：那变幻着奇光异彩的青海湖，那有着神话般传说的日月山，那有着无穷珍藏的"聚宝盆"，那如白银铺地的察尔汗……哦，高原、高原，你绝不像古人咏叹的那般萧索荒凉，更不像我原先揣想的那样单调刻板。

七、八、九三个月是青海高原的黄金季节。这时的高原，风和气爽、万物向荣，金色的太阳日日高悬，光照的时间特别长。这时的高原，天是那么湛蓝湛蓝，云朵是那样雪白雪白，峰巅山峦绵延，湖畔草原无边，天与地的相接处，分不清云似羊群还是羊群如云。这一派景象，这一派风光，在内地，在终日被灰蒙蒙的烟气浓浓笼罩的大城市，你是无论如何也难得想象出这样清朗幽蓝的晴空的。

我向来只知咏叹故乡江南，如处处可观的花红柳绿，如村村都有的小桥流水，也如四季可尝的鲜韭嫩蔬，可我万万没想到：形貌严峻的高原，也有许多称奇称美的事物和风光教人惊叹的哩！

未上高原前，我们都做了"艰苦"上路的思想准备：不是吗，人都说高原寒冷、缺氧，沙漠中除了红柳、骆驼刺，便不见一点绿色，要能吃苦耐劳，还要准备过一过十天半月吃不着一点新鲜蔬菜的生活呢！人都说，西宁以西都是海拔三千三百米以上，在那片牧草都稀少的高寒地区，你难道还想尝尝青菜黄瓜西红柿吗？收起贪馋的口水吧！细心的同行者老程还揣了几瓶维生素 C 片，真的，有备无患，到时候说不定就用得着呢！

谁知道，越往西行越往高处走，我们这小心翼翼的"准备"就越发显得多余和可笑了，在江西沟、诺木洪、格尔木，甚至在人烟稀少的那赤台兵站，我们的饭桌上一次又一次地出现了奇迹：芹菜绿、黄瓜脆，红嘟嘟的番茄，两个就切一大盘！快尝一尝呵，唷，好鲜甜！

我们呆了。要知道，诺木洪四周几百里都是滚滚黄沙，沙漠绿洲格尔木，在1954年还只有几顶牧羊人的破帐篷，而那赤台，即使是现在这"黄金季节"，许多人一到这里，只能张嘴喘气，连呼吸都感到困难呢！

是的，这都不假。以前，这些地方光见黄沙不见绿，要吃菜只能从几千里外的兰州往这里运，虽然只能运冬瓜、土豆这些大头货，但到了这里，还是烂掉百分之八十，而青芹白菜呢，连想也不要想！

那么，现在这鲜灵的青菜红番茄，难道是王母娘娘送来的神物么？

"自己动手样样有嘛，我们靠的是蔬菜'大棚'呵！"说话的是一个陕西口音的战士。黧黑的面孔，一排白牙齿扇贝似的闪着光，"开始，我们盖这大棚真叫艰难呵，光那墙基就得掘下几尺深。种菜要有土，这里光有沙，就是没有土，没有，那就动手搬呗！我们挖走一车车沙，运来一筐筐土，那土坷垃全是从几百里外运来的，真是比银豆金蛋蛋还珍贵呵！好不容易铺好了'地'，立好了'墙'，盖好了'棚'，浇了水、撒了种，嘿，还没等大伙儿高兴完呢，一阵大风铺天盖地，一场冰雹子噼里啪啦，好家伙，不到几分钟，我们的'家当'立时就稀里哗啦了！真叫人哭都来不及……你们不知道，这格尔木的老天常犯神经，动不动就刮这样的大风，一抱粗的铁烟囱说倒就倒，那天，我们的排长在棚外被刮出去十几丈远，眼睁睁就在跟前，可就趴着一动也不动，后来大家才知道，原来他怀里抱着一瓦罐菜籽！……"

棚子垮了，不怕，只要大伙儿的决心不垮就从头来，重新干！

这回有教训了，塑料布不行，干脆换成玻璃的，玻璃怕砸，再加上一层厚毡！有志者，事竟成。海拔四千多米的高原上，终于有了一畦畦碧绿的蔬菜！

当他们的饭桌上竟然有香喷喷热气腾腾的青椒炒肉片、豆角烧茄子，当他们干裂的双唇喝上这鲜嫩翠绿的菠菜汤时，又怎不笑逐颜开，饭没进口心自甜哟！

高原的兵站上，一个比一个漂亮的"大棚"星罗棋布，一个比一个有趣的"故事"到处传闻……在西宁兵站部，格尔木指挥所的展室，当一个个重达6斤半的茄子，一根根2斤多重的黄瓜，一根根7厘米粗、77厘米长的莴苣等一大批"展品"赫然出现在我们面前时，我不能不又一次为亲眼所见的高原神话所迷醉！

"吃嘛，快尝尝嘛！这里的瓜是特别特别好吃呐！"热情劝说的是一个四川籍的战士，粗糙的双手、黧黑的脸，和先前那位一样，他也是兵站蔬菜大棚的辛勤栽培者。

我们接了过来，"嘣"地咬了一口……"喂，你吃出有股特别的味了没有？"同行的老程，忽然眯起双眼，饶有兴味地问。

特别的味道？我一愣，马上会意了：是的，是有股特别的味道，高原的蔬菜瓜果哟，不但十分脆甜，而且分外芬芳，因为它融合着高原战士的万千汗水，因为它饱含着太阳的香味哪！

《人民日报》
1983年10月25日
第8版

野性的湖

柯 蓝

❋ 野性的湖上的野风呵，你的
豪迈，你的雄壮，使我忘记了我
的渺小，我的脆弱，和我的一切
不足。

一

铁锈般乌漆的云，在等待我。还有无影的痛苦的风，为我吹
着口哨。只有那密密的堤岸上一排不透气的小椴木林，拥挤在一
块，在小心翼翼地为我担忧受怕。这一望无边际的湖中的海啊，
你充满野性，我就这么悄悄地来到了你的身边。

此刻，你冲击沙岸的堤涛；此刻，你在原野上颤动的水光，
以及你呼啸在广阔湖面的傲慢和粗野，都在我心中引起了难以抑
制的思念。

是一对恋人粗暴争吵后，双方在任性怨恨，相对沉默么？

是一个长途跋涉者在夜宿的小店中，孤寂地沉思么？

是在分离的时刻，那无法约束的阵阵难以平息的风暴，在心中撞击着脆弱的堤岸么？

你还使我想起，这也许是一群野牛野马居住的所在。只有那远处的一点黑色的归船，在看不见的飘荡中，才令人想起这是一个野性的湖，一个湖中的海。

二

黄昏前的一阵暴雨，像是前来问候我的过客，匆匆地来，又匆匆地走了。我接受了湖风的邀请，来到松软寂寞的沙滩。

午后那些红男绿女把欢笑带走了，把迪斯科的乐曲带走了，只留下一些杂乱不清的脚印在松软美丽的沙滩。这是一些没有思念，没有依恋的符号。只有那几条深深压下的车辙，才使我想起这野性的湖，有了它自己的生命——这是人赋予它的生命呵。于是，我静静地谛听这不断传来的湖涛声。为什么听不出它的痛苦和欢乐呢？也许是它太广阔难驯，太严峻莫测……难道你的野性，把痛苦和欢乐都吞没了吗？

三

野性的湖，半夜猛然推开我的窗户，抛进一道闪电，和雷声中的雨点。我立即站在窗前，接受你这意外的情意。我知道，这是你对我的呼唤。这是你用刚毅的微笑，在我柔软的土壤中，种下坚强的果实。呵，野性的湖，你也许来得突然，也许我还不习惯你这野性的抚慰。但，我的心却为你颤动了。

四

从湖上走来的野风呵，你要猛烈地横扫你心中的闷郁么？你摇晃着一切树木和整个原野，你吹起寒冷和沙石，袭击着我的手和脸。你掀起了整个湖面的波涛，放出一层一层跳起又倒下的白浪，向我扑来。野性的湖上的野风呵，你的豪迈，你的雄壮，使我忘记了我的渺小，我的脆弱，和我的一切不足。远道南来的游子，知道一个从零下四十摄氏度严寒中获得生命的兴凯湖，一个从几千年民族灾难中挣扎的兴凯湖——这野性的湖，这湖中的海，给予我的全部的爱的意义。

《人民日报》
1986年5月12日
第8版

凝望雕像

周大新

❋ 作家用笔雕出的雕像虽不能立在路边立在庙宇立在殿堂立在广场上，但却可以活在人们的心里。

当大团的乌云携着冰冷的风雨朝我们乘坐的汽车扑来，氧气的稀薄使得我的呼吸更加困难时，我意识到车子已近唐古拉山口，前边就是我渴望看到的西藏的土地———藏北草原了。

这是1996年的7月，西行中的我正坐在一辆大巴车里。

车子吃力地拨开风雨，在曲折盘旋的青藏公路上艰难地前进着；风声雨雾里，一座巨大的军人雕像渐渐出现在我的眼里。

我的精神一振。

那是一个持枪的战士，在风雨中目不转睛地盯着面前的青藏公路，盯着朝他驶近了的汽车和汽车上的我们，盯着连绵的群山和群山远处的天空。

车在雕像前停下，我下车对他凝望。

他那粗糙的面孔上，浮现着一种柔和的温情，似乎在向每一个走过青藏线最高点的路人表示着亲切的问候。他那奇大的双眸里，有一丝淡淡的笑容，极像是在鼓励着面前的行人：不用担心，你一定会抵达你的目的地！他那紧抿着的双唇间闪现出一缕坚毅，仿佛是在向行人们担保：只要我站在这里，什么危险都不可能发生。我倏然间明白，一座好的雕像，虽然固定的只是人一瞬间的神态，但却可以让看见他的人，生出无数的猜想来，这就像一本好书，会让人产生很多美好的联想。

我注意到他的胳膊上被过往的藏族同胞披上了黄色的经幡。看来，这个战斗在青藏线上的通信兵、汽车兵、管线兵的代表，在藏族同胞眼里，已经是平安的象征；他那花岗岩的躯体，已经变得轻柔可触，成为可以为人们提供保护的"神灵"了。

沉重的石质的雕像，可以转换成一种轻盈的精神的东西。

我忽然意识到，人类学会雕像并不是无缘无故，人类是用这种方法，来提供观察自己的范本，来寄托自己寻求保护的愿望，来记录自己当下的生存境况，来表达自己想要抒发的感情。

雕像是人完成的，但反过来又可以对人自身产生影响。

那一刻，我对这个军人雕像的作者生出了一种深深的敬意。

会雕像的人多么幸运！

当重又上车和雕像挥别时，我忽然想到，作家其实也是一种雕像制作者，只不过作家雕像时不用雕刀而用笔。作家用笔雕出的雕像虽不能立在路边立在庙宇立在殿堂立在广场上，但却可以活在人们的心里。活在人们心里的雕像不是也好？不是可以保存得更加久长？贾宝玉和宋江这些由作家完成的雕像，不是已经在人们心里保存许多个年月了？

既然作家可以雕像，那生活在世纪交替时代的吾辈作家，面对我国人民在改革开放旗帜下建设有中国特色社会主义的伟大实践，面对世界人民在和平发展口号下建设新生活的努力，面对整个人类改善自己生存环境的共同行动，当然应该挥起笔来，去雕塑出崭新的文学形象，以使文学的人物画廊更加五彩缤纷。

　　去雕塑出一个少女，使她比简·爱、比苔丝、比林黛玉更让人们喜欢。

　　去雕塑出一个少妇，使她的命运比包法利夫人、比安娜·卡列尼娜、比爱米丽、比窦娥更能拨动人们的心弦。

　　去雕塑出一个男子汉，使他比加缪笔下的莫尔索、比肖洛霍夫笔下的葛利高里、比加西亚·马尔克斯笔下的霍塞·阿卡迪奥·布恩地亚、比罗贯中笔下的曹操更让人们惊叹。

　　去雕塑出一个老人，使他比海明威笔下那个打鱼的桑提阿果老汉、比雨果笔下的冉阿让、比巴尔扎克笔下的高老头，更让人们的心灵受到震撼。

　　许多年后，当人们看到我们这一代作家完成的崭新雕像时，他们一定会惊呼：哦，那是一个多么辉煌而伟大的年代！

　　汽车继续向西藏的腹地进发，唐古拉山口的那座雕像离我也越来越远，但在那一刻关于雕像的思索，却一直保存在我的记忆里。直到今天，只要一闭上眼睛，我还能在记忆里找到那尊雕像，找到当时涌起的那个愿望：完成一座文学雕像，以不辜负这个伟大的时代！

《人民日报》
1997年4月3日
第11版

清塘荷韵

季羡林

❋ 天地萌生万物，对包括人在内的动、植物等有生命的东西，总是赋予一种极其惊人的求生存的力量和极其惊人的扩展蔓延的力量。

　　楼前有清塘数亩。记得三十多年前初搬来时，池塘里好像是有荷花的，我的记忆里还残留着一些绿叶红花的碎影。后来时移事迁，岁月流逝，池塘里却变得"半亩方塘一鉴开，天光云影共徘徊"，再也不见什么荷花了。

　　我脑袋里保留的旧的思想意识颇多，每一次望到空荡荡的池塘，总觉得好像缺点什么。这不符合我的审美观念。有池塘就应当有点绿的东西，哪怕是芦苇呢，也比什么都没有强。最好的最理想的当然是荷花。中国旧的诗文中，描写荷花的简直是太多太多了。周敦颐的《爱莲说》读书人不知道的恐怕是绝无仅有的。他那一句有名的"香远益清"是脍炙人口的。几乎可以说，中国没有人不爱荷花的。可我们楼前池塘中独独缺少荷花。每次看到或想到，总觉得是一块心病。

有人从湖北来，带来了洪湖的几颗莲子，外壳呈黑色，极硬。据说，如果埋在淤泥中，能够千年不烂。因此，我用铁锤在莲子上砸开了一条缝，让莲芽能够破壳而出，不至永远埋在泥中。这都是一些主观的愿望，莲芽能不能长出，都是极大的未知数。反正我总算是尽了人事，把五六颗敲破的莲子投入池塘中，下面就是听天由命了。

这样一来，我每天就多了一件工作：到池塘边上去看上几次。心里总是希望，忽然有一天，"小荷才露尖尖角"，有翠绿的莲叶长出水面。可是，事与愿违，投下去的第一年，一直到秋凉落叶，水面上也没有出现什么东西。经过了寂寞的冬天，到了第二年，春水盈塘，绿柳垂丝，一片旖旎的风光。可是，我翘盼的水面上却仍然没有露出什么荷叶。此时我已经完全灰了心，以为那几颗湖北带来的硬壳莲子，由于人力无法解释的原因，大概不会再有长出荷花的希望了。我的目光无法把荷叶从淤泥中吸出。

但是，到了第三年，却忽然出了奇迹。有一天，我忽然发现，在我投莲子的地方长出了几个圆圆的绿叶，虽然颜色极惹人喜爱，但是却细弱单薄，可怜兮兮地平卧在水面上，像水浮莲的叶子一样。而且最初只长出了五六个叶片。我总嫌这有点太少，总希望多长出几片来。于是，我盼星星，盼月亮，天天到池塘边上去观望。有校外的农民来捞水草，我总请求他们手下留情，不要碰断叶片。但是经过了漫漫的长夏，凄清的秋天又降临人间，池塘里浮动的仍然只是孤零零的那五六个叶片。对我来说，这又是一个虽微有希望但究竟仍是令人灰心的一年。

真正的奇迹出现在第四年上。严冬一过，池塘里又溢满了春水。到了一般荷花长叶的时候，在去年飘浮着五六个叶片的地方，一夜之间，突然长出了一大片绿叶，而且看来荷花在严冬的冰下并没有停止行动，因为在离开原有五六个叶片的那块基地比较远的池塘中心，也长出了叶片。叶片扩张的速度，扩张范围的扩大，都是惊人地快。几天之内，池塘内不小一部分，已经全为绿叶所覆盖。而且原来平卧在水面上的像是水浮莲一样的叶片，不知道是从哪里聚集来了力量，有一些竟然跃出了水面，长成了亭亭的荷叶。原来我心中还迟迟疑疑，怕池中长的是水浮莲，而不是真正的荷花。这样一来，我心中的疑云一扫而光：池塘中生长的真正是洪湖莲花的子孙了。我心中狂喜，这几年总算是没有白等。

　　天地萌生万物，对包括人在内的动、植物等有生命的东西，总是赋予一种极其惊人的求生存的力量和极其惊人的扩展蔓延的力量，这种力量大到无法抗御。只要你肯费力来观察一下，就必然会承认这一点。现在摆在我面前的就是我楼前池塘里的荷花。自从几个勇敢的叶片跃出水面以后，许多叶片接踵而至。一夜之间，就出来了几十枝，而且迅速地扩散、蔓延。不到十几天的工夫，荷叶已经蔓延得遮蔽了半个池塘。从我撒种的地方出发，向东西南北四面扩展。我无法知道，荷花是怎样在深水中淤泥里走动。反正从露出水面荷叶来看，每天至少要走半尺的距离，才能形成眼前这个局面。

　　光长荷叶，当然是不能满足的。荷花接踵而至，而且据了解荷花的行家说，我门前池塘里的荷花，同燕园其他池塘里的，都不一样。其他地方的荷花，颜色浅红；而我这里的荷花，不但红色浓，而且花瓣多，每一朵花能开出十六个复瓣，看上去当然就与众不同了。这些红艳耀目的荷花，高高地凌驾于莲叶之上，迎风弄姿，似乎在睥睨一切。幼时读旧诗："毕竟西湖六月中，风光不与四时同。接天莲叶无穷碧，映日荷花别样红。"爱其诗句之美，深恨没有能亲自到杭州西湖去欣赏一番。现在我门前池塘中呈现的就是那一派西湖景象。是我把西湖从杭州搬到燕园里来了。岂不大快人意也哉！前几年才搬到朗润园来的周一良先生赐名为"季荷"。我觉得很有趣，又非常感激。难道我这个人将以荷而传吗？

前年和去年，每当夏月塘荷盛开时，我每天至少有几次徘徊在塘边，坐在石头上，静静地吸吮荷花和荷叶的清香。"蝉噪林愈静，鸟鸣山更幽。"我确实觉得四周静得很。我在一片寂静中，默默地坐在那里，水面上看到的是荷花的绿肥、红肥。倒影映入水中，风乍起，一片莲瓣堕入水中，它从上面向下落，水中的倒影却是从下边向上落，最后一接触到水面，二者合为一，像小船似的漂在那里。我曾在某一本诗话上读到两句诗："池花对影落，沙鸟带声飞。"作者深惜第二句对仗不工。这也难怪，像"池花对影落"这样的境界究竟有几个人能参悟透呢？

晚上，我们一家人也常常坐在塘边石头上纳凉。有一夜，天空中的月亮又明又亮，把一片银光洒在荷花上。我忽听扑通一声。是我的小白波斯猫毛毛扑入水中，她大概是认为水中有白玉盘，想扑上去抓住。她一入水，大概就觉得不对头，连忙矫捷地回到岸上，把月亮的倒影打得支离破碎，好久才恢复了原形。

今年夏天，天气异常闷热，而荷花则开得特欢。绿盖擎天，红花映日，把一个不算小的池塘塞得满而又满，几乎连水面都看不到了。一个喜爱荷花的邻居，天天兴致勃勃地数荷花的朵数。今天告诉我，有四五百朵；明天又告诉我，有六七百朵。但是，我虽然知道他为人细致，却不相信他真能数出确实的朵数。在荷叶底下，石头缝里，旮旮旯旯，不知还隐藏着多少，都是在岸边难以看到的。

连日来，天气突然变寒。池塘里的荷叶虽然仍然是绿油一片，但是看来变成残荷之日也不会太远了。再过一两个月，池水一结冰，连残荷也将消逝得无影无踪。那时荷花大概会在冰下冬眠，做着春天的梦。它们的梦一定能够圆的。"既然冬天到了，春天还会远吗？"

我为我的"季荷"祝福。

《人民日报》
1997 年 11 月 13 日
第 12 版

人民日报散文（精粹版）

西湖知多少

李国文

❋ 那些属于历史上众说纷纭的攘争，烦恼，长短，是非，统统在时间的长河里沉淀下来，于是便只有山水的美，文人的魂，以及那像璎珞串似的晶莹剔透的诗句，长存在记忆之中。

中国有多少个名叫西湖的湖，很难说得出准数。有人作过统计，大约有十七个，或者还要多一些。凡大小城市，只要城西有一片水者，无不以西湖名之。仅加进一个字，如西丽湖，西林湖，西下湖，或瘦西湖，遂弄到西湖处处有，真假莫能辨的地步。而这也表明，在中国人的心目中，西湖风光通常都被视作美的所在。形成这样一个看法，很大程度上是受杭州西湖的影响。不管有多少西湖，杭州西湖永远是湖中之冠。但这一片湖光山色，为什么独占鳌头，享誉不衰千百年？很大程度上得益于文人的鼓吹。近人郁达夫先生有诗"江山也要文人捧"，大概就是这份意思了。

唐宋以来，究竟有多少诗人，写了多少首杭州西湖的诗，若是统计出来，那数量一定相当惊人。但其中，最出色，最有名，莫过于宋代苏东坡。他写西湖的名篇《饮湖上初晴后雨》，"水光潋滟晴方好，山色空蒙雨亦奇。欲把西湖比西子，淡妆浓抹总相宜。"仅仅二十八个字，就把西湖永远定格在这种至美的境界之中。只要一提西湖，就必然会想到这几句诗。这与他写庐山的名篇《题西林壁》一样："横看成岭侧成峰，远近高低各不同。不识庐山真面目，只缘身在此山中。"也是二十八个字，也达到了同样的艺术效果，游庐山者，稍有一点文化的，心里面都会有这首诗的。所以，走在杭州西湖苏堤上，赏玩景色之余，淡妆浓抹之句，就会从心中油然而出。

杭州的西湖，与苏东坡这位大师的名字，紧紧相连，不知是西湖使苏轼名垂万世呢？还是苏轼使西湖更加风光呢？真是难下判断。更不知是西湖与他有缘呢，还是他与西湖有缘，凡他出仕过的州县，都有西湖，除了这个大名鼎鼎的杭州西湖外。广东惠州的西湖，安徽颍州的西湖，都是苏东坡流连忘返过的地方。因此，古人诗云"东坡原是西湖长"，就是这个出典了。

也许钟灵毓秀的湖光山色，给了诗人灵感，写出名诗名句；也许由于脍炙人口的佳作，而使这一碧万顷的绿水青山，与那些名不见经传的西湖区分开来，而闻名遐迩。于是，大师笔下的西湖，便成为游客心向往之的去处。这就是山水以文人名，文人以山水存的中国文化特色了。谁来到这些西湖，能不对这位中国文学史上的大家巨匠肃然起敬呢？

从苏东坡对这三个西湖的咏哦，几乎能隐隐约约地看出他生命的全部。《陪欧阳公燕西湖》："城上乌栖暮霭生，银缸画烛照湖明。不辞歌诗劝公饮，坐无桓伊能抚筝。"这个西湖是颍州西湖，此时，王安石实行新法，将欧阳修排斥，诗中所引用的"桓伊抚筝"一典，一方面表明了他与欧阳修的同声共气的政治态度，一方面也表现了他那不苟时不阿附的人格力量。正因如此，仕途险恶、多次流放的命运，伴随了他的大半生。

随后，苏东坡来到了杭州的西湖，这个杭州太守的职务，倒是他自己的一再申请去的。他之所以选择离开都城开封，到外省做官，是厌倦了朝廷里那种倾轧险恶的政治环境。而江浙一带，在北宋时期，是离战乱较远的富饶地区，他也早已属意这风光秀丽人文荟萃的杭州，希望在这里安顿下来。所以，在平静如愿的心态下来描绘西湖，自然是诗情从容自如的展露。

再以后，他终于逃脱不了小人的算计，连续谪贬，远放岭南，落脚在惠州。他写惠州西湖的诗："花曾识面香仍好，鸟不知名声自呼。梦想平生消未尽，满林烟月到西湖。"诗前的序中说："惠州近城数小山，类蜀道。春与进士许毅野步，会意处饮之且醉，作诗以记。适参寥专使欲归，使持此以示西湖之上诸友，庶使知余未尝一日忘湖山也。"那时的惠州，可不像今天这样生气勃勃，是道路不通，人迹罕至，闭塞偏鄙，隔绝阻难的不毛之地。被放逐到这里，绝对是一种政治迫害。但大师即使在这样艰窘的条件下，仍充满着乐山乐水的乐观主义，自然也是山美水美给予他的灵感了，尽管那时他活得并不是很开心的。那首著名的《食荔枝》，"罗浮山下四时春，卢橘杨梅次第新。日啖荔枝三百颗，不辞长作岭南人"，也是在惠州所作。从这首赞美南国的诗中，从那"长作岭南人"的自负情态中，不也令后人读出来对他的政敌的轻蔑和抗争吗?

如今，时过而境不迁，人去而景长存，哲人其萎，西湖依旧，无论走在哪个西湖的长长堤岸上，望着那莺飞草长，杂花生树，绿水凝碧，青山苍翠的景色；无论是在夕阳西坠，渔舟唱晚，鸦噪归林，行客稀落，独享清静的时刻；无论是在春雨飘忽，雾凇扑面，水天一色，孤舟湖上，于似乎无垠的空间之中；无论那波光粼粼的水，草木葱茏的山，绿柳夹道的堤，红墙绿瓦的屋，在在令人生发出思古的幽情……那些属于历史上众说纷纭的攘争，烦恼，长短，是非，统统在时间的长河里沉淀下来，于是便只有山水的美，文人的魂，以及那像璎珞串似的晶莹剔透的诗句，长存在记忆之中。

这大概就是永恒，就是真正的不朽。

《人民日报》
2000年7月15日
第7版

人民日报散文（精粹版）

乌江的诉说

张雨生

✳ 豪壮与悲壮之气，在渗入过项羽的鲜血的土地上，永不消失地回荡着。

　　乌江的流响，是高昂的歌唱，也是低沉的呜咽。乌江的江风，是呼啸的雄风，也是萧瑟的悲风。如歌如泣，亦壮亦悲，皆为着两千年前楚汉相争的那场风云。

　　这里是西楚霸王项羽的自刎之地。

　　后人走近乌江，凭吊这位末路英雄，听流响，听江风，一种豪壮与悲怆交织着的复杂情感，便在胸中强烈涌动，久久激荡。这种情感之所以强烈，往往与凭吊者自身的命运相关联。是英雄，是曾经称霸诸侯的大英雄，但却是失败的，穷途末路的，从这里走进黄泉的。这种壮烈的悲剧最能引发联想和感叹。

　　脚下的这座山岗，叫凤凰山，是个很平缓的小山包。后人围住山包修起了祠庙，成了项羽的祭奠之地。

歪斜着几棵柏树，显得很苍老。也许，山包上曾有过茂盛的林子，历经毁坏，只剩下这几棵，可谓劫后余生。近年绿化，新栽下的还是些小树棵子，不足让凤凰山葱郁起来。秃山包上，祠庙依然显得孤独而苍凉。

来这里凭吊的人们，见到这位失败的大英雄，都会油然生出一番感慨。胸无墨水的，只是口头说说，议论一番了事；略通文墨的，便是吟诵几句，乃至挥毫弄墨。项羽是个武人，喜好在战场上卷起风云。死后，却让他静静地坐在祠庙里，倾听这等没完没了的诉说。这是他根本不会想到的，也未必是他乐意的。不过，悼念项羽的诗词联，挂满了殿堂和展厅，如此洋洋大观，可以说是一种特殊的文化现象。

拜读之后，我觉得，颂的，唯有李清照颂出了英雄的灵魂；哀的，唯有杜牧哀出了英雄的眼泪。"生当作人杰，死亦为鬼雄。至今思项羽，不肯过江东。"句句落地有声。李清照不顾及成功与失败，只顾及人物的内在气质。政权得失放到一边，突出的是英雄本色。渡江躲避一时，那还算得上是楚霸王吗？应该说，诗人写出了一个真实的项羽，一个洋溢着大丈夫气魄的霸王。什么叫不以成败论英雄。李诗之论算得上经典。

极力赞扬项羽不肯过江，诗人有着鲜明的现实目的。她所处的那个时代，金兵入侵，高宗赵构带着臣僚逃到江南，把江北的大好河山统统丢掉了。诗人的家在山东济南，不得不夹在落难的人群中逃到江南。背井离乡的悲痛里，充满了对北宋政权的强烈愤恨。宁死不肯过江的项羽，在她的心目中也就更为崇高。诗人的高歌，实际是当哭的。

"胜败兵家事不期，包羞忍耻是男儿。江东子弟多才俊，卷土重来未可知。"这首名为《题乌江亭》的诗，是杜牧出任池州刺史的时候，路过乌江，想到霸王而写下的。杜牧认为，胜败乃兵家常事，问题在于如何对待。若真正的男儿，应该忍辱负重，不争一时之豪，不赌一口之气。项羽英雄盖世，却是匹夫之勇。

　　过江与不过江之争，透过李清照与杜牧的诗，可以看出，完全是争者各取所需。

　　毛泽东对项羽的自刎显然有过思索。他将自己的思索注入神采飞扬的毛体书法中，书写了杜牧的《题乌江亭》。如今，这幅挥洒自如、气韵贯通的书法作品，高高地挂在项羽祠里，使这位失败的英雄更显悲壮。上个世纪四十年代末，蒋介石见大势已去，仍然想保住半壁江山，提出划江而治。毛泽东一句"不可沽名学霸王"，鲜明地表达了他对项羽的看法和态度。

　　怀古和评说，总要掺入个人的影子。面对不舍昼夜的江流，悲凉寂寞的古庙，兔走雉飞的荒冢，想到末日英雄，就以为找到了最好的倾诉场所，遇上了知己的倾诉对象，便将一腔感慨喷发出来。我揣摩，怆然泪下的，仰天长叹的，沉思低吟的，说是凭吊末路英雄，莫如说是凭吊自己的灵魂。

　　进入享殿，当中是西楚霸王的高大神像。抬头仰视，他真的有举鼎之威势，拔山之气概。然而，这威势，这气概，又让人感觉出他的另一面，那么悲凉，那么萧瑟。神像面部，是哭是笑，是悲是乐，是怒是喜，我看不出来，仔细观察，似乎样样都有。他的内心在思索什么，没有人能猜得透吧。

　　如今的霸王祠很兴旺。悼念建筑物建在山岗上，商业建筑物建在山岗下，越建越多，还大有发展之势。从外地赶来的同胞，从地球那边赶来的异胞，摩肩接踵，络绎不绝。凤凰山热闹了，乌江镇也热闹了。这得益于市场经济时代的到来。

豪壮与悲壮之气，在渗入过项羽的鲜血的土地上，永不消失地回荡着。

《人民日报》
2003年4月17日
第15版

远山

严阵

❋ 永远可望而不可即。永远
可想而不可依。永远可疏而不
可密。永远可寄而不可系。

在我的窗口的远方，有一片远山。

晴朗的日子，当我在晨光澄明间第一次打开窗子，我会发现，它是在一片无边的浅蓝中的一缕静悄无声的黛青，而在黄昏，当我最后一次把窗子关上以前，映入我眼帘的它，却是一道朦胧的神秘的金紫。

当风雨如晦云飞雾涌时，我虽然看不见它的影子，但我知道，此时此刻，它依旧守在那儿，默默地静静地无怨无悔地守在那儿，因此在看不到它的时候，从一直涌到我窗口的风云的气息中，我却能感受到它的另一种美，那种既无黛青又无金紫却是不用任何一种颜色表达的看起来并不存在而实际上却分明存在着的令人只能无穷地意会到的那种美，那种并不为人发现的美。

我惊异于初冬季节的一个早晨，当一夜小雪过后，在片云不见的蓝空的边际出现一弧柔美的银色曲线的时候，我真的惊愕于它的绝妙，那在万花纷谢千树凋零的季节显现出的那种无与伦比的淡薄和不可思议的清远。

　　我曾到过黄山。我曾不止一次地领略过它的奇松，怪石，云海，温泉。但当我在天都峰上远眺的时候，我只感觉到它的高峻；当我在百步云梯上攀缘的时候，我只感觉到它的险峭；当我在散花坞前徘徊的时候，我只感觉到它的秀奇；当我在桃花溪畔漫步的时候，我也只能感觉到它的晶莹而又婉转的匆匆。

　　我曾到过泰山。我曾膜拜过它的古老和庄严。但当我进入经石峪的时候，我只感觉到它的至尊。当我看到壶天阁历代刻石的时候，我只感觉到它的至显。在我很小的时候，我就记得，在我出生的那个小山村里，人们筑屋，必定要在一块泰山石上刻上"泰山石敢当"几个大字，并将它砌在新屋的石墙上，因而当我穿过中天门看到那组成泰山的每一座巨大的石壁时，我只能很自然地感觉到它的至贵。而当我登上日观峰一览众山的时候，我也只能感觉到它在千古冥冥之中的那种至高。

　　我曾到过庐山。我曾欣赏过牯岭的亦山亦市。我曾流连过花径的亦画亦诗。我曾在它的仙人洞纵览云飞，倾听那来自锦绣谷的悠悠天籁之音。我也曾登上含鄱亭，看鄱阳湖光苍茫秋水。

　　我曾到过峨眉。我曾在清音阁的月光下凭栏静听那泉水的如泣如诉。我曾在万年祠的秋林中看那白云的忽近忽远。我曾在洗象池的山道上看山花的自开自落。我也曾直薄峨眉金顶，观蜀汉之浩荡烟云。

可是，我所有见到的，却只能是见到，我所有登临的却只能是登临。于是我在兴高采烈过后，渐渐感悟到：人生的一览无余是多么地让人追索永世，而又是多么地令人感到可怕，那种终会演变为幻灭的可怕。

而远山却不。

它永远不会让那一抹黛青变成真实的绿树芳草，它永远不会让那一道金紫变成具体的茅屋桑田，它也不会让那迷蒙的烟雨变成可以听得到可以看得见的小溪和池塘，它同样也不会让那一弧银白变为峻嶒岩石和凋落的园林。

那是你吗？我从我的打开的窗口远远地望着它。没有握手。没有面对面地看清脸上的每一条深深纹络。它给予我的，只是一个遥远的模糊的微笑，只能靠朝思暮想去补充的微笑。

那是你吗？它有时只是蓦然一现随之便销声匿迹。我知道它是在它在的地方，但我希望那云，那雨，那雾，那雪，一直笼罩着它，只给我留下一个第六感觉的空间。

那是你吗？只和我隔着一扇门，只和我隔着一条路，只和我隔着一个季节，只和我隔着一片云也似的流年。我依稀地看到你。没有点头，没有摇头。没有承袭，也没有许诺。那是永远的不缺陷的缺陷。那是永远的不圆满的圆满。

我曾经试图走近你，可是我又不能走近你，因为，当我真的走近你，真的走进你的你，我便会失去你留给我的那一缕黛青，那一缕永远无法解释的黛青。我也会失去你展示在我视觉里的那一抹金紫，那一抹永远无法猜测的金紫。同时，我也会永远失去你隐入轻云薄雾中留给我的那种感觉，那种虚虚的无比神秘的，仿佛在初雪轻掩的荒原上留下的一行似曾相识的时而消失时而复现的脚印的感觉。我也会失去你出现在天际线上的那一弧银白，那永远也无法代替的至纯至圣的梦影。

我曾经试图走近你，可是我又不能走近你，因为，当我真的走近你，你那远山的所有的魅力，便会在了无距离了无界限之间顷刻消失，而与此同时，你便不再是我的远山，而却是别人的远山了。

距离是什么？距离是一个空间。距离是什么？距离是一个时间。因此，人只有在一定的时空之外，才有可能领略到某种真正的完美，并有可能将它永远收入你终生的美丽的珍藏之中。

不要攫取。攫取会使你失落。失落你要攫取的东西和你的自我。不要占有。占有会使你虚无。你得到的将不再是你所需要的，而你也不再是过去的你。

永远可望而不可即。永远可想而不可依。永远可疏而不可密。永远可寄而不可系。

在我的窗口的远方，有一片远山。

尽管流年似水，世事沧桑，各种各样的时尚的追求，穿梭于朝朝暮暮的红灯绿酒之间，我却越来越感到，我那一片远山的美丽和我那一片远山的富有。

《人民日报》
2003年12月6日
第7版

人民日报散文（精粹版）

三线老屋

张炜

✳ 有时我睡不着，就在凌晨
起来工作，遥对窗外的星星，
陪伴屋外那些不眠的生灵。

　　现在的年轻人已经没有多少知道什么是"三线"了。我也难
以准确地解释，只知道这是三十年前那段特殊时期的产物，是修
在山地或偏远地区的一些重要工程，它们可能会应付一些不时之
需，也许关系到未来的国计民生。几十年过去，时局形势以及思
想都松弛下来，这些工程也就没有了用场，再加上管理和维护费
用巨大，所以如今大部放弃不用，呈现半废状态。

　　然而那是多少人的血汗，并且是智慧的结晶，力量和意志的
结晶。有些工程极其完美，至今让人叹为观止。还由于当年的选
址都是荒远僻静之地，所以今天看往往免不了山清水秀。我在城
东的山隙里就找到了这样一处不小规模的建筑，它在一个山谷中
开垦整理出一处大大的院落，盖了一大排宽敞结实的房子，院子

里还有三个大水池，其中的一个有标准的游泳池那么大。如今这一切都被一扇大铁门给锁在里面，当然是荒废不用，所以空地上已是丛林茂密，一片蓊郁，合抱粗的梧桐和苦楝树槐树榆树不少于二十株。更壮观的是四周山坡上的大树，它们呈合围之势挤向这个山谷中的院落，看去就像齐心守护一个山里的珍奇一样。这里一片沉寂，只有几条铺得极为讲究的甬道在诉说当年的繁华。我一直搞不明白的是那几个奢侈的大水池，它们是真的泳池还是养鱼池、防火水池？都不像。

这是我在山里游荡时的发现。从此我不再忘记，并且时不时地就要转到那儿，从山坡，从大门，从不同的角度去看它。无论是择址还是建筑，它都是一个了不起的山中杰作。有一条弯曲的道路通向山外，现在大部都被葛藤覆盖，就像一场绿雪封了山路一样。这里可能已被遗忘，尽管它无论从哪个角度看都称得上是一笔了不起的财富。我当时就在心里想象，一个人如果得以在此安居，哪怕仅仅是短期的借住或一段时间的滞留，那都将是怎样的一份福气。当然，这又是一个现代人的梦想，它切近而又遥远，只是不近情理。

可是我开始把它挂在心上，常常为它的美丽惊叹，为它的闲置抱屈。是的，它这会儿只好在山中冷寂，因为它与灯红酒绿的现代城市显得太隔膜了。然而它毕竟近在咫尺，它真正安静的时间也许不会留下太多了，因为说不定什么时候有人就会把它记起，适时派上一个时髦的用场。我后来了解到它属于"三线"时期的一处工程，早在十几年前就放弃了，当年是一处特殊的电力设施，至今还归属电业系统。我多想躲到这个闲置的地方，如果如愿，将获得一段多么好的工作时间和工作环境。从此我的心里就有了一个放不下的念头。

我于是想努力争取一下。结果当然是颇费周折。令我大喜过望的是，半年之后真的成功入住了。

一番折腾开始了，劳累然而超出了一般的快乐。我与几位朋友动手整过了年久失修的屋顶，挖出了大小水池中的淤泥和腐殖，又把院内的甬道清理出来，再从荒地上开出两块菜园。从入住大院的第一天开始，我们就没有间断地迎接起林中的野物，它们是拖着长尾的大鸟，蹿来蹿去的野兔，还有站在一角注视的草獾。野鸽子的声音就在头顶的大榆树上响起，它们与远处山隙传来的啼鸣呼叫应答。

一切都收拾停当，有了被褥和炊具之类，有了越冬的火炉，有了书籍和笔墨纸张。这里旷敞得可以住得下一个连队，于是几乎每个星期天都有一些朋友来到这里，他们总是携来一些吃物。大家都说，如果能在这儿安安稳稳住上一年，那真是值得庆幸的事了。是的，对于一个来自闹市的人来说，这里真是过于奢侈了。

可当时怎么也想不到的是，我竟然能够在此一住两年多。于是即便在很久以后，我都为曾经拥有这样的一段幸运时光而心怀感激，并一直记住了这种赐予。

山中的夜晚对我来说是不陌生的。然而这里空旷清寂得出奇，半夜时分总会有一声凄然长啼，让人分不清这是何方征兆。勤劳的野物整夜都在院里忙碌，它们掘土，寻索，从东到西，又从西到东地翻开一溜溜湿土。有时我睡不着，就在凌晨起来工作，遥对窗外的星星，陪伴屋外那些不眠的生灵。

菜地的南瓜和芹菜、萝卜都长势喜人，水池里的鱼也肥胖欢腾。鸡群待在院角的一片沙地上，它们总是在阳光下做着惬意的沙浴，并时不时把蛋下在粗沙砾上。我和朋友们点种的花脸豇豆大获丰收，芝麻和芋头也繁茂可期。春夏的布谷鸟一整夜深情长啼，勾起人的阵阵怀想再也不能止息。下半夜两三点钟动手煮一碗方便面即是美餐，它突然冒出的香味往往会让窗外的一些生灵屏息静气许久。

这就是难忘的两年，大山的恩惠默不作声。不止一次有人询问：这么久你到底去了哪里？出国了？我幸福无言。是的，凡是巨大的幸福，它的结果往往会带来长时间的沉默。

《人民日报》
2005 年 4 月 12 日
第 15 版

人民日报散文（精粹版）

渡过长江去

林 非

✳ 我顿时想起了芦苇丛中的那些战友们，在60年前长途行军的日子里，曾经热情洋溢地议论过，怎么样能够在革命胜利之后，使得整个的人间，都变成一座无比幸福的乐园？

已经是整整60年前那么遥远的往事了，却常常飘曳在自己的眼前。

我清清楚楚地记得，自己默默地匍匐在低矮的芦苇丛中，从长江北岸这一片潮湿的滩地上，张望着前方滚滚的水波，滔滔不绝地向远处流去。

黄昏时分的太阳，像一团熊熊燃烧的火球，坠落在江水翻腾的漩涡里。这大半轮血红色的圆圈，正透过颤抖的波纹，缓缓地沉没下去。江面上浮起了一股暗紫色的雾气，蔚蓝色的天空中间，却依旧闪烁着明亮的光芒，一道道姹紫嫣红的晚霞，和一阵阵轻轻飘舞的白云，多么无忧无虑地俯瞰着我们，哪里会知晓大家万分焦急的心情，火烧火燎似的等候着，期待这黑黝黝的夜晚，赶快来罩住茫茫的大地，好搭乘藏在附近的多少艘帆船，飞快地渡过长江去。

四月下旬，钻在芦苇丛里，瞧见左边好多荷枪实弹的武装战士和右边一群赤手空拳的工作队员，都悄悄埋伏在自己的身旁。他们一定也在注视着浩浩荡荡的江水，盼望着立即响起出发的军号声。

"渡过长江去，解放全中国！"这是我们日夜都惦念着的多么令人神往的壮举。我瞅着卧倒在自己旁边的许多战友，心里很明白，他们一定比自己更急着要冲锋过去，因为在昨天的誓师大会上，多少人的喉咙，都已经呼喊得嘶哑起来。

苍茫的长空，终于渐渐地暗淡下来，灿烂的红霞和洁净的白云，都已经消失得无影无踪了。背后碧绿的田畴和面前混浊的江水，也都笼上了一层浓墨似的颜色。

我在幽暗的芦苇丛里，突然想起上海的市景。百姓们已经被每天都飞涨着的物价，折腾得心惊胆战，万分恐惧，急着要抛出这日日夜夜都在贬值的纸币，好去兑换永远能够保持着昂贵身价的黄金。不知道什么缘故，银行的大门忽然关闭了，于是这包围得水泄不通的人们，像掀起了一阵凶猛的浪涛，向前后两边剧烈地晃荡起来，有人在相互使劲的推搡中间，被压倒在地下，被连续地践踏着，阵阵的喊声和哭声，遮盖了街道上汽车的声响。

当这群跌跌撞撞的人被手握木棍的警察驱散开来之后，只剩下一个衣衫朴素的老妇，弯曲着身子，悄无声响地躺倒在那儿，她已经被活活地踩死了。我从心底里升起了一阵悲哀和愤懑的情绪，沿着街道慢慢地走去，瞧着百货公司灯光闪闪的玻璃橱窗里面，陈列着多少昂贵的珠宝和豪华的家具，除开财大气粗的达官贵人之外，谁又能够享用得起？他们掌控了腐败和无能的政府，却让多少平民百姓遭尽了苦难。

"现在可以渡江了罢！"我紧张地瞪大双眼，眺望着阴沉和混沌的长空，庆幸大家已经平安地度过了紧张的白昼，立即又升腾出期盼了许久的愿望，得赶紧冲过长江去，拯救和解放受苦受难的民众。

突然在漆黑的天空中，闪烁和疾驰着几点暗红色的星光。我正惊愕地想跟身旁的伙伴耳语时，这不祥和邪恶的光亮，迅速地逼近过来，随着一阵刺耳的噪声，几架朝向江面俯冲的飞机，像魔鬼似的掠过我们头顶，噼噼啪啪地扫射起枪弹来，难道是在迷茫的夜色中发现了我们？

当杂乱的枪声消失过后，这黑魆魆的土地上，又变得分外寂静起来。我听见了自己突突的心跳声，刚想要轻轻地嘘一口气，那几架飞机又兜着圈子，回转过身子来，呼啸着冲向我们的头顶。我的心依旧在剧烈地蹦跳着，扑通扑通地像是直往喉咙里蹿去，赶紧侧着身子，闭住了眼睛，等候那一串密集的子弹，从半空中扫射过来。

敌人的飞机终于消失了，黑夜又陷入了有点儿恐怖的沉默之中。度过这短短的一分钟，竟像是等待那长长的一整天。

忽然从后边传来哨子与军号的声响，多少战友都高兴地呼喊着，纷纷站立起来，排成了长方形的队伍，像刮起一阵风儿似的，穿过茂密的芦苇，往前边的港汊走去，跨上了早已停泊在那儿的多少艘帆船，不声不响地起锚航行，于飞溅的浪花里颠簸着前进。

浓密的雾气，弥漫在乌黑的江面上。浩瀚的天空中，有几颗闪亮的星星，正神秘地眨着眼睛，是想要指引我们渡过长江去吗？刚才来扫射过的那几架飞机，已经消失得丝毫都没有踪影了。长江南岸的江阴要塞附近，也始终是无声无息的，从未传来过枪炮的轰鸣。

昨天夜里，有个消息灵通的战友，得意扬扬地告诉我说，结集在扬州西边的大批主力部队，已经渡过长江，攻克了反动派的首都南京城，那些压榨平民百姓的残兵败将和贪官污吏，大概都已经丧魂落魄地往南边逃跑了。

汹涌的波涛，拍击着帆船的左右两舷，哗啦啦地震响着，却遮掩不住背后的几个伙伴悄悄说话的声音。他们都悲哀地叹息着，刚才向芦苇丛里扫射的敌机，打死了一个很熟悉的战友。就在那天出发前的黎明时分，他还很兴奋地向我诉说，等到革命胜利之后，得上大学里去读书，好学到浑身的本领，建设民主、自由和富强的新中国。他怀着壮志凌云般的气概，要为自己的祖国，做一番轰轰烈烈的事情。可是他已经长眠在这芦苇丛里，无法实现自己美好的理想了。我禁不住伤心地淌下了滴滴的泪水。

帆船很平稳地向前行驶着。在头顶的天空中间，逐渐泛起了灰褐的颜色，可以朦朦胧胧地瞅见，长江南岸零零星星的树木和房屋。一抹绯红的朝霞，忽然装点在天边的几颗星辰底下，好像是在鼓励和祝贺我们，顺利地抵达了长江的南岸。成百艘灵巧的帆船，终于都陆续地停泊在滩地旁边。

然而那个多么熟悉的战友，却再也不能跟大家在一起，欢快地唱着革命的歌曲，英武地踏着噔噔的脚步前进了。牵挂着他在这瞬间的突然死去，猜想着还有多少并不相识的战友，也会像他那样，在激昂慷慨的征途中，并没有丝毫的预兆，就牺牲了自己多么珍贵的生命。他们有着许多欢乐的向往与崇高的理想，却从此烟消云散，永远从人世间消失了，永远都无法实现自己神圣的追求了。

多么漫长的60年之前，于深夜里乘着帆船，渡过长江去的这一段经历，也还常常出现在睡梦中间。曾经有多少个夜晚，梦见过当时的种种情景。这样的梦，有时候逗留得十分短促，有时候却又绵延得很长很长。最长的那一个梦，是在10年前攀登芝加哥的西尔斯大厦之后，于深夜时分扑朔迷离地游弋在脑海里的。

当时，我站在这世界闻名的摩天大楼顶端，俯瞰着左右前后多少雄壮与俊秀的高楼，显得很低矮地分布在游客们的脚下，真让我惊叹着人类的智慧和创造力量。可就在昨天傍晚，在这大厦附近的密执安湖边徜徉时，我瞧见了好几个乞丐正伸手乞讨。为什么有的人那样奋发有为，想替大家作出许多辉煌的业绩？有的人却寻觅不到正常的工作，只好依靠乞讨来维持生活？

我顿时想起了芦苇丛中的那些战友们，在60年前长途行军的日子里，曾经热情洋溢地议论过，怎么样能够在革命胜利之后，使得整个的人间，都变成一座无比幸福的乐园？这一群年轻的伙伴，充满了多么纯洁和绚丽的诗意。

大概是因为在整个的白天，走得太劳累，心情又太激动的缘故，才有了夜晚这个悠长的梦——

我默默地匍匐在低矮的芦苇丛中，从长江北岸这一片潮湿的滩地上，张望着前方滚滚的水波，滔滔不绝地向远处流去。我还瞧见了埋伏在这儿的多少战友，瞧见了牺牲在这儿的那个伙伴，瞧见了喊哑了嗓子的那个幼小的女童。

我们还一起走向长江之滨，惊讶地眺望着波涛澎湃的江面上，飞架着一座长长的大桥，连接着南北两岸的土地。许多高高大大的轮船，鸣响着汽笛，从巍峨的桥梁底下，来来往往地穿越过去。当年乘坐过的多少帆船，怎么都不见了呢？

在阵阵的惊讶与兴奋之中，就从动情的睡梦里醒了过来。我怀着一种很急切的心情，盼望着在什么时候，真正能够前往长江北岸的那一片滩地，去寻觅多少熟悉或陌生的风景。早就听说过了，在那里已经建起凌空挺立的大桥，我得赶快出发，立即就前往那里，徘徊在桥梁的两旁，看看田野背后多么美丽的农舍，听听人们的欢声笑语里面，蕴藏着哪些通向未来的理想？

《人民日报》
2009 年 5 月 23 日
第 8 版

　　　　　　　　　　　　　　　　人民日报散文（精粹版）

故乡的路

❉ 是呵，故乡的路，不就是
一部山乡的史书吗？它记录着
山里人过去生活的辛酸，今天
日子的甜美！

妹妹从老家来，原本是打算多住些日子的。我们兄妹，都是
年逾六旬的老者了。这次，我那刚学会开车的弟弟把她送来我
家，我是准备安排她多看几处城中美景，开阔开阔她这个山里女
子的眼界。没想到，她到的第三天，接到家中的电话，家里有急
事，非要她回家不可。这时弟弟的那辆车却出了点毛病，要送去
修理。

"那我到车站去搭车。"妹妹等不及坐弟弟的车回家了。"我
送你吧！"看她急成这样，我只好亲自出马了。

那天早上9点，天阴沉沉的，空中飞着毛毛雨。我这个60多
岁的新司机，拉着妹妹就上路了。

穿过城区，很快我们就驶入了高速公路，到达老家的那座城

故乡的路 ◼▸▪▸▪▸✖◼▸▪◼✖▪◼▸▪◼ **101**

市——娄底，才10点半钟。如果在几年前，从长沙到娄底是需要三四个小时的呵！如今，一个半小时就到了。

从娄底到我的老家，抄近路走山道，50多里，只能靠步行，那是将近一天的路程。如果要驾车回去，则必须从涟源绕道，要将近两个小时。我正驾着车往前驶着，坐在一旁的妹妹突然指着前面岔路口一条新修的水泥路，说："走这边，走这边！"

这个地方，叫石狗滩，早年有一所在这一带山乡颇有名气的完全小学。我13岁时，就是在这石狗滩完小毕的业。这，就是我的最高学历。

"这里有公路了？"我一怔。

"有了，而且都修成了水泥路面呢！"妹妹说，"现在，山里人富裕些了，大家为了进山出山方便，每家每户出些钱，政府则每公里补贴十几万元。这样，一两年时间，四乡八寨，村村通了水泥路，不少人家里还买了汽车呢！"

一股热浪倏地涌上我的心头。我是一个山里娃，是在这大山里爬滚大的。我家屋前面一座山，叫洪界山；屋后边一道岭，叫花山岭。花山岭是一座石头山，长不出大树，也开不出鲜花，只长了满山遍岭的茅草。我们的老祖宗，为它取一个这样漂亮的名字，或许是寄托一种愿望，或许是宽慰自己的心。

两座大山间，有一条长长的峡谷。山谷里，坐落着一栋一栋高高矮矮的农舍，我的家，就是这些农舍中的一栋，屋前面，一条青石板铺就的路，在山谷里延伸。往南走，可到达县城；往北走，则可到达省城。一代一代的山里人的脚板，把路面上一块一块的青石板，打磨得光滑光滑的，每块石板，如铜镜般放亮。不少的石板上，还被山里人的脚板磨出一个个凹凹。一条条石板路，也串联着屋前的洪界山和屋后的花山岭。小时候，我经常上洪界山砍柴火，上花山岭扯猪草。到了十一二岁，还挑着一担小箩筐，翻过花山岭，到20多里地以外的金鸡坑担炭回家。三四十斤的担子，开始压在肩上，还不觉得很沉，步子也迈得飞快。走着走着，就感到肩上的担子愈来愈沉，脚步也越发迈不开了。快要到家时，偏偏又耸立出这座高高的花山岭。这时，肚子已饿得咕咕叫，两条腿发软了。每登一步山路，要喘几口粗气，滴一串汗水。每当这个时候，总有一个矮个子女人，从山上飞快地走下来，接过我肩上的担子，递给我一钵子米饭，饭上还压着一个荷包蛋。

这便是我的妈妈。

妈妈挑着我担回的煤炭担子，沿着山间的那条石板路回家了。我坐在山上的石块上香甜地吃着那一钵饭菜。这时候，我感到这是世间最美好的享受！

记得在我七八岁的时候，父亲出了一次远门，到了省城长沙。从我们的村寨里到长沙，300多里路，他穿着草鞋，走了4天。回来的时候，他用热水烫过脚后，一边叫妈妈用针为他挑着脚上的血泡，一边兴奋地对我说："伢子，这次我在长沙街上，看到一种小屋子样的东西，四个轮子，跑得风快，上面，还坐了人呢！别人告诉我：那叫汽车，什么时候，要是这汽车能开到我们这山窝窝里来就好了！"父亲说完，一声叹息。这一声叹息，又寄托了山里人多么殷切的企盼啊！

大约七八年后，花山岭那边，真的修出了一条能走汽车的路。一天，我们几个小伙伴，起了一个大早，翻过花山岭，到那边去看汽车。快到中午的时候，路的前边，真的出现了一栋"移动的房子"——那叫汽车的东西跑过来了。

长大了，我走出大山，到外面闯荡世界去了，每次回家，我都坐汽车到花山岭那边山脚下，然后翻过花山岭回家。不过，那时路况不好，从长沙坐车到花山岭脚下，要六七个小时。当然，比起父亲那一代，要起早贪黑走4天山路，还要磨一脚血泡，就不知好到哪里去了。

"往这边！往这边！"

妹妹又在我身边开口指路了。我按着妹妹的指点，往一座石山上驶去。这，就是我小时候挑炭不知爬过多少次的花山岭。如今，不见了山中石板路，却出现了一条威威武武的冲山而上的水泥公路。不时看到一些山民开着他们新购的汽车，或运着家里烧火做饭用的煤炭，或载着家里盖新房用的建材，兴冲冲地往山上驶去。

一会儿，我的车就平稳地停到了妹妹屋前的坪地里。妹妹家的瓦屋盖在高高的花山岭的顶上。这时，雨停了，天放晴了。我站在她的屋前坪地上，俯瞰山下一个一个的村寨，只见阳光下，一条一条光亮亮的水泥公路，像一条条长藤，串联着这一个个村寨，将山谷间一个个原本分散的屋场，联结成了一个整体。

这是一幅多美的山村图画！这时，我的心里，猛然浮出早些日子在电视里看到的消息：去年，湖南全省先后有18条高速公路开工；今年，全省又有13条高速公路开工。几年后，湖南省的高速公路里程，将由现在的2000多公里，上升到5000多公里。是呵，故乡的路，不就是一部山乡的史书吗？它记录着山里人过去生活的辛酸，今天日子的甜美！

《人民日报》
2009年6月30日
第16版

从棣花到西安

贾平凹

❋ 城与乡拉近了，它吞吸去了棣花的好多东西，又呼吐了好多东西给棣花，曾经瘦了的棣花慢慢鼓起了肚子。

　　秦岭的南边有棣花，秦岭的北边是西安，路在秦岭上约300里。世上的大虫是老虎，长虫是蛇，人实在是走虫。几十年里，我在棣花和西安生活着，也写作着，这条路就反复往返。

　　父亲告诉过我，他十多岁去西安求学，是步行的，得走七天，一路上随处都能看见破坏的草鞋。他原以为三伏天了，石头烫得要咬手，后来才知道三九天的石头也咬手，不敢摸，一摸皮就粘上了。到我去西安上学的时候，有了公路，一个县可以每天通一趟班车，买票却十分困难，要头一天从棣花赶去县城，成夜在车站排队购买。班车的窗子玻璃从来没有完整过，夏天里还能受，冬天里风刮进来，无数的刀子在空中舞，把火车头帽子的两个帽耳拉下来系好，哈出的气就变成霜，帽檐是白的，眉毛也是白的。时速至多是40里吧，吭吭哧哧在盘山路上摇晃，头就发昏。不一会有人晕车，前边的人趴在窗口呕吐，风把脏物又吹到后边窗里，前后便开始叫骂。司机吼一声：甭出声！大家明白夫和妻是荣辱关系，乘客和司机却是生死关系，出声会影响司机的，立即全不说话。路太窄太陡了，冰又瓷溜溜的，车要数次停下来，不是需要挂防滑链，就是出了故障，司机爬到车底下，仰面躺着，露出两条腿来。到了秦岭主峰下，那个地方叫黑龙口，是解手和吃饭的固定点。穿着棉袄棉裤的乘客，一直是插萝卜一样挤在一起，要下车就都浑身麻木，必须揉腿。我才扳起一条腿来，旁边人说：那是我的腿。我就说：我那腿呢，我那腿呢？感觉我没了腿。一直挨到天黑，车才能进西安，从车顶上卸下行李了，所有人都在说：嘿，今日顺到！因为常有车在秦岭上翻了，死了的人在沟里冻硬，用不着抬，像捐椽一样捐上来。即使自己坐的车没有翻，前边的车出了事故，或者塌方了，那就得在山里没吃没喝冻一夜。

90年代初，这条公路改造了，不再是沙土路，铺了柏油，而且很宽，车和车相会没有减减速停下，灯眨一下眼就过去了。过去车少，麦收天沿村庄的公路上，农民都把割下的麦子摊着让碾，狗也跟着撵。改造后的路不准摊麦了，车经过刷的一声，路边的废纸就煽得贴在屋墙上，半会落不下。狼越来越少了，连野兔也没了，车却黑日白日不停息。各个路边的村子都死过人，是望着车还远着，才穿过路一半，车却瞬间过来轧住了。棣花几年里有五个人被轧死，村人说这是祭路哩，大工程都要用人祭哩。以前棣花有两三个司机，在县运输公司开班车，体面荣耀。他们把车停在路边，提了酒和肉回家，那毛领棉大衣不穿，披上，风张着好像要上天，沿途的人见了都给笑脸，问候你回来啦？就有人猫腰跟着，偷声换气地乞求明日能不能捎一个人去省城。可现在，公路上啥车都有，连棣花也有人买了私家车。那一年，我父亲的坟地选在公路边，母亲就说离公路近，太吵吧，风水先生说：这可是好穴哇，坟前讲究要有水，你瞧，公路现在就是一条大河啊！

我每年十几次从西安到棣花，路经蓝关，就可怜了那个韩愈，他当年是"雪拥蓝关马不前"呀，便觉得我很幸福，坐车三个半小时就到了。

过了2000年，开始修铁路。棣花人听说过火车，没见过火车。通车的那天，各家在通知着外村的亲戚都来，热闹得像过会。中午时分，铁路西边人山人海，火车刚一过来，一人喊：来了——！所有人就像喊欢迎口号：来了来了！等火车开过去了，一人喊：走了——！所有人又在喊口号：走了走了！但他们不走，还在敲锣打鼓。十天后我回棣花，邻居的一个老汉神秘地给我说：你知道火车过棣花说什么话吗？我说：说什么话？他就学着火车的响声，说：棣花——！不穷！不穷！不穷不穷，不穷不穷！我大笑，他也笑，他嘴里的牙脱落了，装了假牙，假牙床子就笑了出来。

有了火车，我却没有坐火车回过棣花，因为火车开通不久，一条高速路就开始修。那可是八车道的路面呀，洁净得能晾了凉粉。村里人把这条路叫金路，传说着那是一捆子一捆子人民币铺过来的，惊叹着国家咋有这么多钱啊！每到黄昏，村后的铁路上过火车，拉着的货物像一连串的山头在移动，村人有的在唱秦腔，有的在门口咿咿呀呀拉胡琴，火车的鸣笛不是音乐，可一鸣笛把什么声响都淹没了。火车过后，总有三五一伙端着老碗一边吃一边看村前的高速路，过来的车都是白光，过去的车都是红光，两条光就那么相对地奔流。他们遗憾的是高速路不能横穿，而谁家狗好奇，钻过铁丝网进去，竟迷糊得只顺着路跑，很快就被轧死了，一摊肉泥粘在路上。我第一回走高速路回棣花，没有打盹，头还扭来转去看窗外的景色，车就突然停了，司机说：到了。我说：到了？有些不相信，但我弟就站在老家门口，他正给我笑哩。我看看表，竟然仅一个半小时。从此，我更喜欢从西安回棣花了，经常是我给我弟打电话说我回去，我弟问：吃啥呀？我说：面条吧。我弟放下电话开始擀面，擀好面，烧开锅，一碗捞面端上桌了，我正好车停在门口。

在好长时间里，我老认为西安越来越大，像一张大嘴，吞吸着方圆几百里的财富和人才，而乡下，像我的老家棣花，却越来越小。但随着312公路改造后，铁路和高速路的相继修成，城与乡拉近了，它吞吸去了棣花的好多东西，又呼吐了好多东西给棣花，曾经瘦了的棣花慢慢鼓起了肚子。棣花已经成了旅游点，农家乐小饭馆到处都有。小洋楼一幢一幢盖了，有汽车的人家也多了，甚至荒废了十几年的那条老街重新翻建，一间房价由原来的几十元猛增到上万元。以前西安人来，皮鞋印子留在门口，舍不得扫；如今西安打一个喷嚏，棣花人就问：咱是不是感冒啦？他们啥事都知道，啥想法也都有。而我，更勤地从西安到棣花，从棣花到西安，我不再以出生在山里而自卑。车每每经过秦岭，看山峦苍茫，白云弥漫，就要念那首诗："啊，给我个杠杆吧，我会撬动地球；给我一棵树吧，我能把山川变成绿洲；只要你愿意嫁我，咱们就繁衍一个民族。"

　　就在上个月，又得到一个消息，还有一条铁路要从西安经过棣花，秋季里动工。

《人民日报》
2009年7月15日
第20版

『奏捷之驿』

迟子建

✳ 我说乘船有什么好，跟牛车一样慢。母亲望着我，满怀忧伤地淡淡回了句：风凉啊。

　　40年前，母亲只有27岁。那时的母亲在我们小镇人的眼里，是个不会过日子的女人。因为每隔一两年，她就要领着孩子，回娘家去。旅行在那个年代，费钱又费时。由于交通工具的单一、稀缺，加上路况和天气等因素所造成的车船的运营时间的不确定性，从我们小镇到外婆所在的漠河乡，虽然不过300来公里的路程，可是一旦走起来，少则三四天，多则六七天，煞是曲折。做小学校长的父亲爱开玩笑，他将路途的艰难，算到地球身上去。说是人在一个球上走，这个球还转着，当然走着走着就要滑下来，哪儿那么容易到老家呢。我一想蚂蚁有时在圆石头上爬，也有栽跟头的时候，便觉得父亲说得在理。

　　母亲大约不太放心父亲吧，她回娘家，总是带上两个孩子，留一个在家中。弟弟年幼无知，每次都要被带走，而我和姐姐呢，轮流在家。我们的角色，跟密探差不多。记得40年前母亲回外婆家的那次，她出发的前夜，先是许诺回来时给我买件花衣裳，然后反复叮嘱我，让我晚上时跟着父亲，他去哪儿串门，我就去哪儿。我忠于职守，天一黑，父亲前脚出门，我后脚就跟上。我就像牧羊人一样，握着无形的鞭子，看着月亮升得高了，赶紧把父亲赶回老窝。这个时刻的父亲，只能乖顺地做我的羊。其实父亲对母亲是非常忠诚的，他每天总要念叨她几句，猜测母亲他们到没到，路上遇没遇见麻烦，到了又是怎样一番情形。由于我们小镇和漠河乡都不通电话电报，到的人无法报平安，所以这种牵肠挂肚的念叨，一直要持续到母亲风尘仆仆地返回。

从我们小镇去漠河乡，如果是夏天，通常是先坐长途客车，沿着坑坑洼洼的砂石路到三合站，然后再换乘轮船，逆水而上。如果是大轮船，到漠河乡的码头要航行三四天，小轮船呢，也得两三天。船长是一条船的皇帝，若是碰到性情随和而又富有浪漫情怀的人，除了规定的停靠站，中途若遇可人的风景了，比如说发现岸上有一片艳红的山丁子果，大家垂涎欲滴的，他就会让船停靠一刻，放下浮桥，让旅客下去采摘。当然，大多的船长是一丝不苟的。比如我6岁时跟着母亲和弟弟去外婆家，因为乘坐的大客车中途坏了，修车耗蚀了时间，客车到了三合站的码头时，船已开了。我们眼见着一条白轮船缓缓地离岸而去，母亲哭倒在沙滩上。因为这条船错过了，等下一趟，要三天以后。那一刻我恨那条船，为什么它就不能折回来接上我们呢？看来船不是风筝，说拉就能拉回来。我们滞留在一家大客店里，睡着分上下两层的光板通铺。这个意外无疑削弱了母亲并不丰裕的钱袋，她整天气咻咻的。我还记得她带了一罐豆腐乳，放在了上铺。住在下铺的我，常常趁母亲不备，小老鼠一样地爬上去，用手指头偷着抠腐乳吃。下一趟船终于等来了，那是我第一次乘船。由于船航行在中苏界河上，白天站在甲板的时候，常能看见被我们称为"江兔子"的苏联巡逻艇在江面上突突地跑。艇上那些大鼻子的巡逻兵，喜欢摘下帽子，朝我们挥舞，像嬉皮士。我喜欢看自己船上的船员站在船尾用挂网打鱼，喜欢看环绕着轮船左右翻飞的雪白的江鸥。当然，我也爱看火烧云，它们把西边天镶嵌成了一张又宽又长的年画，那么的鲜艳、热闹。等到船终于停靠在漠河乡的码头，母亲向前来接船的亲人委屈地哭诉着这一路的艰辛时，我撇着嘴，心想有什么好哭的，在三合站等船的日子，过得多有意思啊。

冬天封江了，船停了，母亲归乡的路，只赖汽车轮子了。汽车不像轮船坚如钢铁，它的轮子是凡身肉胎，说坏就坏。轮胎一旦破了，汽车抛锚了，罪也就跟着来了。因为汽车行驶时散发着热量，车内虽然不很温暖，但不至于把人冻着。可它一停下来，如同一个人挺了尸，立刻变得冰凉，我们只得下车，在冰河上奔跑，以免被冻伤。而冰河时常有大面积的冰包出现，这时汽车只能绕道而行。如果绕不好，汽车轮子轧到了苏联疆域，麻烦就大了，双方还得照会。所以开客车的师傅，在捡好路走的时候，还得留意着边界。

即便这样，那些年，无论冬夏，都没有阻断母亲回娘家的路。大概我十三四岁的时候吧，铁路开始往漠河延伸，有了火车，汽车和轮船就面临着退役了。火车是森林小火车，只有一列，每小时五六十公里的速度吧。它虽然逢站必停，还常常晚点，但坐火车稳当便捷，母亲再回家，就选择火车了。

如今从我们小镇到漠河乡，不仅有新修起的光滑如镜的水泥路，还有提速的火车。以前三四天的路程，现在半天就走下来了。前年漠河又开通了机场，从北京飞往那里，三个小时就够了。你想饱览北极风光，不过是一盘棋的工夫。

我还记得读大兴安岭师范时，每逢寒暑假，因为县城的火车站离我们小镇还有十几公里的路程，而那儿又不通汽车，我在返校时，常常要搭生产队进城的马车。由于火车是夜间的，而我往往中午或下午就到火车站了，所以候车室里，常常只有我一个人。坐困了，我也不敢睡，怕万一进来坏人，把我的包给偷了。因为旅行包里，装着书本、炒面和咸菜。那个年代，它们都是我的宝贝啊。

父亲1986年冬季在故乡突发脑出血，由于没有及时找到车辆，他被送到城里的医院时，耽搁了近三个小时，错过了最佳抢救时机，终遭不治。那条十几公里的坎坷的故乡路，在我眼里就像一把长长的尖刀，深深地刺痛了我的心。我总想，如果换做今天，父亲肯定能逃过劫难。因为现在从县城通往那里的车辆，不计其数。

前年我在翻阅大兴安岭地方志的时候，看到一段有趣的史料，清军第一次雅克萨自卫反击战胜利后，有三个兵丁从雅克萨出发，飞马奏捷。他们5月25日出发，穿越我故乡的莽莽林海，直达关内，6月6日巡幸在古北口外的康熙帝收到了此报。5000

余里的路程仅用了11天，堪称奇迹。从此后，这条驿路就被称为"奏捷之驿"。我在想，11天，5000里路，会留下了多少湿漉漉的马的蹄印呢？康熙帝大约不会想到，300年后，这样的喜报，瞬息可闻。

但母亲还怀恋着她年轻时代的归乡路。去年冬天，她意外摔伤骨折，卧床养病的时候，有一天忽然惆怅地对我说，现在往漠河乡也不通船了，要不坐一趟船儿回去多好啊。我说乘船有什么好，跟牛车一样慢。母亲望着我，满怀忧伤地淡淡回了句：风凉啊。

《人民日报》
2009年7月15日
第20版

那会儿，我们正年轻

柯岩

✳ 我们有幸和他们一起梦想，
一起飞翔，一起战斗过，我们
热爱他们，为他们而骄傲——
那会儿，我们正年轻。

　　著名演员覃琨告诉我，2005年在少代会上，在等待和中央领导拍照时，她的位置正好排在杨利伟边上，于是她对他说："我是非常崇拜你的，不过我还是要告诉你一个你想不到的秘密：那就是：你是2003年飞天的，可我在1958年，已经到过月球了。"杨利伟看着身边这位上了年纪的阿姨很严肃，不像在开玩笑，不禁张大了眼睛，不知说什么好。这时站在后排的知心姐姐卢勤大笑起来说："她说的绝对是事实，我可以作证。"一时旁边所有的人也都愣住了。于是卢勤缓缓说道："那时，我还是一个少先队员呢，儿童艺术剧院就演出了《飞出地球去》。覃琨同志是主角，也是乘着火箭，直达月球，还见着了嫦娥——可把我们这些小观众看疯了，散了戏，都不肯走，谢幕谢了无其数……""每场都是十四五次。"覃琨补充道。

于是全场啧啧称奇："真的呀？""那时就演了这样的戏？""怎么会？""怎么想起的呢？""好好超前耶！"——最后全场大笑。

听到这里，我也哈哈大笑起来。是呀，怎么会？是怎么想起来的呢？

其实，一点也不奇怪。那时，世界上第一颗人造卫星刚刚上天，全国人民意气风发——一天，一个天文学家找到我，说是想写一个飞出地球去的剧本，要和我合作。我大吃一惊！以前说过：因为从小迷恋文学，我的数理化学得一塌糊涂，离开学校多年，仅有的一点知识更是早就还给老师了。于是我立即拒绝。可天文学家百折不挠，找到儿艺的领导。领导找了我去，我说："我对天文一点不懂呀！"天文学家说："我懂啊！""不懂可以学嘛！现在全国青少年对卫星着迷得很，纷纷成立天文小组，我们正该把他们的兴趣巩固和提高起来嘛！"领导毕竟是领导，高瞻远瞩，一锤定音。

于是，我只能接受任务。接受了任务怎么办？就得干！怎么干？学着干呗！没说吗？那会儿，我们正年轻！王铁人早就说了嘛："有条件，上！没有条件，创造条件也要上！"

于是，就开始了热火朝天的学习。每天天文学家给我上课，口讲不算，还实地教学，上天文馆，图书馆：地球在宇宙中的位置，地球和月球的距离，怎样飞出去？要克服哪些困难？失重的现象什么样？火箭在途中会遇险吗？宇航员可以出舱吗？不但要了解太阳系、恒星系，还得重学爱因斯坦相对论——真是学惨了！可是下学校，到少年宫又是那样有趣，孩子们真是胸怀天下、壮志凌云，勇敢得不能再勇敢，可爱得不能再可爱！

"你们怎么敢想飞出地球去呢？"

"卫星上了天，下一步必然是载人火箭上天。"

"那不是科学家的事吗？你们这么小，能做什么呢？"

"我们都十三四岁了，还小吗？科学家也不是天生的。看，我们航天小组不正在做火箭模型呢吗？"

可也真是，看着这些小组一个个写的计划、决心书；做的规划和模型，我常常感动得热泪盈眶。他们不但比小时候的我有知识、有志气，而且比当时的我想象力丰富又敢想敢干。就是在他们异想天开中我们决定戏的主线是少先队员要乘少先一号火箭到月球筹建少先城。因为从他们的七嘴八舌中知道他们对失重现象特别热衷，我们也认为这可以成为必需场面和趣味情节，于是我们专门加设了一个幼儿角色，让他偷藏进了乐器箱，在火箭运行途中开箱时突然飞出，（因为要建少先城的队员们绝不可能没有失重的知识和准备）使得全场观众欢呼雀跃。为了他们一定要让队员出舱又专门设计出火箭中途遇险；而为了他们非要在月球上和嫦娥见面不可，我曾怎样辗转反侧、苦思冥想才合理了这个情节啊！我至今还清楚地记得田汉同志来看演出时的情景：他是那样高兴孩子们的强烈反响，有时不禁用手捂住耳朵笑："你们的观众原来是这样的！真是震耳欲聋啊！"却一次又一次地说："他们真热情、真可爱啊！"可当嫦娥出场时，他一下子严肃起来，对我说："这不行！再浪漫也不能失真嘛！嫦娥毕竟只是传说……"我说："您别急，往下看，您再往下看！"当他看到嫦娥唱完"应悔偷灵药"后自报家门说："我是国家歌剧院的演员，为了迎接你们在此专候……"时，他又那样高兴地大笑起来说："这就好，这就好，太聪明了，真是太聪明了！"

田汉同志是国际知名的戏剧家，又是中国剧协主席，不言而喻，他的鼓励对那时年轻的我们的作用有多大？特别是在沸腾的演出现场。戏进行时，全场观众不时起立鼓掌，小德德失重飞起来时，全场大声欢呼，大部分孩子离座奔向舞台，迟迟不肯回座位。戏演完了全都不肯离开剧场，幕谢了一次又一次，孩子们就是不肯走，于是演员们在台上喊："月球上见！"孩子们喊："不见不散！"再谢幕时演员再喊"月球上见"时，孩子们却喊："火星上见！"这样再谢幕时演员也喊"火星上见"了，可孩子们却又进一步喊起了："星星世界见！"——于是我们不但把谢幕词改了又改，还把戏加了又加，最后一场不但加了一个从火星赶来参加月球建立少先城盛会的宇航员，还把他设计成剧中老爷爷和老奶奶的同学。老爷爷和老奶奶早已是白发苍苍了，而他却四十开外，正值壮年，为的是形象表现爱因斯坦的相对论；而且在演出几十场后，干脆把剧名也改成了《飞向星星世界》——

现在的人，恐怕很难想象这样的创作了，它不但是货真价实的集体创作，而且是孩子们在引领着推动着我们创作，最后大家决定剧本要写上执笔柯岩、子友，说的是：总得有个对社会负责的人嘛！实际只不过是因为孩子们太爱这两个从善如流又实干苦学的家伙了。从善如流前边已经说过，苦学呢，我的笔记密密麻麻记了几大本，密密麻麻的不仅是字，还有各种各样的图、画和奇奇怪怪的公式。如果一旦遗失，被人捡到，大概不是送到天文馆，就会送给北航。因为即使够不上研究生的边儿，至少也顶1/3

个本科生。子友的本子呢，则满是什么主题思想、最高任务呀，什么人物塑造、性格冲突啊，什么必需场面、环境氛围、高潮、低潮、尾潮，甚至斯坦尼斯拉夫斯基体系与布莱希特体系之异同等等等等，绝对一个戏剧学院出身的高才生。实干就更不必说了，我俩不但从早到晚跟随导演演员，须臾不离地与之耳鬓厮磨；挑灯夜战时，更是耳提面命，最后干脆披上一件军大衣，和衣躺在景台上，以便随叫随到、来之能战，还得每战必胜：合理不成他们的奇思妙想，改不出好情景、好情节、好氛围——就别想藏到月球里（景片堆里）小睡片刻。那叫一个热火朝天，困死活人！好在那会儿，我们正年轻！

但是，演出后，一切都得到了补偿，不但剧场效果出奇热烈，而且演出后，我们收到了那么多那么多的观众来信，个人决心书、中队计划、小队誓词——孩子们纷纷表示要学习剧中人一辈子献身科学，为国争光，为人类争气，要当宇航员，飞出地球去，飞到火星去，飞到星星世界去！

一晃，半个多世纪过去了。老前辈田汉先生已仙逝多年，我和子友也都重病多年，连当时《飞向星星世界》中的主角、饰演少先队中队长的覃琨也已七十开外，当年十三四岁的少先队员也都年逾花甲，飞出地球去的夙愿只能让杨利伟和比他更年轻的一代去完成了。可是我们毕竟年轻过，我们曾经和我们的下一代一同梦想，我们当年的科学幻想剧在半个多世纪后，一一变成了现实：杨利伟飞出了地球，翟志刚在太空出了舱，我们2008年上天的火箭就叫作"嫦娥号"。当年的少先队员全都完成了他们的诗意、实现了他们的誓言吗？究竟有多少曾参与了天体科学研究，

人民日报散文（精粹版）

参与了火箭的研发和建造工作？我们无从统计；但是那一代少先队员一定曾是祖国各条战线的主力军，为中国的腾飞贡献出了自己的青春和热血。因为他们从小就是那样地胸怀天下、壮志凌云！

我们有幸和他们一起梦想，一起飞翔，一起战斗过，我们热爱他们，为他们而骄傲——

那会儿，我们正年轻。

那可真是年轻，真是年轻啊！

《人民日报》

2009年8月19日

第16版

窗外的大树

周有光

❋　我真幸福，天天神游于窗外的大树宇宙、鸟群世界。其乐无穷！

我在85岁那年，离开办公室，回到家中一间小书室，看报、看书，写杂文。

小书室只有9平方米，放了一顶上接天花板的大书架，一张小书桌，两把椅子和一个茶几，所余空间就很少了。

两椅一几，我同老伴每天并坐，红茶咖啡，举杯齐眉，如此度过了我们的恬静晚年。小辈戏说我们是两老无猜。老伴去世后，两椅一几换成一个沙发，我每晚在沙发上屈腿过夜，不再回到卧室去。

人家都说我的书室太小。我说，够了，心宽室自大，室小心乃宽。

有人要我写"我的书斋"。我有书而无斋，我写了一篇《有书无斋记》。

我的座椅旁边有一个放文件的小红木柜，是旧家偶然保存下来的遗产。

我的小书桌面已经风化，有时刺痛了我的手心；我用透明胶贴补，光滑无刺，修补成功。古人顽石补天，我用透明胶贴补书桌，这是顽石补天的现代翻版。

一位女客来临，见到这个情景就说，精致的红木小柜，陪衬着破烂的小书桌，古今相映，记录了你家的百年沧桑。

顽石补天是我的得意之作。我下放宁夏平罗"五七干校"，劳动改造，裤子破了无法补，急中生智，用橡皮胶布贴补，非常实用。

林彪死后，我们"五七战士"全都回北京了。我把橡皮胶布贴补的裤子给我老伴看，引得一家老小哈哈大笑！

聂绀弩在一次开会时见到我的裤子，作诗曰："人讥后补无完裤，此示先生少俗情！"

我的小室窗户只有一米多见方。窗户向北，"亮光"能进来，"太阳"进不来。

窗外有一棵泡桐树，20多年前只是普通大小，由于不作截枝整修，听其自然生长，年年横向蔓延，长成荫庇对面楼房十几间宽广的蓬松大树。

我向窗外抬头观望，它不像是一棵大树，倒像是一处平广的林木村落，一棵大树竟然自成天地，独创一个大树世界。

它年年落叶发芽，春华秋实，反映季节变化；摇头晃脑，报告阴晴风信，它是天然气象台。

我室内天地小，室外天地大，仰望窗外，大树世界开辟了我的广阔视野。

许多鸟群聚居在这个林木村落上。

每天清晨，一群群鸟儿出巢，集结远飞，分头四向觅食。

鸟儿们分为两个阶级。贵族大鸟，喜鹊为主，骄居大树上层。群氓小鸟，麻雀为主，屈居大树下层。它们白天飞到哪里去觅食，我无法知道。一到傍晚，一群群鸟儿先后归来了。

它们先在树梢休息，漫天站着鸟儿，好像广寒宫在开群英大会，大树世界展示了天堂之美。

天天看鸟，我渐渐知道，人类远不如鸟类。鸟能飞，天地宽广无垠。人不能飞，两腿笨拙得可笑，只能局促于斗室之中。

奇特的是，时有客鸟来访。每群大约一二十头，不知叫什么鸟名，转了两三个圈，就匆匆飞走了。你去我来，好像轮番来此观光旅游。

有时鸽子飞来，在上空盘旋，带着响铃。

春天的燕子是常客，一队一队，在我窗外低空飞舞，几乎触及窗子，丝毫不怕窗内的人。

我真幸福，天天神游于窗外的大树宇宙、鸟群世界。其乐无穷！

不幸，天道好变，物极必反。大树的枝叶，扩张无度，挡蔽了对面大楼的窗户；根枝伸展，威胁着大楼的安全，终于招来了大祸。一场大动干戈的砍伐行动开始了。大树被分尸断骨，浩浩荡荡，搬离远走。

天空更加大了，可是无树无鸟，声息全无！

我的窗外天地，大树宇宙，鸟群世界，乃至春华秋实、阴晴风雨，从此消失！

二〇〇九年三月十一日，时年104岁

《人民日报》
2009年8月24日
第20版

一篇尘封的日记

葛水平

✻　社会是许多细枝末节的相连，环环相扣，才能构成社会的进步。

新中国诞生之初，1953年阴历六月十六，有过一次月全食。北京时间晚6时33分"初亏"，那时月亮还没有升上来。一个小时后"食既"，这时广大农民正在乡邻和睦的笑声中喝稀饭，也就忽视了这个极易热闹的短暂时光。晚9时11分，月亮"生光"。

晚风四起时，刚刚开完会的山西省某县某村社员，走出由寺庙改建的小队队部，掐灭草纸卷好的烟头，把剩下的半截卷烟按在耳朵上。嗖嗖的风声跌荡在树木和附近山梁上，似乎是蚁虫在连绵低鸣。有人长舒了一口气，看见月亮渐渐脱离地影边缘露出了金边，突然有一种想喊想叫的感觉，即刻就叫了出来："天狗吐月亮了！"

刚才会议讨论的是：明年三月整社，该不该放开副业生产。副业生产不仅直接关系着90%以上社员增加收入的问题，而且对支援国家工业建设有重大意义。会上，李书记强调了上面的意思：农业合作社应根据省人民委员会指示精神，不该强调一切都归社集体经营。比如，单挑运输、采树籽、刨药材等等，宜于个人经营的副业就该放手；又如，养猪、打猎、编织、打铁等也应个人经营。个人的副业收入归个人，要制定出多少劳力搞农业，多少劳力搞副业的计划，劳动之余的副业归个人，只有这样社员的积极性才能提高。

会上，大家的耳朵支棱着认真听，听明白了，都很兴奋，同时眼里也流露出了风吹不尽的好奇与渴望。讲话的和听话的彼此都在体会自己看得清和看不清的一切，都在想着过去和今后，前途一阵阵清晰又一阵阵渺茫，不知道下一步该迈哪只脚走路。会议整个过程大家都静悄悄的，煤油灯的亮度还照不清楚"不想说话时"脸上的内容。社员们都知道，政策和落实不一样，这时候多说半句话都是挥霍。

主持会议的李书记叫起坐在前排看上去有点屁股不稳的社员李奎问话："李奎，你站起来说，你每天能做几个小椅子？"李奎毫不犹豫地站起来："六个。"李书记的眼睛盯着李奎看，这样的看法让李奎心里发毛。李奎歪下脖子看地上脚片子，一双烂了帮的鞋在地上摆着，脚指头黑不溜秋藏在里面有探头探脑的意思。李书记说："李奎，你抬起头来看我，地上没啥看的。你一个汉子，只做六个小椅子？你的力气就没有用完。"李奎急上了，又坐下去："你知道还问！"李书记说："我就要你亲口说出来，看你心里是咋想的！"李奎说："咋想的，我做得太多也没用，都是大集体的。"一句话把李书记说住了。

社员们等李奎这根导火线燃响儿，想知道上边说的意思有多少成分是真的。半天没响儿，等于是哑炮。大家明白了，李书记也就是一个上传下达一下的人物。他不能说李奎说的不是真话，既是真话，也不能说大集体就应该少做，人家下了力气做，工分还是八分，多下那力气有什么意义！话多一个字都不好往下继续，于是，彻底冷场了。宣布散会的时候，李书记要李奎留下来。

这一夜，李书记在他的日记上写下了如下一段话：

> 按照副业生产活计的难易、社员技术高低和产品价值的大小，规定副业生产的劳动定额，社员才能满意的实际情况，我很想让在座的社员都发自内心地讲讲，可是没有人说话，上边的政策是好，社员们不知道好。
>
> 这些个社员群众，天天给他们揉眼睛明心胸，可他们就是一脑袋狡猾，一盘散沙难管教。我敢肯定，这夜的会议让所有的听见李奎答话的社员心里应该是骚动了一阵子，因为，李奎说了实话。散会后我留下李奎悄悄问他每天能做几个小椅子？他说："你保证我说了的话不外传？"我说："我保证！"他说："十个保证，十二个松松的。"李奎不放心地走到门口，指着外面天空的月亮叫我发誓，他要我说，如是我说了李奎说了的实话，我到秋口上烂了舌头。我才看到天狗吃月亮了。天狗吐出的月亮照着村庄和走进村庄里的李奎，

李奎的烂帮鞋拍打着青石地，这个鬼头鬼脑的家伙，搅得我心乱如麻。

1953年6月16日

我是从地摊上无意撞到这本日记的，普通的硬皮本，封面有一个凸起来的毛泽东头像，四角是凹下去又浮凸出来的缠枝富贵牡丹。翻开这本日记的第一页是《我国1953年全年工业生产计划图》，它以1952年上半年的产量和1953年的计划产量作了比较，从中告诉："五年经济建设的第一年，我们将要获得的辉煌成就。"

这一天的日记到此就画上了句号。之后是一个女人记下的织毛活的编织针脚。

我隐约从这本日记中看到了一缕曙色霞光，但是，现实有时候往往会被不知什么地方的来风吹散，仅留下一块并不虚无的梦境。1953年之后，我国发生了许多事情，包括1958年的农作物在革命东风的吹拂下高产无极限，包括后来的一些事情都束缚了社员的手脚。时隔十年、二十年或更远，一片干脆泛黄的纸页告诉了我们，鸡毛蒜皮的事传承着当时的气息，由当时的气息而衍生出的幻景眼看着就在前面不远处了，却眼睁睁看着它在指间溜走了。其中，又让我感到了社员的"高贵"就是适度的"保守"。不管怎样，社员们走到今天，响应着政府的召唤，该做什么的时候做什么，不该做什么的时候依旧做什么，不为什么，就为了目力所及之处都是黄土。他们的保守说白了就是聪明，"小聪明"。

比方说，他们有足够的麦子，却不吃，要吃玉米，对外总说我没有多少麦子了，屋子里尽落下粗粮了。社员这样说是穷怕了。社员的私心是围绕着自身的利益来考虑的，只是他们的利益更需要一个好政策。他们说了一些实话，却要保证实话不能外传。他们真正能够敢说真话，是十一届三中全会召开之后。包产到户，一场席卷整个中国、深刻影响中国土地政策转变的旋风一下让他们知道了：是该下死力气的时候了。

耕者有其田，让中国农民过上了充满活力的富裕生活。

天还是这样的天，地还是这样的地，云，远近高低，悠悠成景，风，刮来刮去。然而，人们对1953年的日记已经荒疏了，荒疏了一个老党员夜晚很农民的细节。社会是许多细枝末节的相连，环环相扣，才能构成社会的进步。往往我们对于细节的荒疏，把社会的进步视为社会的必然进程而忘记了其中的挣扎。我从日记的扉页上知道了持有日记的主人叫李书平。因为经年的时间，他的名字就像"佛"刻进了石头，让我在故纸堆里寻漏时知道了什么叫好政策可以富一国之民。

《人民日报》
2009年9月5日
第8版

风在诉说着『时候』

金翠华

❊ 过去的“时候”流淌到今天的“时候”，所有今天的生命都是过往生命的延续，延续的生命享受着晨光温煦的“时候”。

大姑小我的婆母1岁，她却没能赶上今天的好时候。69年前，当我的姑父参加八路军，扛枪打日本鬼子时，无论是他还是我大姑，谁也没有勾画未来的生活蓝图。他们年轻的心里沸腾着爱国的热血，姑父拉着爱妻的手说：“三年两年，赶走鬼子我就回来，咱的好日子还在后头哩！”丈夫的允诺，成为她一生的期盼。

我的婆母今年93岁了，她说她“赶上了好时候”！这句话从一个93岁的老人嘴里说出，就有了历史的沉重。“时候”，在这里，不仅是指特定的某一时段，还包含了在这特定时间里，生命生存的现实空间和心理需求的精神空间。

我的婆母常常如数家珍一样讲述她经历过的许多“时候”：曾经有过一个“时候”：她不得不把长辫在脑后盘成发髻，脸上涂上锅底的黑灰，穿着破旧的老人衣服，趴在村外东沟的荆条丛里，躲避着日本鬼子……曾经有过一个"时候"：她在衣兜里突然发现了丈夫忘记带的良民证，她发疯似的跑到火车站，从国民党兵的刺刀下把良民证递给刚刚下车的丈夫，而跟在丈夫后面从老家来的一位新婚的亲戚，因为没有良民证而被带走，押往台湾……她亲眼看见房屋被践踏，粮食被抢夺，一些人残暴地殴打另一些人……说到那些不堪回首的"时候"，婆母总是欣慰地说：我能活到今天，赚着了！

然而，我的大姑却没能熬过那个"时候"，她被那个"时候"吞噬了。就在我姑父转战南北，与敌人血战的关键时候，竟有那么一些败类在后方做出伤天害理的勾当，姑父做梦也想不到，他的家在一夜之间被抢劫一空，他的父亲、兄嫂以及所有的亲人全部被活活打死。容他的妻子存活，是因为她漂亮，被一个大她30多岁的鳏夫留下做妻，如果她不从，她的4个年幼的儿女也会遭遇他们家其他孩子的命运：装在麻袋里打死扔在河里。我的大姑就这样屈辱地被霸占了，后来，她饿死在一间空荡荡的茅草屋里。

为了冲出那些暗无天日令人窒息的"时候"，为了追求一个和谐美好的"时候"，不知有多少人付出了自由，付出了爱情，甚至付出了生命。他们无愧无悔地追求过程，存留了奋斗者生命永不消散的芬芳，馥郁的芬芳里，飘逸着我大姑和姑父的爱情。

比大姑大1岁的婆母熬过了那个"时候"，走进了今天。她常常以惊人的记忆力向我们细说她经历的那些"时候"。倾诉着那些"时候"给她留下的无法弥补的遗憾，她说，她一生最大的遗憾是没捞着念书。

婆母没上过学。她说14岁那年，有过一个上学的机会。那天她到菜园里去摘芸豆，听人家说，河南庄的女孩能上学堂了，她欢喜得芸豆也摘不下去了，提着篮子就往家跑。没想到白欢喜一场，只隔一条河，河这边的村庄没有办学堂。

那个梳着一条大辫子，穿着碎花右襟小褂，在田埂上绊绊跌跌往家跑的少女，把她的求学梦一直揣在心里。80年的求学梦，在她的孙辈身上得以实现，像盛开的百合花，从国内一直开到国外。每当接到孙子孙女们从美国、俄罗斯、加拿大……打来的电话，她都要对着话筒大声说：你们赶上了好时候，好好学吧！

过去的"时候"流淌到今天的"时候"，所有今天的生命都是过往生命的延续，延续的生命享受着晨光温煦的"时候"。多年以后，大姑的孙女结婚了。婚礼在"海上皇宫"举行。阳光流金溢彩，在万顷碧波上荡漾，雪白的浪花，宛如大海的笑容，向天际间伸展开来。当新郎挽着新娘走进来的那一瞬间，我惊呆了——洁白的婚纱簇拥的是谁？那一双美丽的大眼睛，那明亮灵动的眼波不是我的大姑吗？宾客的欢呼声，让我回过神来，在侄女甜美的笑脸上，我看到大姑留存在岁月里那永久的盼望。

夏日晴朗的上午，我陪伴婆母到校园散步。她坐在轮椅上，我推着她，从大学泽园宿舍出来，一路走，一面指给她看：那掩映在石榴花后面的是外国留学生楼；迎着大门、坐落在喷泉东面的是大学图书馆；透过樱花树、松树和高大的剑麻，看到的是实验基地……老人家一一地看着，喃喃地说："真是赶上了好时候！"眼睛里流露出由衷的羡慕。

清风吹过，每次都用清新的曲调，歌唱着过去和今天的故事。仿佛在提醒：今天的"好时候"来之不易；爱的晨光是穿过乌云般历史的帷幕才进到这个"时候"；快来接受爱的造访，它是你内心真实的需求。

花在静谧的园圃里和蝴蝶嬉戏，没有听见风的提醒；鸟儿在天空飞翔追逐，没有听见风的提醒；往来的行人脚步匆匆，没有心思去听风的提醒。而我的婆母，这个世纪老人，这个耳朵有些失聪的老人，好像什么都听见了。她坐在轮椅上，捋着吹乱的白发，回应着风的问候，她似乎在用自己的话语，转述着风的提醒。一路上，她不时地嘱咐我："你们年轻，能赶上这个好时候，该做什么就赶快做。"路过教学楼，她望着那些坐在树荫下看书的学生，赞不绝口："好啊，就该这么用功，真是赶上了好时候！"长长的百卉路上有好几处减速带，每到一处总有学生向老奶奶致意，主动地来帮我抬轮椅。婆母慈祥地笑着，夸奖着："赶上了好时候，人也好，看看这些年轻人！"

发自内心的美丽，总会流露出爱的光亮。风采撷了我婆母的话语，编成新的歌曲："赶上了好时候，快快把爱接进心里。"

亲爱的朋友，你可曾听见风的歌声？

《人民日报》
2009年10月7日
第4版

人民日报散文（精粹版）

火车开进野三关

叶 梅

✳ 近30多年来，火车不仅开
进了天险之地野三关，全国各
地铁路建设都在突飞猛进。

野三关是鄂西崇山峻岭中的一道关隘。

鄂西这一带位于巫山山脉和武陵山脉的交会之处，方圆数百
里山峦叠嶂，云遮雾罩。但千百年来，远道的客商常会对野三关
望路兴叹，转而取道长江水路绕行数日，或冒着性命的危险硬闯
过去。抗战时期，日本侵略军试图进攻西南，正是鄂西耸入云霄
的大山阻隔了他们的装甲车，使之大败于宜昌附近的石牌岭，未
能向重庆靠近。

1949年底，我父亲和他的战友们脚上打满了血泡，一路步行
朝着野三关而来。父亲是山东人，家乡守着黄河和华北平原，崎
岖陡峭的山路让这些平原的汉子望而生畏，可野三关的枪声催促
着他们加快脚步……

野三关的穷人一直过的是苦日子，"天无三日晴，地无三里平，吃的是洋芋果，披的是蓑衣壳。辣椒当盐，合渣过年"。

我父亲南下之后的10年间都没能回到老家，那里有他年迈的双亲，一大家子人对他的归来望穿双眼，然而他就是没能回去。除了事务的繁忙，我想与道路的艰险肯定有关。野三关属巴东县，"巴东三峡巫峡长，猿鸣三声泪沾裳"，父亲去巫峡边的县城开会办事，最好的办法只有骑马。一开始他觉得这南方的马个头小，没有北方的高头大马过瘾，但野三关的山道最宽不过三尺，逼仄处人还得侧着身子，只有这小马一步步踩在石窝里通过。

总之，野三关及鄂西的路与山里人的命运息息相关，这话千真万确。随后的几十年，野三关与山外的距离在逐渐缩短，上世纪50年代，野三关终于有了一条通往县城巴东的公路，再后来有了国道，这下可直接从恩施到武汉，途经野三关，夜宿宜昌附近的红花套，次日黄昏或再晚些万家灯火之时到达汉阳十里铺。1983年前后，我去武汉上学也是走的这道，为了赶时间，好几次坐的是夜班车。从野三关经过时，黑黢黢一片，什么也看不见，但司机会停下来撒泡尿，大声叫着路旁小店的主人："加水哟！"车上的人这时大都在昏睡之中，我偶尔会从睡梦中惊醒，一问到了野三关，就会打心里一热。

10年前，我和一批朋友从武汉去恩施，当晚宿在野三关。镇上的小宾馆已具规模，悬挂着式样别致的吊灯，服务员是当地的妹子，也说着乡音十足的普通话，当地人叫"彩普"。水泥街面上摆满了小摊，到了夜间还在做生意。明亮的街灯下，人们在放开喉咙地讨价还价，旁边是震耳欲聋的歌舞厅，闪着一排排暗红暗绿的颜色，不时有男人女人傍着肩嬉笑着进进出出。

有人说："这地方山清水秀的，真适合居住。"但又接着叹息，可惜就是交通不便。那时我们都没想到，几年之后奇迹展现，鄂西人百年梦想的"宜万铁路"在一个春风拂袖的日子开工了。

然而这条从宜昌经野三关直奔恩施，抵达渝东万州的铁路是如此艰难，复杂的武陵山腹地属喀斯特地貌，岩溶地质发育强烈，青山绿水下密布溶洞暗河，地质断层连绵不绝，是我国最难建的一条铁路。

宜万铁路的施工单位都是国内一流的队伍，有的刚从青藏高原的铁路线上光荣转战而来，他们用了整整6年的时间，终于在2009年6月30日有了结果：东风9490号火车头拉着长长的汽笛声稳稳地停在新铺就的铁轨上，随着第一辆火车头的到来，宜万铁路铺轨进入恩施土家族苗族自治州巴东县野三关。当地土家族苗族同胞身穿节日盛装，敲起喜庆的锣鼓，跳起欢快的摆手舞，共同欢庆这个历史性的时刻。

宜万铁路是我国"八纵八横"铁路网主骨架之一，是沪汉蓉快速通道的重要路段。明年全线开通后，中国西部和东部将直线牵手，成都到上海只需12个小时，重庆到上海10个小时。而从恩施出发，到武汉和重庆都只需3个多小时。

其实，近30多年来，火车不仅开进了天险之地野三关，全国各地铁路建设都在突飞猛进。青藏铁路的建设者挑战极限，攻克了多年冻土、高寒缺氧、生态脆弱等难题，建成了世界一流高原铁路。铁道部有关人士告诉我，至2008年，中国铁路营运旅程已达8万公里，旅客发送量达14亿人次，货物发送量达33亿吨。

"十一五"期间，中央政府投入2万亿巨资，使铁路建设出现了从未有过的大好机遇。

如今，我的家就住在北京西站南广场附近的广安门。那天，我妈坐在家里看电视，一下就看到了火车开进野三关，她霍地站起来说："啊，野三关离西站不远了！"

《人民日报》
2009年10月7日
第4版

人民日报散文（精粹版）

北疆四杰

周涛

❋ 它用自己的骨头在戈壁上写下了格言：地球上没有应该遗弃的地方，只有可能被淘汰的物种。

绿洲白杨

有绿洲必有白杨，白杨似乎是绿洲的指示牌。"高高的白杨哎排成行，美丽的白云在飞翔。"这是王洛宾唱过的白杨。还有茅盾写过的《白杨礼赞》，那是一篇妙文，写出了新疆白杨独具的品格。

它是团结的象征。

在它笔直的主干上，所有的枝条紧密围绕，纷纷向上，决无一枝斜逸旁出。它紧密围绕主干的目的，是抵御风沙，它懂得，不团结就不能生存。

它只能横站成排，像边防线上的士兵；竖立成行，像出征的队伍；腰杆挺直，像伟岸的勇士；枝臂收拢，像欲飞的大鹰。它没有办法去"疏影横斜"呀，因为绿洲是危地；它没有条件去"暗香浮动"，因为风沙常袭来。

在沙漠的边缘，绿洲是这样一种存在：它脆如花蕾，薄如蝉翼，美如梦幻，坚如围城。

围绕并保护它的，就是白杨。白杨如不具备这种团结向上的品格，行吗？

有白杨才有绿洲。

戈壁红柳

在植物的族谱上，红柳的确是太不名贵。它是既不名，也不贵，地道的草根一族。草木中的最普通、最低微的劳动者。

然而所谓的"名"和"贵"是植物原有的吗？不是，是人类社会根据自己的判断制定的。"名""贵"是人眼里的，不是自然本色。

但是红柳却是奉献精神的实证。

你看，在草不能绿的戈壁，它生根；在花不肯开的戈壁，它成长。它不祈求雨，也不巴结风，它相信自己的适应性和坚韧性。红柳简直可以称得上是一个伟大的无神论者，它说："从来就没有什么神仙皇帝，一切全靠我们自己！"

正是这样，在茫茫戈壁，红柳与风较量，狂风把一团红柳连根拔起，吹得团团旋转，像一只满地翻滚的刺猬。后来风停了，红柳落在哪里，就在哪里重新扎下根。它等待一场雨。

不管多久，只需一阵雨，红柳就能长成一头骆驼！多么高大，多么漂亮，这是红柳吗？没错，正是它，一棵，两棵，一万棵，一百万棵，正是它们把戈壁变成了绿色海洋。

当它死了，人们挖出了它的根——巨蟒一般深深扎入土地的深褐色块茎，非常结实，非常耐烧，人们看到了它的骨头。

它用自己的骨头在戈壁上写下了格言：地球上没有应该遗弃的地方，只有可能被淘汰的物种。

天山雪松

"一池浓墨盛砚底，万木长毫挺笔端。"这是郭沫若先生当年留在天池的诗句，以小喻大，以近喻远，诗之技法。

天山雪松确实是高大的，遮天蔽日，苍茫无际。只有它，配得上绵亘1600公里的大天山，然而它也只能算是天山身上的丛丛汗毛。

雪松是高贵化身。

生在山的怀抱，长在雪的沿线，看哪，挺拔，傲岸，雄健，有型！这些群峰间的美男子，风雪中的伟丈夫，站得高，所以挺拔；境界大，所以壮美。

远离了尘世，但并非为了当隐士。隐士是孤独的，而雪松却是站满峡谷阴坡，如同列阵待命出击的长矛骑兵。在山谷间，它们聆听着风的脚步，有献身精神，不时为尘世输送上好的木材。

冬日大雪之下，雪松银装素裹，连睫毛上都挑着雪花。这时候，那才叫庄严肃穆，仿佛这些高大的骑士一瞬间变成了沉思的哲人。静静地，没有一丝风，一声不小心的咳嗽，都可能引发雪崩。

它们在思考什么？这些伟岸的思想家。思想在雪线上应该更纯净，更浑远，更包容。

它是不是应该成为一种表率呢？是不是未来这块地域上人的典范呢？新疆人应该长成雪松那样才好。

沙漠胡杨

从某种视觉效果上看，沙漠和大海差别不大——都一望无际，都波浪起伏，如此，在沙漠之海上，那些密如进港船桅的，是它们；还有那倾斜如欲沉没的船只的，也是它。

胡杨胡杨，宇宙洪荒；

胡杨胡杨，千古流芳。

它就住在"死亡之海"里，结果奇怪的是，它比谁都活得久长。可以说它是在死亡的怀抱里获得了永生，这真是一个伟大的逻辑。

这些大片的胡杨正在这块无人问津的荒原上空度岁月，纵有千姿百态，无人观赏。时光的足迹留在它们身上，不少高大的胡杨中心已成空洞，但伸展向四方的枝叶依然绿意蓬勃。

它死了，它活着。

在它一身之上也许叠合了祖孙数十代，数百代，上一代的尸体就成了下一代的土壤。它这样延续，它这样存在，它这样与漫长的时间对抗，以求不朽。

终于，人们认识了它，仿佛重新认识了生命的刻度。它在时间里的刻度是这样："活一千年，死而不倒一千年，倒而不朽一千年。"

《人民日报》
2010年9月29日
第20版

哈萨克人的翅膀

艾克拜尔·米吉提

❋ 我想天马定会驮起家乡各族人民，展开神奇的双翼，高歌飞向新世纪。

歌和马是哈萨克人的两只翅膀。

马对于哈萨克人，既是浪漫的象征，又是生活的依托。

每当夏日里，骑手们十分潇洒地跃上自己心爱的坐骑，翻山越岭，逍遥自在地游历草原，引来那些牧人们的啧啧称叹，博得穿红戴绿的少女们的情意缠绵的一瞥，甭提那骑手心头的惬意劲儿有多滋润了。倘若巧逢喜庆佳节，在赛马会上拔得头筹，姑娘追时令，姑娘们只恨鞭长莫及，从刁羊的汉子堆里争得羊儿夺路而去，让众人望尘莫及，那真是莫大的快慰与荣耀。他会为他的坐骑而到处炫耀。

当然也是在这夏日里，每一座牧人帐前都拴着一溜儿的小马驹，一群乳房丰硕的骒马在不远处额首扫尾，驱赶着讨厌的马蝇子和燠热，还要忍受乳汁的饱胀。主妇们隔一个时辰总要去挤上一次马奶，注入皮桶里发酵，制成美味佳酿——马奶酒——胡木兹。这是哈萨克人传统的饮料。于是，远近的牧人，过路客商都要品尝这些巧手主妇们的杰作。如果哪一个夏天没有胡木兹——马奶酒，那除非发生了天灾人祸。在哈萨克人心目中，就如同这一年草原不曾绿过一样。

到了初冬，家家户户都要宰马熏肉，以度寒冬。马肉便成了哈萨克人冬季的最佳食品。倘使谁家没有冬宰马肉，那就得看看是否他家栏里无畜，还是手头拮据。那将是一个十分寒冷、尴尬、无奈的冬天。

记得我幼时，每当夏末秋初，从内地前来购马的人，带着兽医，带着防疫人员来到草原上，精心挑选马匹。他们交口称赞伊犁马个儿大，力大，耐粗饲，对气候适应性强，买回内地是为了耕地套车驭使用的，一个村一个生产队要是能分上一两匹马，那就了不起了。牧人们听到这些，个个都将自己最好的马匹送来让他们挑选，若是谁家的马匹被选中了或选得最多，那自然会成为一段草原佳话。

马匹购齐了，那些外省人便会在草原上就地招募一批骑手赶送马匹。这是一个让人羡慕的美差，尤其对于那些土生土长在草原的年轻人来说，莫不如此。于是，个个争相报名，巴望着能被录取，借此机会好去看看草原以外的世界。

那时，公路运输尚不发达，这些赶马的队伍要从伊犁出发，沿着天山东行，直将喀什河源头走尽，才翻越天山北坡，到达沙湾县境，再从这里沿着戈壁荒滩来到乌鲁木齐，乘上火车——是闷罐车，一路为马匹添草加水，精心照料，把一匹匹神气十足的伊犁马一直送到河南、河北、山东农村，方才一路坐着火车、汽车返回草原。

自打他们回到草原，个个口若悬河，一路耳闻目睹，无奇不有。是的，他们见多识广，几乎横穿中原大地，去过无数城市，是一些开过眼界的人了。人们总喜欢聚拢在他们身边，听他们神吹海聊入了迷。那时，我曾多次遐想，有朝一日，我长大了定要和这些骑手们一道赶着马群远游内地。

赶马的骑手们叙说一路最苦的，莫过于走出喀什河源头的一条山谷。那条谷里遍地毒草丛生，马群吃了就会中毒而亡。行至此谷丝毫也不敢懈怠，一天之内不吃不喝也得要赶着马群平安出谷，方才松下一口气来。虽然后来我多次去过尼勒克，去过喀什河源头，但迄今搞不清楚这条毒草丛生的山谷究竟在何处。

斗转星移，这条山谷显然多年已经没人再走了。而如今内地农村不再需要购伊犁马套车拉犁了。马的位置早已被多种中小型农用拖拉机取代。公路交通也大有发展，即使购马，也不再需要长途驱赶了。于是，也不再有骄傲的赶马人了。如今，草原上的马已是一种纯粹的富贵象征。真正富裕起来的人家才养得起骏马进行各类马术竞赛与体育活动。

伊犁人也似乎忽然间重新发现了这块土地的灵魂，开始办起了一年一度的"天马节"。我因远在京都尚无缘亲临其境参加一次盛况空前的"天马节",但我衷心祝愿"天马节"经久不衰,越办越红火。我想天马定会驮起家乡各族人民,展开神奇的双翼,高歌飞向新世纪。

《人民日报》
2010 年 10 月 4 日
第 4 版

坝上的云

王巨才

❋ 云山苍苍，江水泱泱。英
雄伟业，山高水长。

到坝上，像猛然闯进陌生的世界，一切都那么真实，又真实得让人不敢置信。

最惹人的，是那铺天盖地、惊心动魄的云。大团的，如雪域高原巍峨耸峙的群峰，小些的，则像一垛垛随意堆积的棉绒。大团小团的云，逶迤纠结，撕扯不断，威风八面地布满整个天空，让人顿生敬畏。

云是低垂的，似乎伸手便可抓到一把。云又是静止的，半天见不到些许变幻。太阳倒像是游动的。当太阳躲在背后的时候，云会呈现浓淡深浅不同的状态，而当她一旦露脸，所有的云团便立刻镶上耀眼的金光，像聚焦在一万只强光灯下，轰轰烈烈，辉煌无比。

　　人民日报散文（精粹版）

云层的上面，是湛蓝的天幕。那蓝色，也是辽远的，深邃的，洁净神圣的，伫望之际，总有一种心底空茫，万念俱消，乃至整个人都要被融化的感觉。记不清什么时候见过这样的蓝天，要说，也是儿时躺在家乡的杜梨树下歇晌的时候，但那已是半个多世纪以前的事了。

这样的天空是能够让人陶醉的，感动得掉泪的。

天似穹庐，笼盖四野。

蓝天白云下的塞罕坝，位于阴山山脉和大兴安岭余脉交界处，蒙语意为"美丽的高原"。

真不敢相信大自然竟有这样神奇的灵感，把一片辽阔的原野摆布得如此周到，协调，精妙绝伦。

中心的位置自然是浩浩渺渺、波光幽幽的湖水。从环湖小道走过，不时会有打挺的鱼儿跃出水面，挑逗人们的游兴；茂密的水草间，也会有不知名的野鸟猛地从身边腾起，像故意吓你一跳，而后带着一串悦耳的鸣声顽皮地向远处飞去。湖的四周，是巨幅地毯般铺展开来的草甸，草是浅黄色的，上面缀满蒿子梅、金莲花、野百合、风信子等五颜六色的野花，像是给湖水镶了一圈璀璨的璎珞。再远处，便是由低到高、由近及远次第排开的白桦林和油松林，那白桦和油松都像是经过严格挑选的，高矮粗细全都一样，看去如同士气饱满的军阵，齐刷刷布满大小冈峦，煞是雄壮，威严。

时令才过小暑，北京尚是溽热难熬，这里则必须秋衣加身。漫步在木板铺就的小路上，阵阵凉风和野草的清香让人沉湎在久违的爽快中，久久不愿离去。看天色向晚，寒意渐浓，接待的同志催我们抓紧时间，去体验一把策马草原的浪漫，说这是来坝上绝不可放过的项目。我因上了岁数，自不敢轻狂造次，便由马的主人老曲陪同，信马由缰地向山谷下缓缓行去。

谷底是一条小溪，泠泠有声，清澈见底。老曲说这便是滦河的源头，为保证京津用水安全，这一带是绝对不许污染的，连种地都禁止使用化肥农药。小溪对面便是内蒙古地界，山坡上一排青砖红瓦的平房，老曲说那村子叫十二座连营，属克什克腾旗。我问他家在什么地方，老曲左手一指，说就是远处沙柳树下的那几排房子，叫西连营。问光景过得咋样，答说还行吧，你们租的这三匹马都是我的，两个月旅游旺季，少说也能收万把块钱；平常时间，房前屋后种点荞麦莜麦土豆萝卜什么的，基本够一家人吃了；也没有什么负担，两个孩子一个在湖南上大学，一个在县政府上班。农村人要求不高，能自给自足，自由自在，也就满足了。

老曲70多岁，脸膛黑里透红，看去不到50。见我们七嘴八舌连声称羡，他憨厚而不无幽默地表示，生活在这个地方，再不显得年轻些，能对得起身边的青山绿水，白云蓝天吗？

回旅店用罢晚饭，穿过街上热闹的夜市，我们来到镇子的休闲广场，见西头地平线上，一弯金黄色的下弦月沉甸甸地挂在树梢间，距离我们不到三五百米。我正惊诧今晚的月亮何以会有这样大，这样亮，这样近，接待办的朋友笑笑说，其实，"月亮还是那个月亮"，只是这地方的空气异常清新，能见度特别好，所以才产生这种错觉。经他点拨，方始醒悟。

真舍不得这样宁静的夜晚。但天气太冷，明天一早又得出发赶回北京，只好"留一些遗憾"，回去歇息。

第二天，走进农场展览馆，发现另一个精彩的伏笔！

原来，这些让我们一整天赞叹不已、流连忘返的秀美风光，这被称作河的源头、云的故乡、花的世界、林的海洋、鸟的天堂的塞罕坝，既非老天恩赐，也非祖宗馈赠，而是当代英雄胼手胝足、生死以之的杰作。

这方曾是皇家林苑的风水宝地，历经放围垦种和战乱破坏，全国解放时已变成风沙肆虐的莽莽荒原。为了"给北京阻沙源，给天津涵水源，给国家增资源，给地方拓财源"，1962 年 2 月，来自全国 19 个省市的 127 名大、中专毕业生和 242 名工人到这里安营扎寨，开始了植树造林，重建绿色屏障的征程。共和国版图上，一个新型的国营林场由此诞生。

想想看，那是一场何等艰苦卓绝的征战：平均气温 0 摄氏度以下，最低可达零下 40 摄氏度。全年降水量仅 417 毫米，无霜期也只有 42 天。又赶上三年困难时期，物资供应极度匮乏。正是在这种极端恶劣的条件下，年轻的创业者们不避风霜劳苦，吃窝头，住窝棚，饮雪水，抢铁镐，历经一次次失败，又夺得一个个胜利，经过半个世纪的努力，硬是在这片海拔 1500 米以上的荒沙地上，营造出一派葱茏的绿意。现在，塞罕坝人工林和草原面积达到 1658 平方公里。这中间，自然饱含几代林业工作者的汗水和心血，有说不完的感天动地的故事。

当我在展厅照片中逐一瞻礼那些林场最早的创业者，包括第一任党委书记、病危时叮嘱家人把骨灰撒在坝上林海的王尚海，第一任场长刘文仕和副场长、高级工程师张启恩，以及十多年如一日、始终坚守在远离人烟的防火瞭望塔上的陈锐军、初景梅夫妇时，我真是被他们崇高的精神品格深深感动了，眼眶止不住噙满泪水。我想到了"高山仰止"这个词，并且斗胆改动范仲淹《严先生祠堂记》中的名句，以为观感的题留：

> 云山苍苍，江水泱泱。
> 英雄伟业，山高水长。

汽车沿京承高速公路南行，过了古北口，天气又变得灰蒙蒙的。如同从一场美轮美奂的舞台情景中返回现实，思绪纷然，感慨丛生。

人，常常有意无意毁坏自己的家园，也可再造优美舒适的环境。

东隅已逝，桑榆未晚。

人应当诗意地栖居在地球上……

《人民日报》
2010年10月11日
第24版

北京的门联

肖复兴

❋ 没有了四合院，那些存活了近百年的门联，上哪儿去看呢？那些同欧洲房子前的雕塑和族徽一样，是北京自己身份的证明呀。

　　我一直以为，门联最见老北京的特色。这种特色，成为北京的一种别致的文化。国外的城市里，即便有古老宏伟的建筑，建筑有沧桑浑厚的门庭，但它们没有门联。就像它们的门庭内外有可以彰显它们荣耀的族徽一样，北京的门联，就是这样的族徽一般醒目而别具风格。有据可考，北京最早的门联出现在元代之初，元世祖忽必烈请大书法家赵孟頫写了这样一副门联：日月光天德，山河壮帝居。可见门联在北京的历史之久了。当然，这样的帝王门联，是悬挂在元大都的城门之上的。我这里所说的门联，是指一般人们居住的院子大门上的那种。但我相信彼此只有地位的不同，其形态与意义，是相似的，也可以说，是一脉相承的。北京院落大门之上的门联，是忽必烈门联的变种，衍化而已，就像皇家园林变成了四合院里的盆景。

说起北京的门联能够兴起，和老北京城的建筑格局有关。老北京的建筑格局是有自己的一套整体规划的。从紫禁城到左祖右社、四城九门，一直辐射到密如蛛网的街道胡同，再到胡同里的大宅门四合院，再到四合院的门楼影壁屏门庭院走廊，一直到栽种的花草树木，都是非常讲究的，是配套一体的。而作为老北京最具有代表性特征的四合院，大门是给人的第一印象，就像给人看的一张脸，所以叫作门脸儿，自然格外重视。老北京四合院大门，皇帝在时，是不允许涂红色，都是漆成黑色的，只有到了民国之后，大门才有了红色。所以，现在如果看到那种古旧破损的黑漆大门，年头是足够老的了，而那种鲜亮的红漆大门，大多是后起的暴发户。

老北京四合院的大门，一般都是双开门，这不仅是为了大门的宽敞，而是讲究中国传统的对称，这就为门联的出现和普及提供了方便，门联便也就成了大门的一种独特的组成部分。这种最讲究词语和词义对仗的门联，和左右开关的对称大门，正好剑鞘相配，一拍即合。在老北京，这样的四合院大门上，是不能没有门联的，门联内容与书写水平的高低，体现着主人的文化，哪怕是为了附庸风雅呢，也得请高手来为自己增点儿门面——你看，提到了这个门面的词儿，北京人，一贯是把门和脸放在一起等同看待的。

现在，外地人外国人看北京，看什么呢？胡同越来越少了，四合院越来越少了，大门上的门联，一般都得有百年左右的历史，随着岁月风霜的剥蚀，本来就已经所剩不多，这样的胡同和四合院大批量的拆迁，自然也就越发难以见到了。我还发现，前几年曾经亲眼看见的门联，现在，有的已经看不清楚了，有的索性连门带院都夷为平地了，许多你认为美好有价值的事物，被当成废土垃圾一起清除，好像一切以新建大楼的建筑面积来计算价钱了，而且还能够翻着跟头一样连年翻番。

　　我只能把我这几年跑街穿巷所看到的一些门联，赶紧介绍给大家，有兴趣者，可以前往一观，兴许过不了多久，它们便再也看不见了——

　　　　　诗书修德业，麟凤振家声；

　　　　　读书使佳，好善最乐；

　　　　　多文为富，和神当春；

　　　　　绵世泽不如为善，振家业还是读书；

　　　　　芳草瑶林新几席，玉杯珠柱旧琴书；

　　　　　忠厚培元气，诗书发异香。

　　这几副门联，都是讲究读书的，我们的祖先是崇尚万般皆下品，唯有读书高的。所以，老北京的门联里，这类居多，最多的是"忠厚传家久，诗书继世长"。这几副门联，写的意思是一样的，但特色不一样，要我来看，"多文为富，和神当春"，写得最好。如今，讲究一个"和"字，但谁能够把"和"字当作神和春一样虔诚地看待呢？又有谁能够把文化的多少决定着你未来富有的基础来对待呢？再看"忠厚培元气，诗书发异香"，以前院子的主人是一个卖姜的，你想想，一个卖姜的，都讲究诗书，多少让现在我们的大小商人脸红。

> 经营昭世界，事业震寰球；
> 及时雷雨舒龙甲，得意春风快马蹄；
> 恒占大有经纶展，庆洽同人事业昌。

这三户主人都是商家，但三副门联写得直白而坦率。老北京，这类门联也颇多，最有代表性的莫过于"生意兴隆通四海，财源茂盛达三江"了。

同为商家，"吉占有五福，庆集恒三多"，写得略好，吉庆也是商家的字号，嵌在联里面；五福即寿、富、康、德和善终；三多即多福多寿多子孙；都是吉利话，但具体了一些。

"源头得活水，顺风凌羽翰""源深叶茂无疆业，兴远流长有道财""道因时立，理自天开"，这三副，前两副都说到了经商之"源"，后两副都说到了经商之"道"，第一副比第二副说得要好，好在含蓄而有形象；第三副比第一、二副说得也好，这是一家当铺，后来当过派出所，不管干什么，都得讲究个道和理，好就好在把道和理说得与时世和天理相关，让人心服口服，有敬畏之感，不敢造次。

再看，"定平准书，考货殖传"，"平准"和"货殖"均用典，货殖即是经商；平准，则是在汉朝时就讲究的经商价格的公平合理，那时专门设立了平准官；虽然显得有些深奥，但讲的是经商的道德。

"生财从大道，经营守中和"，说得朴素，一看就懂，讲究的同样是经商的一个道德，前后对比，却是一雅一俗，古朴兼备，见得不同的风格。

能够将门联既作得有学问，又能够一语双关，道出自身的职业特点的，是这类门联的上乘，也是更为常见的。"义气相投裘臻狐腋，声名可创衣赞羔羊"，一看就是经营皮货买卖的，是户叫义盛号的皮货商。"恒足有道木似水，立市泽长松如海"，一看就是经营木材生意的，而且将自己的商号含在门联的前一个字中，叫恒立。能够让人驻足多看两眼，门联就是他们漂亮而别致的名片。

将门联作为自己的名片，让人一眼看到就知道院子主人是干什么的，也是北京门联的一个特点，一种功能。比如卖酒的：杜康造酒，太白遗风；看病的：杏林春暖，橘井泉香；洗澡的：金鸡未唱汤先热，玉板轻敲客远来；剃头的：虽为微末生意，却是顶上功夫……可惜的是，这里好多在小时候还曾经看到过的门联，如今已经难得再见。我见到的，只有北大吉巷43号的：杏林春暖人登寿，橘井宗和道有神。那是老中医樊寿延先生的老宅。还有钱市胡同里几副：增得山川千倍利，茂如松柏四时春；全球互市翰琛书，聚宝为堂裕货泉；万寿无疆逢泰运，聚财有道庆丰盈；聚宝多流川不息，泰阶平如日之升。都是当年铸造银锭的小作坊。

当然，在门联中，一般住户，不在意那些的一语双关，着意家庭的更多，或祝福家声远播，家业发达——

河内家声远，山阴世泽长；

世远家声旧，春深奇气新；
子孙贤族将大，兄弟睦家之肥；

或祝福合家吉祥，太平和睦——

居安享天平，家吉征祥瑞；
家祥人寿，国富年丰；
瑞霞笼仁里，祥云护德门；

或期冀水光山色，朋友众多，陶冶性情——

山光呈瑞泉，秀气毓祥晖；
圣代即今多雨露，人文从此会风云；
林花经雨香犹在，芳草留人意自闲。

但更多的还是讲究传统的道德情操——

"惟善为宝，则笃其人"，讲的是一个"善"字。"恩泽北阙，庆洽南陔"，诗经里有"南陔"篇，讲的是一个"孝"字。

"文章利造化，忠孝作良园"，讲了一个"孝"字，又讲了一个"忠"字。

"门前清且吉，家道泰而康"，讲的则是做人的清白。"芝兰君子性，松柏古人心"，讲的则是心地品性。只不过，前者说得直截了当，后者用了比兴的古老笔法。而"古国文明盛，新民进化多"，则可以看出完全是紧跟民国时期的新潮步伐了。

最有意思的是，草厂五条27号，它原来是湖南宝庆会馆，很深的左右两层大院，高台阶，黑大门，那副门联不是在大门上，而是刻在门两旁的塞余板上，很特殊。"惟善为宝，则笃其人"。

　　遗憾的是，我所看到的，仅仅是老北京门联的一小部分了，不知还有多少精彩的，已经和我们失之交臂。仅就我听说的，原广渠门袁崇焕故居就有：自坏长城慨古今，永留毅魄壮山河。大外廊营谭鑫培英秀堂老宅有：英杰腰间三尺剑，秀士腹内五车书。烂漫胡同东莞会馆有：奥峤显辰钟故里，蓟门风雨引灵旗。海柏胡同朱彝尊故居的古藤书屋有：一庭芳草围新绿，十亩藤花落古香。粉房琉璃街的新会会馆有：新诗日下推新彦，会客花间话早朝……当然，再往前数，在曾朴的《孽海花》里，还记录着保安寺街曾经有过的一副有名的门联：保安寺街藏书十万卷，户部员外补阙一千年。此门联民国时还在，曾经让朱自清先生流连颇久。自然，那都是前尘往事，显得离我那样的遥远了。

　　我最喜欢的是在东珠市口大街的冰窖厂胡同曾经有过的一副门联：地连珠市口，人在玉壶心。以玉壶雅喻冰窖厂，地名对仗得如此工整和古趣，实在难得。我一连去冰窖厂胡同多次，都没有找到这副门联；也曾多方向老街坊打听，也没有打听到这副门联曾经出现在哪一家院落的大门上。

　　有一阵子，我迷上了门联，胡同串子似的到处乱串，像寻宝一样地寻觅门联。因为我心里隐隐地感觉，这样的门联，也许快要成为"夏季里最后一朵玫瑰"了。有一次听人告诉我，在宣武门外校场口头条47号有一副门联，格外难认，却保存完好，我立刻赶过去，一看，像小篆字，又像钟鼎文，古色古香，其中几个字，我也认不得。一打听，才知道门联是：宏文世无匹，大器善为诗。再一打听，此宅原住的是我汇文老校友、前辈学者吴晓玲先生，这样的门联只有他这样学富五车的人才匹配。去的时候，正是夏天，院子里有两棵大合欢树，绯红色的绒花探出大门，与门联相映成趣，很是难忘。

还应该补充这样几个门联，都是独眼一般半副。一在南柳巷林海音故居对面51号，右边半扇门上，"香光随笔是为画禅"。一在杨梅竹斜街90号，左边半扇门上，"合力经营晏子风"。后者，大院里新搬来一户，就住在大门的右边，为了把房子往外扩大一些，人家和房管局的人认识，就把右边的大门给卸了，换上了一扇小门，便只剩下了这半副门联，这么多年来，让晏子一人孤胆英雄一般独挡风雨。

另一在长巷五条路东一个小院，只剩下半扇门，摇摇欲坠，破裂得木纹纵横，但暗红色漆皮隐隐还在，凸刻着"荆楚家风"。过了几天，我路过那里，门联没有了，换上了两扇新门，涂着鲜红的油漆，像张着涂抹劣质口红的两瓣嘴唇。

真的，在越来越多的四合院和胡同的拆迁下，在越来越多的高楼挤压下，我觉得这样的门联快看不见了，或者说要看以后得去博物馆看了。在咋新是举的城市建设思维模式下，大片的老街巷被地产商所蚕食，拔地而起的高楼大厦，似乎要比四合院更有价值，却不知道没有四合院的依托，北京城还是北京城吗？没有了四合院，那些存活了近百年的门联，上哪儿去看呢？那些同欧洲房子前的雕塑和族徽一样，是北京自己身份的证明呀。我们就像狗熊掰棒子，为了伸手摘取自以为是的东西，轻而易举地丢弃了最可宝贵的东西。

前两天，我陪来自美国的宝拉教授去大栅栏，特意去了一趟钱市胡同，窄窄的胡同里，静无一人，那几副老门联还在，只是有的已经字迹模糊了。其实我才两三年没去那里，日月风霜的剥蚀，比想象的要快。

老北京的门联啊！

《人民日报》
2011年6月8日
第24版

原上原下樱桃红

陈忠实

❋ 树叶刚刚吐芽，花儿却灿烂了，这原这川这原坡，望去是纯一色的樱桃花的世界。

　　白鹿原的樱桃红了。

　　这个时候的白鹿原，便进入一年里最红火的时月。原上原下和原坡，新修的水泥大道和田间小径，便呈现着车水马龙熙熙攘攘的车流和人群，这是西安城里的男人女人或搭伙结伴或扶老携幼摘樱桃来了。他们散漫在樱桃园里，伸手攀下缀满或紫红或金黄的樱桃的树枝，摘下一串一串熟透的樱桃，填到嘴里，便发出舒心的赞叹，好鲜好甜吧。更有男孩或女孩，攀爬到树上，从树梢上摘下最大也熟透的樱桃极品，下树来送到情侣手里，会心的微笑里荡漾着别具一格的浪漫。喧哗声嬉笑声和呼朋唤友的声浪，此起彼伏在樱桃园里。原上原下通往樱桃园的大道和小路两边，摆满了盛着樱桃的筐篮和纸箱，叫卖声议价声嘈嘈一片，交易活跃。我看着那些抱着一箱箱樱桃乘车离去的男人和女人欣慰的脸色，无疑是北方这种鲜果独有的滋味带来的。我更感兴趣的是那些出售樱桃的卖方收款装钱的动作，无论农夫农妇抑或小伙姑娘，从买方手里接过钱来数一数，尽管数钱的手指的动作有灵巧和笨拙的差别，而脸上的表情却无多大差异，不见惊喜，更不见得意，多是数过之后塞入挂在胸前的布兜，无论三十五十乃至三百五百，都是以习惯性的动作塞入布兜了事，又忙着招呼围过来的新的顾客了。他们一把一把往布兜里塞着钱时所显示的平静而又平常的表情，可以透见原上原下乡民的心理气象了。

这里的樱桃，在我已形成难以化释的情结。

我至今依旧清楚地记得，46年前的1965年，我在《西安晚报》发表过散文《樱桃红了》，是歌颂一位立志建设新农村带领青年团员栽植樱桃树的模范青年。这是我初学写作发表的第二篇散文，无论怎样幼稚，却铸成永久的记忆，樱桃也就情结于心了。樱桃在我生活的白鹿原地区，是当地乡民种植的诸如桃、杏、沙果等果类中的一种，多在原坡不能种植庄稼的坡地上生长，没有资料显示何朝何代开始栽植这种水果；村子里年龄最大的长者也说不清，只记得自己穿开裆裤的幼稚年纪，就吃樱桃，吃着自家园里的樱桃还嫌不够味儿，常常结伙偷摘品尝别家的樱桃。当地人自古以来不称樱桃，称作玛瑙。如果依这种水果的果形和色彩而论，玛瑙远比樱桃更为恰切也更富诗意，那缀满树枝的一嘟噜一嘟噜或鲜红或金黄的小颗粒，活脱就是一串串珍珠玛瑙。

加深且加重这种樱桃情结的另一种因素，说来就缺失浪漫诗性了。我在白鹿原地区生活和工作大半生，沉积在心底的记忆便是穷困的种种世相。不单是我和我的家庭，整个白鹿原的乡民，从年头到年尾都纠结在碗里吃食的稀了稠了有了空了。尤其是我在公社（现称乡或镇）工作的十年时间里，体味尤深。每年交上5月，即民间俗说的青黄不接的时月，一些生产队（即今村民小组）的干部便三天两头赶到公社来，堵住分管粮食的干部，百般申述缺粮的困境，要求多给他们分配救济粮食。这些求助的生产队干部，多是来自白鹿原北坡上或大或小的村庄。坡上沟道里有小股泉水，仅供人畜饮用，"学大寨"大潮中修建过一些蓄水池，效益甚微；北坡上的田地，多为跑水跑肥不蓄墒的薄田，仅种一料庄稼的小麦产量，顶好的年份不过200斤，遇到干旱缺雨的灾年，稀疏矮小的麦秆儿搭不住镰刀，只好用手撅拔，俗称"猴拔毛"，产量就可想而知了。上级调拨下来的救济粮可以说是杯水车薪，分管粮食的专干即使慈心软肠也只能撒胡椒面儿。那时候的樱桃虽然依旧开花结果，却当不得饭吃。有几年，许多生长在坡地上的樱桃树，因为修造梯田而砍掉了。有幸存留的樱桃树，在青黄不接的5月初成熟的樱桃，由社员摘下再送到指定的国营商店，换回的有限的钱款，成为生产队空乏已久的钱柜里的库存，首先作为头等合理开销的项目，便是给发生疫情的牲畜作疗治费用，弥足珍贵。

在西安郊区辖属的26个公社里，地处坡、原和山岭地区的公社不过两三家，与那些占据渭河平原腹地的公社相比，难以望其项背。这两三家自然环境较差的公社干部遇合到一起，便自我调侃定位为"第三世界"；在"第三世界"里，我工作的原坡地区当属垫底的一家，走到之处似乎都有矮人半截的感觉。所谓人穷气短不单说个人，工作单位似乎也应此话，我有双重体验。

　　彻底扭转以至完全改换那种不良感觉的卓绝一笔，便是樱桃。我约略知道，自上世纪80年代中期起始，灞桥区的领头人，既得改革开放之"天时"，更度白鹿原地理特质之"地利"，确定该地区以樱桃种植为主业，为乡民开创一条脱贫致富的途径。我尤为赞赏尤为敬重的一点，20余年来，灞桥区的领头人调换过一茬又一茬，而一茬又一茬的新继任的领头人，都一如既往地瞅住樱桃园的建设和发展，终于形成气候，形成产业化的规模。单是白鹿原原上原下和原坡，现已种植樱桃2.4万亩，结果的樱桃树有1.5万亩。3000余户乡民现在年均收入超过4万元，人均超过万元，竟然比本区那些过去的盛产粮食的平川地区的人均收入超出近两成。尽管我知道读者逆反文章里引用数字，仍然忍不住要把这些数字摆列出来；这些数字牵涉我的情感。甚至颠覆了情感记忆里最软最短的那一脉。我确凿相信这些数字，尽管没有必要挨家逐户去询问谁个收入了多少，因为你随便走进原上原下和原坡的或大或小的村庄，一街两行全部都是新建的房子，有平房也有二层小楼，三合院司空见惯，迎着大门的正面几乎都用白色瓷片包装，一派崭新气象。这里的乡民积习已久善于门楼的建筑，却几乎很少见到老祖宗们用青砖刻着神鹿白鹤的图案，而是用现代建筑材料或白色或紫红颜色的瓷砖，给人直观的感觉是清爽和温暖。每每看到这些宽敞漂亮的农家小院，我便想起高晓声的小说《李顺大造屋》来，如果说李顺大是上世纪80年代以前的中国农民生活形态和心理形态的一个典型，那么白鹿原上下一幢幢新房小楼的主人，便是对李顺大的终结。

有朋自远方来，恰逢樱桃成熟的5月，我便领他们上原摘樱桃。站在白鹿原头，原上平地里是蓬勃着的樱桃树，一眼难尽；原坡上随着坡势和浅沟起伏错落着一派绿色，自然都是樱桃树了，几乎看不到裸露的地皮；原下的川道，灞河自东而西蜿蜒过来，几乎被满川的樱桃树遮掩住了。朋友无论男女，也不论长幼，站在原头观赏这一方自然景致的时候，无不发出由衷的慨叹，你老兄（或老弟）竟独得这一方活水绿山！我便凑兴纠正，这不是山，是原和原下的坡。

　　进入5月，便进入这座古原最红火的季节。果农们选择了早熟和晚熟的多种樱桃品种，采摘的时间可以延续月余。这座雄踞于西安东南方位的开阔的古原，距离西安不过十来公里，工余假日，人们呼朋唤友引妻携子，驾车不过半个多小时便进入樱桃园了，或上原或上坡或到原下的河川，尽都是缀满红色金黄色珍珠玛瑙的樱桃树，诸种烦恼和疲倦顿然消解了。当各种媒体大呼急叫着西安城区应该形成"低碳"的健康空间的时候，这里的樱桃园无疑是一方天然氧吧，从城里赶来的男女老幼，从树枝上摘下一颗颗樱桃填到嘴里嚼咂品尝的时候，或在樱桃园里逸情漫步的时候，获得一种神清气爽的生命活力。即使在樱桃清园以后的夏天和秋天，原上原下和原坡的果园和小路上，仍有不少城里人观光散心，迷恋这个天然氧吧的洁净的空气。

　　每到清明，樱桃花开，原上原下和原坡，尽皆是粉白的樱花，香气弥漫。树叶刚刚吐芽，花儿却灿烂了，这原这川这原坡，望去是纯一色的樱桃花的世界。果农们忙着种种技术性管护，只企盼樱桃开花时不要下雨，雨水灌花就结不出樱桃。城里人搭帮结伙来赏花了，散漫在樱桃花的海洋里，留几张以樱桃花为背景的照片，在农民开办的"农家乐"饭馆吃一顿地道的农家饭菜，不仅释放了胸中积存的废气，缓解了办公室或工作台上的紧张的神经，把粉白的樱桃花储入胸间，当属滋养精神心理的氧。

《人民日报》
2011年7月9日
第7版

迁徙的故乡

梅洁

❉ 抬头仰望雨夜的天空，我
双手合十，为我迁徙的故乡祈
祷平安……

前些年在故乡湖北郧县、丹江口、十堰等地采访时，已看到
各级政府官员和父老乡亲们为送汉水进京而日夜奔忙着、焦灼
着。他们最最焦灼的是移民！是啊，几十万移民要在三两年内迁
徙完毕，谈何容易？

常听到汉江两岸的乡亲们说：要搬快搬吧，我们都等老了，
房子都等得快塌了，媳妇都等没了……望着他们近乎乞求的眼神
和风雨飘摇的土屋，我总是别过脸，望着远处的山，无以回应。

半个世纪了，这块土地上的人们从来没有安生过。今年调水
呀，明年调水呀，一说就是十几年、几十年，一纸"停建令"下
来，他们不能修路、不能建厂、不能盖房！他们在等待中贻误了
发展，在等待中老云了生命！在等待中40多万人已别离故乡，沿

江几千个村镇、古城都已沉没江底。

50年了，故乡一直走在迁徙的路上……

2010年，老家终于开始二期移民了！终于开始搬迁了！消息从不同渠道传来，远在京城的我，和老家人一样振奋。

背井离乡——一个原本有着深重悲怆意绪的事，对于故乡来说，竟是一种解脱般的快事！是熬白了头发要一洗沧桑的快感！是前途未卜、翻过山就能明白的期盼！是漫长的没有结果的一个结果啊！

真的开始上路啦，我迁徙的故乡！

5月5日，我在湖北郧西采风，接到故乡县委书记柳长毅发来的短信："梅老师，你在哪儿？家乡已开始移民了，你什么时候回来看看？家乡的樱桃熟了，我们接你回家吃樱桃吧！"看完短信心中好一阵温暖。

回到郧县，县委宣传部长金菊一见面就告诉我："安阳镇已迁走两批移民了，这几天若不下雨，还会有一次千人大移民！县里领导分批带队，这次有我……"年轻的女部长还是那样爽朗，那样快言快语，一双大眼睛扑闪着，有平静，有庄重，有责任在肩、义不容辞的坚毅。

广电局播放室，正播安阳镇移民到达湖北团风县移民新区的录像，片子没剪辑，全是原始素材。我一气竟看了两个半小时：

满载着移民和家什的大客车、运输车，长龙般在山间公路缓缓前行；

一朵朵鲜艳的大红花挂在移民胸前；

走了千里之路后大红花又挂到了移民新区的房子里；

一排排、一栋栋含有欧式建筑元素的黄瓦白墙的移民新区，矗立在穿街而过的河渠两边；

别墅般的房屋里全部装有自来水、管道煤气，还有卫生间；

移民新区将入住874户、3782位来自安阳镇的移民；

团风人为每户移民送来了一份午餐、一袋米、一个开水瓶、一提挂面、一桶油、一筐青菜、一部电话机、一副对联、一挂鞭炮……移民进屋就能开伙；

移民新村已有粮油、蔬菜供应点，已有超市、学校、图书室、卫生医疗室……

啊，乡亲们毕竟等到了一个全新的时代！

"移民不是泼出去的水，而是嫁出去的女。作为娘家人，我们有责任帮助他们，让他们迁出后尽快融入当地，安居乐业。郧县永远是移民的家，欢迎你们常回家看看……"送别仪式上，县委书记柳长毅讲着话就落下了眼泪。

"移民工作无小事儿，移民利益大于天！"县长胡玖明操着武汉话到处讲。

常务副县长邵际军把办公室搬到了柳陂移民村，他天天挨家挨户地走访、做工作，移民们脸难看、话难听、门难进。是呀，柳陂人已是第三次迁徙了！几十年、几代人在荒沙滩上创造了一片国家级无公害蔬菜基地，现在又要全部沉没了，柳陂的牺牲有多大？邵际军同情他们，他贴着心窝和移民说话。长时间的说话，他的声音完全嘶哑了。

县移民局局长邓兴忠来了，长年在乡村移民中走呀走呀，他显得格外清瘦而黝黑。人们告诉我他的手机上存了1000多个移民的电话号码，他每天与移民通话的次数多达120次。

县移民指挥部，设在移民局很旧的小院里。副总指挥周吉礼的办公室门开着，人不在。环视周吉礼简朴的办公室我在想：那个相貌英气、说话幽默、做事果决、极富判断力的周吉礼，两年前我认识了他。如今，政法委书记兼起了移民指挥部常务副总指挥的职务，看来，特殊时刻，县里在紧急调兵遣将。

正想呢，周吉礼进来了。他左小臂上有隆起的一块肉包。他说感冒不好，咳嗽不止，打了18天针也不痊愈。医生做结核试验，说他肺部深处有结核菌感染。我担心地说那你一定要注意休息啊。周吉礼说，移民的关键时刻，怎么休息？

是啊，移民的关键时刻，成千上万的乡亲每天都在等待着启程的号令，千里迢迢的迁徙长路，数万个家庭的安家落户……每天都要做重要决策的指挥部，"休息""保重""注意身体"这些关切的话，对于周吉礼们已是奢侈了。

周吉礼很快说起了"包保"工作队。

"包保"！？这是今天这个时代、调水源头人民创造的一个崭新的词汇，我开始竟没有听懂。周吉礼拿给我一张红纸，那纸上密密麻麻印着"包保"的内容，周吉礼说，他们印了一万份，"包保"队员人手一份。我粗略地看了一眼那张纸，那是个严密且严厉的责任体系——

我细读了"十包"责任制：包移民搬迁户的思想政治工作，包移民政策宣传，包移民身份和指标核查，包各类矛盾纠纷排查，包上访移民劝返稳定，包搬迁户协议签订，包督办移民搬迁户建房，包腾空并拆除旧房，包顺利搬迁，包善后处理相关工作。

我突感一阵沉重：在"包保"这个词汇后面，有着多少艰辛、汗水和生命律动？

周吉礼还告诉我，为了更好地做通移民思想工作，他们曾组织全县开展"我回家乡帮移民"活动。全县1000多名公务人员回到家乡化解了5000多移民的心事……

等着吃水的北京人知道调水源头人在这样生死鏖战吗？

天在下着小雨。中午，我来到安阳镇龙门堂移民村。村主任刘继武向我走来。当我和一双粗糙的、结实的中年男子的手相握的刹那，刘继武怆然的泪水夺眶而出。我的泪水也滚滚而出。这个坚强的男人，多少天、多少月、多少年他都在鼓励自己的村民：为了国家的工程，为了北方人能喝上汉江水，我们到别的地方重建新的家园吧，我们不哭。可他在我面前，却再也无法忍住。他用一双粗糙大手胡乱地抹着脸上的泪水，然后指着村前广阔、肥沃的田地说："今年地里没种一棵庄稼，去年都说搬呀搬呀，结果也没搬，地都撂荒了……"我顺着他手指的方向看去，往日的千亩稻田里长满了杂草，刘继武心疼这来之不易的土地。

安阳镇在半个世纪里因调水工程两次被水逼上山岭，这次要全部消失了！千年的汉水码头"小汉口"要全部消失了！一代哲人杨献珍的故乡要最后消失了！

中午了，县里的"包保"单位开始给移民送饭。每家按人口计算：每人两碗方便面、两根火腿肠、一袋榨菜、一瓶矿泉水。移民们已经没有了锅碗，许多人家的房子已拆了。

看哪，坡上坡下，坎上坎下，大路小路上，都奔走着送饭的"包保"队员。他们挨家挨户地送，他们一盒盒、一根根、一包包地把饭送到移民手上。这也许是他们的"包保"内容之一吧。

送饭完毕，"包保"队员们或站在树下、或蹲在地上吃方便面……

午后，天开始下雨，好在49辆货车已装载完毕，盖好了苫布，编号列队，卧龙般静静地停在公路边，只等出发的命令。下午4时，一声令下，货车徐徐驶动，离开安阳镇，向广阔的江汉平原驶去。

雨越下越大，我来到安阳镇青龙村。

青龙村数百人已冒雨集结在青龙小学。小学校的教室里、走廊里、屋檐下都蹲着、坐着、站着一堆堆来自各村组的移民。他们在那里等着上车的命令。

天气很冷，移民们大多穿得很单薄，很多人光脚穿着草鞋。如果按上级规定的出发时间——明天凌晨4点——他们还要在这里等十几个小时。那只有一个月的小移民刘心雨、只有两个月的小移民陈从园怎么受得了？那个70多岁的、坐在轮椅上的偏瘫老人怎么受得了？她大小便失禁啊！那个等待生产的孕妇怎么受得了！那个癫痫病人怎么受得了……

许多移民几天前房子都扒了、锅灶已拆了，他们已好几天没吃上热饭、没喝上热水了！

22时05分，常务副总指挥周吉礼终于"违规"下令：移民车队提前启程！

我和故乡的朋友兴明、萍清迅即来到沿江大道，我们想在那里送送移民。

雨，在昏黄的路灯下扯着斜斜的银线，雨点打在伞布上发出嘭嘭的声音。

夜，静极了。江风吹过来，凉飕飕的。街上没有一个行人。我们仨人站在雨里等待，等待乡亲们从这里走过。

23时15分。一辆警车驶过，一辆指挥车驶过，一辆医务救护车驶过。啊，满载移民的豪华大轿车驶过，一辆又一辆……25辆啊！

我们向车子挥手，向父老乡亲们挥手。

故乡的人们呀，你们就这样在这寂静的雨夜悄悄地告别了故乡！

永远的告别呀！

父老乡亲们，祝你们一路平安！

我任泪水和着雨水，在脸上奔涌……

突然，手机铃响了，是金菊发来的："梅老师，辛苦您了！我代表220户、946名移民群众向您致敬！我看到您深夜站立在风雨中的形象，我万分感动！保重，再会！"啊，金菊在护送移民的汽车里看见了我！

又一声手机铃响，是护送移民到安置地的周吉礼发来的："梅洁大姐：我没能力、没条件为人民干大事，但无论干什么事我都要无愧人民，个人安危实在是太小的事！这次您回来太仓促了，没能陪您。希望下次回家时，时间备足点好吗？"

读着周吉礼的短信，我已泪流满面！多好的故乡！多好的人民！多好的执政者啊！

抬头仰望雨夜的天空，我双手合十，为我迁徙的故乡祈祷平安……

《人民日报》
2011年8月15日
第24版

宏美国博

张首映

❉　国博之重，重在贯通历史、现在和未来！国博之重，重在中国人心中！

　　人们常说，天安门广场是中国的"心脏"。国博处于"心脏"左边，相当于人的左心房。

　　人们常说，北京是中国政治和文化中心。天安门和大会堂主要是政治的，国博主要是文化的。因为国博，因为这个极具重量级的文化殿堂，天安门广场成了这两个中心的"中心"。

　　世界上，没有任何一家别的博物馆处于如此核心地区，占据如此显赫地位。

　　中国地大物博，国博"地大物博"，占地7万平方米。它是一个庞然大物，一间300多米长、100多米宽的大屋，或一间占地110多亩的大屋。故宫院子比它大10倍多，有不少独立大屋子，却没有一间这样的庞然"大屋"。馆内也有不少屋子，它们共一

　　　　　　❉

个墙体，同一个屋顶，这样的庞然"大屋"，世所罕见。

国博展的后母戊鼎，重832.84公斤，是迄今出土的最重青铜器，享誉"镇国之宝"。伫立广场，凝视国博，方方正正，齐齐整整，几十根方柱顶天立地，屋檐有节奏和韵律地向外伸展，气势如虹，多像一座大鼎，似可称为"中华现代巨鼎"，或"中华当代豪鼎"，宏阔，庄重，华贵，典雅。

这世界第一巨鼎，伫立在世界第一长街和世界第一大广场上，成为举世唯一！

这举世唯一，与举世唯一的中华源远流长的文明相适应，相得益彰，相映生辉！

国博门厅长约300米、宽30米、高28米，无一根立柱，无一丝阻碍，"一马平川"。千人集会，不会拥挤；仪仗队临时举行仪式，与在大会堂内一样，雄赳赳，气昂昂，正步迈得噔噔响。

如此畅通，来自打通。国博由中国历史博物馆、中国革命历史博物馆组建而成。2003年2月，两馆合并，国博挂牌成立，规划设计改扩建，2007年3月动工，历时4年，投资25亿，2011年3月竣工开放，由此造就国博成为世界第一大博物馆，这门厅成为世界博物馆第一大厅。

门厅似客厅，观众聚散地，又是交通枢纽，四通八达，通过楼梯、扶梯和电梯，可进入地上地下的任何展厅。

国博展厅49个，最大的2000平方米，最小的800平方米，总面积6.5万平方米。位于西大厅中部、2000平方米的一号大厅，高阔，明亮，只有董希文《开国大典》那样的巨幅国画或油画、雕塑、书法作品，才匹配；小巧的、袖珍的，陈列在这高朗大厅，如同小舟摇曳在大海。

徜徉于"古代中国陈列"，如同翻阅一幅幅历史长卷。8个展厅，远古、夏商西周、春秋战国、秦汉、三国两晋南北朝、隋唐五代、辽宋夏金元、明清8个时期，几万件文物，书写着悠远、绵延、深邃、雄浑、壮丽的文明史诗。元谋人牙齿，古人类化石，后母戊鼎、甲骨文、铜编钟，一直到铜器、陶器、瓷器、玉器、石器、漆器、金银器、兵器、乐器，无论古籍、书画、印章、碑拓、文房用品、佛教造像、画像砖石，还是度量衡、货币、家具、服装服饰和车马工具，都"炫"出中华民族的璀璨辉煌，中国对人类文明的卓越贡献。

缓步于"复兴之路"，走在"之"字路上，守望"复兴"二字。鸦片战争，中国挨打。中国人打不垮。林则徐向清廷报告销烟经过的奏折，虎门炮台大炮，三元里人民抗英的旗帜，透露出悲愤的中国人民抵抗侵略者的坚强意志。严复翻译《天演论》手稿，孙中山学医用的显微镜，《共产党宣言》第一个中译本，开国大典升起的第一面五星红旗，生动再现中华民族凤凰涅槃、浴火重生的艰难历程。第一颗原子弹、氢弹爆炸成功，第一颗人造卫星发射成功的场面，"神舟"5号飞船返回舱，北京申办奥运会时的合同用笔，使我们沉郁的心情顿时激越、澎湃、亢奋起来。1280多件（套）珍贵文物，870多张历史照片，多个模拟场景、数码幻象剧场，多幅油画、雕塑，尤其陈列的5部分标题——中国沦为半殖民地半封建社会，探求救亡图存的道路，中国共产党肩负起民族独立人民解放的历史重任，建设社会主义新中国，走中国特色社会主义道路，让我们刻骨铭心，永篆于怀。

漫步于"中国古代青铜艺术""中国古代瓷器艺术""中国古代佛造像艺术"诸专题馆，美轮美奂，价值连城，释放的历史和艺术魅力，令人陶醉。与"后母戊鼎""大盂鼎"齐名的"子龙鼎"，商代最大青铜圆鼎，古代三大名鼎之一，想到它2006年才回归，多么来之不易；想到还有那么多奇珍异宝流落他乡，多么渴望它们能与"子龙鼎"一样，尽早回到祖国，回到国博。

进入"蜡像艺术馆"，抬头一看，那不是毛泽东、邓小平吗？那不是李四光、华罗庚、张大千、雷锋吗？声、光、电中，多位历史人物出现了。蜡像不愧为"立体的摄影"，岂止是"形似"，有的"酷似"乃至"神似"，惟妙惟肖，表现出独特精神气质。这样跨时空、零距离接触历史人物，别有意义，别有趣味，感到国博"活了"！

国博古董，十天十夜看不完。遥想1926年双十节"历博"在故宫开馆时，仅20多万件文物，让许多人魂牵梦绕。1959年"国庆"开馆时，"历博"也只30多万件文物，众多文人墨客认为它是集美场所，美不胜收。两馆合并时，达60多万件，尚未达到国际大博物馆"超百万"要求，业内人士欢呼雀跃。而今，国家调拨40多万件（套）文物给国博，使国博文物达106万件（套），成为名副其实的世界十大博物馆之一。

国博的展陈方式，以人为本，与时俱进。让文物说话，让事实说话，让文献和图表说话，让场景情景说话，让大事件、大人物、大思潮、大作品演绎历史和诠释主题，体现历史与艺术、人文与科技、传统与现代审美的结合，吸引越来越多的人体验"文物的体温""文化的温度"，来进行"美学散步""审美凝聚""审美体验"。

展览布置，高度"美学"。部分、单元、子单元，好像著述的章、节、题，条分缕析，十分明晰。一扇扇薄薄隔板，像诗词的逗号、分号、句号，把展品隔开，供人专赏；一个个玻璃框，像文章的段落，把一件件国宝"供奉"起来，让人品味。一盏盏灯，或悬挂于展厅顶上，或设立在展板间，或内置于玻璃框内，或聚焦于名贵作品处，各显其美，十分考究。

登上顶层，2万平方米绿地跃入眼帘。坐上藤椅，看水龙头淅淅滴流，浇灌绿草和鲜花，秋阳照耀、秋风吹拂，"天人合一"！站在这首都最大的屋顶花园，或世界博物馆最大的屋顶花园上，可触摸"顶层设计"的仿琉璃瓦色泽的铝板斗拱，可平视天安门、故宫、大会堂的屋顶及其飞檐，鸟瞰天安门广场全景，长安街奔驰的车流，恰似"风景这边独好"！

天上人间啦！

从"天上"或宏观看，说国博是五千年中华文明的圣殿艺坛，海内外中华儿女的祖庙家园，不为过；它积累了历朝历代众多"镇国之宝"，说它是当代"镇国之馆"，不为过；说它代表中国博物馆最高水平，是当代铸造的首屈一指的历史宗庙、艺术殿堂、科学殿堂，亦不为过；说它代表新世纪世界博物馆建设的最新成果，是当今国际一流的博物馆，不为过吧！

从"天上"回到"人间"，回到西大厅，看到工农商学兵各色人等流连忘返，回望6米长、12米宽、将徐悲鸿原作放大的"愚公移山"浮雕，日均8000人驻足瞻仰，深切感受到，国博是国家的，更是人民的；看到青年学子、少先队员惊叹得几近震撼的目光，能体会到他们油然而生的爱国激情，到达文明源头升华的归属感，作为复兴大国子孙的自豪自信。

国博之重，重在贯通历史、现在和未来！

国博之重，重在中国人心中！

《人民日报》

2011年10月5日

第4版

天香

刘醒龙

❋　山水酿青郎，云雾藏红花。
山和水的殊途同归，云与雾的
天作之合，注定要成就一场人
间美妙。

　　一座山从云缝里落下来，是否因为在天边浪荡太久，像那总
是忘了家的男人，突然怀念藏在肋骨间的温柔？

　　一条河从山那边蹿过来，抑或缘于野地风情太多，像那时常
向往旷世姻缘的女子，终于明白一块石头的浪漫？

　　山与水的汇合，没有不是天设地造的。

　　在怡情的二郎小城，山野雄壮，水纯长远，黑夜里天空星月
对照，大白天地上花露互映。每一草，每一木，或落叶飘然，或
嫩芽初上，来得自然，去得自然，欲走还留的前后顾盼同样自然。

　　小雨打湿青瓦人家，晨曦润透石径小街。都十二月了，北方
冰雪的气息，早已悬在高高的后山上，只需心里轻轻一个哆嗦，
就会崩塌而下。小街用一棵树来表达自身的散漫和不经意，毫不

　　　　　　　　　　　　　　　　　人民日报散文（精粹版）

理睬南边的前山，挡住了在更南边驻足不前的温情。

一棵树的情怀，不必说春时夏日秋季，即便是瑟瑟隆冬，也能尽量长久地留下这身后岁月的清清扬扬，袅袅婷婷。细小的岩燕，贴着树梢飘然而过，也要惊心一动，被那翅膀下的玲珑风，摇摇晃晃好一阵。当一匹驮马或者一头耕牛重重地走近，树叶树枝和裸露在地表外的树根，全都怔住了！深感惊诧的反而是鼻息轰隆的壮牛，以及将尾巴上下左右摇摆不定的马儿。

山水有情处，天地对饮时。一棵树为什么要将那尊沧桑青石独拥怀中？若非美人暗自饮了半盏，趁那男人半立之际，碎步上前，将云水般的腰肢与胸脯，悄然粘贴身后，临街诉说心中苦情，有谁敢如此放肆？乾坤颠倒，阴阳转折，将万种柔情之躯暂且化为一段金刚木，做了亿万年才炼就强硬之石的依靠！一如江湖汉子走失了雄心，望灯火而迷茫，将离家最近的青石街，当成天涯不归之路，饮尽了腰间酒囊，与数年沉重一起凝结街头，在渴求中得幸久违之柔情，再铸琴心剑胆。

树已微醺，石也微醺。

微醺的还有那泉，那水，那云，那雾……

所谓赤水，正是那种醉到骨头，还将一份红颜招摇于市。只是做了一条河，便一步三摇，撞上高入云端的绝壁，再三弯九绕，好不容易找到大岭雄峰的某个断裂之缝，抱头闭眼撞将进去，倾情一泄。有轰鸣，但无混浊，很清静，却不寂寥。狂放过后是沉潜，激越之下有灵动。在天性的挥霍之下，桃花源一样的平淡无奇，忽然有了古盐道，以及古盐道上车马舟楫载来的醉生梦死，萧萧骊歌。

所谓郎泉，无外乎将人生陶醉，暂借给潜藏在亿万年的岩层中，那些无从打扰的比普通水还要普通之水。这样的泉水，看得见红茅草和白茅草的根须，年复一年，竭尽所能地向最深处，送去一颗颗针鼻大小的水滴。只是不知这些年，又有了多少草根的汗珠！相同道理，这泉水少不了清瘦黄花，冷艳梅花在爱恋与伤情中，反复落下的泪珠。任谁都会记得其中多少，只是无人愿意再忆伤情抑或残梦重温。在有诗性的白垩纪窖藏过，再苦的东西，也会香醇动人。

流眉懒画，吟眸半醒。

临水泛觞，与天同醉。

似轻薄低浅的云，竟然千万年不离不弃！

分明貌合神离的雾，却这般千万年有情有义！

云在最高的山顶苔藓上挂着，雾在最低的河谷沙砾上歇着。一缕轻烟，上拉着云，下牵着雾，一时间淡淡地掩蔽所有山水草木，仿佛是那把盏交杯之性情羞涩。还是一缕轻烟，上挥舞着云，下鞭挞着雾，顷刻间酽酽然翻滚全部悬崖深壑，宛若那鸿门舞剑之酒肉虎狼。淡淡的是淡淡的醇香，酽酽的是酽酽的醇香。淡淡之时，一朵梅花张开两片花瓣，如同云的翅膀，酽酽之时，两朵梅花张开一片花瓣，仿佛雾的羽翼。偶尔，还能听到一块石头尖叫着，从梅的花蕾花瓣堆成山，也高攀不上的地方跳出来，夸张了一通，然后半梦半醒地躺在野地里。让人实难相信，世上真有不胜酒力的石头？

是往日珊瑚石，还是今日珊瑚花？映着幽幽意，从山那边古典地穿越过来，又穿越到山那边的二郎小城。

人民日报散文（精粹版）

是一只岩燕，还是一群岩燕？带着剪剪风，从云缝里丝绸般落下来，又落在云缝里的二郎小城中。

　　山水酿青郎，云雾藏红花。山和水的殊途同归，云与雾的天作之合，注定要成就一场人间美妙。舒展如云，神秘像雾，醇厚比山，绵长似水。谁能解得这使人心醉的万种风情、一样天香？

《人民日报》
2012年2月1日
第24版

义气松

蒋子龙

❊ 它们被命运安排在阴坡，就决不挑肥拣瘦，品性谦虚而坚韧，不霸道、不张扬，喜欢过集体生活，成群团状地长得高大繁茂。

　　天津的7月，一切都是黏糊糊的。空气是黏糊糊的，阳光是黏糊糊的，黑暗是黏糊糊的，身上是黏糊糊的，汗水是黏糊糊的，世界像挂了一层胶，甚至连自己的思维和语言也变得黏糊糊……它不同于潮湿，潮湿是水分多，黏糊糊是胶状物质多，永不干净，永不清爽，怎么也不舒服。

　　这时候最幸运的莫过于能投身大兴安岭的林海之中，在伏天享受到一片清凉。中国地图是一只脖子挺得很硬、尖嘴有力地向里弯起、随时准备向前冲跃的雄鸡，兴安岭则是它骄傲的金冠。"驶上"金冠就觉得汽车突然变成火箭，直立起来向高处爬去……但放眼窗外，大地还是平的，庄稼长得非常之好，绿得冒油、发黑，仿佛能生出阵阵烟雾。

汽车如灵巧的爬虫，在庄稼梢上飞行，裹着一身绿烟。进入这种如诗如画、如梦如幻的境地，我的记忆和想象也变得分外活跃，耳边似回响着上世纪50年代流行的民歌："高高的兴安岭一片大森林，森林里住着勇敢的鄂伦春"，忽而又变成吕文科演唱的《走上这高高的兴安岭》的旋律……

兴安岭是个神话，是个很熟悉又全然不被了解的神秘世界。"翁郁尤甚，松桦蔽天，早不见日"，山鸡野鸟伸手拣，獐子狍子拿棒撵，鹿麝送上门，黑熊闯进院……车头前出现了黑森森的奇峰异峦，打开车窗便有大自然的渺渺香气扑进来，伴随着林涛的轰鸣和各种野鸟的合唱，心里不觉涌起一种朝圣般的洁净和急切。如今朝拜大自然，也是一种朝圣。

然而人类对大自然的掠夺和毁坏最早也是从崇拜开始的。当地最早的宗教就把熊当作图腾崇拜，称熊为"祖母""舅舅"。这并不妨碍他们猎熊，只是猎到熊以后要举行仪式，抬回时要假哭，口中念念有词："打死你绝不是故意的，是误杀，求你保佑。"但熊肉不能分，要统一煮、共同吃，熊骨和熊头按照他们的风葬仪式安放在树上，同人死了以后一样，让其自然风干风化，回归自然。我在大兴安岭的森林里听到不少关于猎人和动物的传说，也增加了许多有关大森林的历史知识。

内蒙古的大兴安岭在清朝以前是没有采伐工业的，清初曾有过"四禁"政策：禁止采伐森林，禁止开采矿山，禁止狩猎及捕鱼，禁止农耕及放牧。清末，随着东清铁路的修建，森林采伐工业开始兴起，首先是铁路两侧的森林很快被砍光了。当然，它也促进了社会生产力的发展。以后俄、日入侵，实行"剃光头""拔大毛"的掠夺性采伐，抢走了一千多万立方米的木材，使蔚然长林"渐成为濯濯矣"，大兴安岭受到严重的创伤。

我来到的这片山岭并不是特别的高，若用巍峨、雄峻、粗犷、奇绝等等赞美大山的字眼来描绘它，似不甚贴切。在我的眼里，声名雄健的"大兴安岭"竟带着几分女儿气质，灵秀、娇嫩、洁净、妩媚。站在一个高岗上远眺，只见森林不见岭，这正是大兴安岭的迷人之处，它是林海中一个连一个的浑圆的波浪，绝不是露出水面的突兀峥嵘的褐色礁石。

连大兴安岭的早晨也都是绿的，田野一片青须须，云雾渺渺，轻飘漫散，天籁般的颤音灌满我的双耳，森林的呼吸汇成强大的音流在空中嗡嗡震响，充满骚动的静谧，是一种生气勃勃的文静……静穆的山林似乎在等待一个辉煌时刻的到来——日出！朝日如一枚巨型的松塔，在林梢上颠了两颠，霍然爆裂开来，金黄色的松子倾泻而下。霎时，把一片嫩绿的大兴安岭染成焦黄。

铺展在我面前的森林非常广大，有山皆绿，却很少见到大树——那种独木擎天、几个人抱不过来的古树。这里无霜期短，每年只有七十天到一百天，树木生长缓慢，这儿的"树王"每二十年才祝一次寿，也就是说二十年才算长了一岁。一棵长了两百年的树，我也能轻松地抱过来，但木质坚硬，耐腐蚀力很强。在克一河一带见到的大多是第二代或第三代林，树干的直径一般为二三十厘米左右，挺直高细，大都在二十米以上，有的高达三十多米，整齐，漂亮，令人赏心悦目，难怪人们把兴安岭叫作"绿色聚宝盆"。可在过去的岁月里，人们甚至要砸盆取宝。从实用主义的立场出发，树太大了不一定好用，这里的每一棵树都是好材料，都很值钱。

我还发现一个奇怪的现象，越是山岭的阴面，森林长得越茂盛，一片深绿，郁郁葱葱。它们自成气候，相互挡风遮雨，棵棵树都长得挺拔粗壮。而在阳光充分的南坡，空间广阔，树木反倒稀疏平常，甚至矮小变形，呈浅绿色。当地人给生长在阴坡上的密林起了一个非常响亮的名字："义气松"。它们被命运安排在阴坡，就决不挑肥拣瘦，品性谦虚而坚韧，不霸道、不张扬，喜欢过集体生活，成群团状地长得高大繁茂。义气松的身上没有刺儿，也没有太多的疤瘌节子，一门心思往大里长，往高里拔。只有长得越大，根才扎得深，好吸吮地下水分；枝干高拔，才可以更多地接收阳光，因此它们棵棵都有二三十米高，树干笔直溜光。人们也格外喜欢它，做栋梁，打家具，当枕木，铺大桥……这也"决定"了它们容易遭砍杀的命运。它们只顾讲"义气"，可人类的"义气"呢？

泰山顶上松、黄山迎客松，充分展示自己的个性，千姿百态，容貌可人，吸引了无数人去观赏，去瞻仰，被诗人赞美，被画家描摹，被印成彩照，被拍进电影，成为人间宠物。倘有一条枝丫干枯也会成为一条新闻，人们会为它的安全大声疾呼。我孤陋寡闻，似乎从未见到有人描绘或颂扬过义气松，因此不揣浅陋，写此短文，表达我对义气松的同情和尊重。

它们之所以这般仗义负重，或许跟曾受过"皇封"有关："许你随风飘荡，不许就地生根！"义气松的松子顶风能飞八十米，顺风可飞两百米，你的松子到我这儿来生根发芽，我的松子到你那儿去长大成材，你中有我，我中有你，充分发挥杂交的优势，一代代地培养成这股异常顽强的生命力。即使长大后仍然互相帮衬，互相扶持，砍不完，杀不绝，义气贯千秋，天地存肝胆。

　　至此我忽有所悟，谁说义气松没有个性？重义气本身就是它的个性。没有缺点不一定没有个性，横生枝丫也不等于个性丰满。义气松是大兴安岭的主要树种，是兴安岭这块讲义气的土壤养育了它，它又成了兴安岭的骄傲。它那倔强的躯干恰似森林进化的脊骨，有这副不倒的脊骨才有绵绵不绝的绿色。正是义气松，令我对大兴安岭肃然起敬，并感激它长满了这种能启迪人类心智的树木。我从来没有非要记住过什么树、什么花、什么草，今后却决不会忘记大兴安岭这种独特的乔木——"义气松"！

《人民日报》
2012年10月24日
第24版

澳门的云淡风轻

徐 坤

✽ 这是澳门自己的春江花月夜，它不是怀离人，悼时空，而是歌盛世，咏太平。

晚到澳门许多年。

已经是新世纪的第十三个年头了。2013 年，早春时节，我才有幸到澳门。此时，离 1999 年的澳门回归已经有 14 年，离 2005 年澳门"申遗"成功也已过去了 8 年，离 16 世纪葡萄牙人上岛并逐步侵占澳门更有 400 多年了。沧海桑田，时空飞转，多少岁月都已封入历史。澳门，你今天要呈现给世人的，会是什么呢？

下榻在澳门渔人码头。急急卸去北京臃肿的冬装，换一身春天装扮，站在观景阳台上举目远眺。皓月当空，水波潋滟，南中国海温润的春意扑面而来，风中似乎有桂树和兰花的香气。远处，一幢高大建筑上几个金色大字在江水里映出几团金块的倒影，另一幢则更像是金色的游轮夜泊于江中。跨江大桥上的一串串橘黄色灯火扇面状荡漾开去，勾勒出桥身清晰的轮廓，宛若一道彩虹横跨珠海澳门两岸。大地阒寂，万物内敛。夜晚的澳门，一点也看不出臆想中的贲张，却处处盈满画意与诗情。"滟滟随波千万里，何处春江无月明"，"江流宛转绕芳甸，月照花林皆似霰"。这是澳门自己的春江花月夜，它不是怀离人，悼时空，而是歌盛世，咏太平。

当一轮旭日升起，澳门又换了新姿，呈现出另一种美妙。早上起来再到阳台观望，顿觉眼前明净疏朗。从持续20多天的北京雾霾里走来，走到现在，澳门明亮的阳光下，眼睛就仿佛被撕去一层翳子，"唰"地就亮了。

全世界都跟着亮了！

风和日丽，云淡风轻。澳门在2013年的南中国海端，呈现一派明媚疏朗的天青色。那是人间烟火春常在的颜色，自由，自在，仪态万千，落落大方。热情好客的主人领我们徒步"澳门世遗城区"，东方基金会会址、基督教墓地、圣安多尼教堂、哪吒庙、大三巴、大炮台、耶稣会纪念广场、大堂、玫瑰堂、议事亭前地、民政总署大楼……这些保存完好的历史建筑群，巴洛克与阿拉伯风格杂糅，哥特式建筑与庙宇大屋顶相交，在阳光的拥抱揽照里熠熠生辉。走遍世界各地，看过各个国家的建筑精粹，再来看澳门的各族群建筑大集聚，虽不会叹为观止，却也会感慨澳门的"兼收并蓄"。

令人感慨的是这个"世遗城区"所映照出的本地人的历史观。他们对自己的历史有一种充满温情的回望姿态，别也是依依惜别。反观一些城市，有的也身为历史文化名城，却是义无反顾的、大步向前的、破旧立新的，整个建筑是前瞻的，像一个脚上蒙着征尘的疲惫旅人，风尘仆仆一头撞向21世纪的钢筋玻璃幕墙。或许因为我们曾经落后太多，所以有着奋起直追瞻前不顾后的焦灼。

在天青色的云淡风轻里，又接着走向妈阁庙、亚婆井前地、郑家大屋、路环市区、氹仔市区、官也街。看到一幢幢传统的汉屋，令人顿生亲切之感，恍然发觉这里原先住着的就是自家的"借壁儿"（邻居）。盈盈一水间，迢迢共潮生。有了这些地标式纪念物，澳门人就明晰了自己的来处和往生。他们不会改变中华民族身份的认同，也不会割断与母体文化的联系。

犹记1999年，澳门回归祖国那个难忘的日子，举世瞩目的交接仪式，在澳门新口岸刚刚建成的澳门文化中心花园馆隆重举行。深夜，北京城里每个关心国家大事的市民都在观看电视直播，并为之振奋与激动。那时的我也是其中一员，不仅流着眼泪看完了电视直播，而且彻夜未眠。不仅仅是因为澳门回归的激动，就在同一天，我也正面临着人生的变动。历史往往是很奇妙的。家国情怀与个人记忆，有时往往会以一种意想不到的方式交融到一起，让人刻骨铭心，终生难忘。所以，澳门和澳门回归之日，之于我，都添了一份别样的意义。这十几年来有许多次机会都可以到澳门，我却都躲着，绕着，仿佛是抗拒与一段历史相会。

直到等来它的云淡风轻，直到等来我自己的云淡风轻。我才敢走来见澳门。我才敢走进澳门。

哦，澳门！

谁说这里只是面积不过32.8平方公里的弹丸之地？谁说即便

是填海扩充之后，它的面积也比不上北京的一个回龙观社区？它贯通中西的建筑文化如此深广，不是用平方米可以计算，不是用脚步可以轻易丈量得完。譬如，说它是历史建筑博物馆，完全是实至名归，已经有了"世遗城区"可以佐证；说它是"新式中西合璧建筑聚集地"，肯定也不为过。徜徉街头，看着一座座拔地而起、富丽堂皇的建筑，不禁要为之叹服。澳门后来居上，精心养育了当地的建筑文化，使其蔚为大观。我对着各式各样不重复的建筑外观产生了兴趣，一路走来流连难舍。那是浅粉红一面瓦式的，这是伦敦雾似的，还有如水滴石穿形的……建筑，把人对财富的渴望，人心的无止境的悸动、贪婪，都一眼看穿。而人们在能望穿自己心事的建筑面前，却反而变得服气，散淡。人和建筑就这样互相说服，形成了澳门的独特气质。

此方的夜晚，香风扑面。古街小巷里的一个个手信店和鱼丸粥店是不能不进去的。主人们都不紧不慢笑脸相迎，有礼有信地做着古老的生意。此方的白天，安闲如是。商业街上一个个免税首饰店、时装店、化妆品店也是不能不去的。这些时刻的澳门，是惬意，是休闲，是不着急不着慌的"慢"生活，是《英雄》和《命运》过后的一曲《田园》。

澳门是人间的春光灿烂。如诗人所说，面朝大海，春暖花开。

《人民日报》
2013年10月26日
第12版

老母为我「扎红」

冯骥才

✳ 我鬓角花白却依然是一个
孩子，还在被母亲呵护着。而
此刻，这种天性的母爱的执着、
纯粹、深切、祝愿，全被一针
一针绣在红带上，温暖而有力地
扎在我的腰间。

　　今年是马年，我的本命年，又该扎红腰带了。

　　在古老的传统中，本命年又称"槛儿年"，本命年扎红腰带——俗称"扎红"，就是顺顺当当"过槛儿"，寄寓着避邪趋吉的心愿。故而每到本命年，母亲都要亲手为我"扎红"。记得12年前我甲子岁，母亲已86岁，却早早为我准备好了红腰带，除夕那天，亲手为我扎在腰上。那一刻，母亲笑着、我笑着、屋内他人也笑着，我心里深深地感动。所有孩子自出生一刻，母亲最大的心愿莫过于孩子的健康与平安，这心愿一直伴随着孩子的成长而执着不灭；而我竟有如此宏福，60岁还能感受到母亲这种天性和深挚的爱。一时心涌激情，对母亲说，待我12年后，还要她再为我扎红，母亲当然知道我这话里边的含意，笑嘻嘻连连说一个字：好好好。

12年过去，我的第6个本命年来到，如今72岁了。

母亲呢？真棒！她信守诺言，98岁寿星般的高龄，依然健康，面无深皱，皮肤和雪白的发丝泛着光亮；最叫我高兴的是她头脑仍旧明晰和富于觉察力，情感也一直那样丰富又敏感，从来没有衰退过。而且，今年一入腊月就告诉我，已经预备了红腰带，要在除夕那天亲手给我扎在腰上，还说这次腰带上的花儿由她自己来绣。她为什么刻意自己来绣？她眼睛的玻璃体有点小问题，还能绣吗？她执意要把深心的一种祝愿，一针针地绣入这传说能够保佑平安的腰带中吗？

于是在除夕这天，我要来体验七十人生少有的一种幸福——由老母来给扎红了。

母亲郑重地从柜里拿出一条折得分外齐整的鲜红的布腰带，打开给我看：终于揭晓了——腰带的一端是母亲亲手用黄线绣成的4个字"馬年大吉"。竖排的4个字，笔画规整，横平竖直，每个针脚都很清晰。这是母亲绣的吗？母亲抬头看着我说："你看绣得行吗，我写好了字，开始总绣不好，太久不绣了，眼看不准手也不准，拆了3次绣了3次，'馬'字下边4个点儿间距总摆不匀，现在这样还可以吧。"我感觉此刻任何语言都无力于心情的表达。妹妹告我，她还换了一次线呢，开头用的是粉红色的线，觉得不显眼，便换成了黄线。妹妹笑对母亲说，你要是再拆再绣，布就扎破了。什么力量使她克制着眼睛里发浑的玻璃体，顽强地使每一针都依从心意、不含糊地绣下去？

母亲为我扎红时十分认真。她两手执带绕过我的腰时，只说一句："你的腰好粗呵。"随后调整带面，正面朝外，再把带子两端汇集到腰前正中，拉紧拉直；结扣时更是着意要像蝴蝶结那样好看，并把带端的字露在表面。她做得一丝不苟，庄重不阿，有一种仪式感，叫我感受到这一古老风俗里有一种对生命的敬畏，还有世世代代对传衍的郑重。

我比母亲身高出一头还多，低头正好看着她的头顶，她稀疏的白发中间，露出光亮的头皮，就像我们从干涸的秋水看得了洁净的河床。母亲真的老了，尽管我坚信自己有很强的能力，却无力使母亲重返往昔的生活——母亲年轻时种种明亮光鲜的形象就像看过的美丽的电影片段那样仍在我的记忆里。

然而此刻，我并没有陷入伤感。因为，活生生的生活证明着，我现在仍然拥有着人间最珍贵的母爱。我鬓角花白却依然是一个孩子，还在被母亲呵护着。而此刻，这种天性的母爱的执着、纯粹、深切、祝愿，全被一针针绣在红带上，温暖而有力地扎在我的腰间。

感谢母亲长寿，让我们兄弟姐妹一直有一个仍由母亲当家的家；在远方工作的手足每逢年时依然能够其乐融融地回家过年，享受那种来自童年的深远而常在的情味，也享受着自己一种美好的人生情感的表达——孝顺。

孝，是中国作为人的准则的一个字。是一种缀满果实的树对根的敬意，是万物对大地的感恩，也是人性的回报和回报的人性。

我相信，人生的幸福最终还来自自己的心灵。

此刻，心中更有一个祈望，让母亲再给我扎一次红腰带。

这想法有点神奇吗？不，人活着，什么美好的事都有可能。

《人民日报》

2014年3月17日

第24版

槐的怀想

乔叶

❋ 其实槐花的香并不那么顺溜，刚入口的时候，有着轻微的涩，然后才会甜美起来。它的甜美不是浓烈，而是淡淡的，这淡却很悠远。

"老槐树，槐树槐，槐树底下搭戏台……"在这简单悦耳朗朗上口的民谣里，很小我就知认了槐树，爬的最早的树也是槐树——自家院子里就有一棵。爬它只在五月，因上面有槐花。清甜的槐花是乡间的美味。"五月槐花香，有福就能尝。"奶奶常常这么说着，就开始蒸槐花给我们吃。

而我常常等不及她老人家去蒸。爬到槐树上，就用手捋着槐花吃，一把一把地吃。柔嫩的花瓣就被我粗粗拉拉地吞到了肚子里。其实槐花的香并不那么顺溜，刚入口的时候，有着轻微的涩，然后才会甜美起来。它的甜美不是浓烈，而是淡淡的，这淡却很悠远。我从树上下来很久了，用舌尖儿舔一圈儿嘴巴，还能觉出甜味儿来。

五月的槐花，真是香啊。

这天来到沈丘，饭后无事，朋友说要带我们去看一个槐园。我想，槐花都已经开过了，槐树有什么好看的呢？犹疑着，客随主便，还是去了。

迎面而来的是两棵大槐，朋友说这是"把门槐"。能够把门的槐树，资历肯定了得。我走到右边的槐树前，仰头看上面贴的标签——树名：国槐。树龄：两千余年。朋友说这棵槐树被称为"中华槐王"。当初从晋陕两省接壤处的深山里移栽过来时，因其枝干太过繁茂不便运输，便只保留了主干，就这还特意为它开了几公里的路才运了出来。栽植到此时，为确保成活，一直由最资深的槐树专家为它订制栽植方案，密切跟踪，专人养护。

我围着它走了一圈，踱了足有五六步。问朋友这树有多粗，朋友说本地有顺口溜云："千年古槐树，胸围五米五，看着没多粗，仨人搂不住"。我看着那些婆娑的槐叶。两千年了，槐叶依然如处子般葱翠鲜嫩。看着看着，我有些恍惚起来，想起老家杨庄院子里的那棵槐树，它现在是什么模样？

"院里有槐，招宝进财。""院里有槐，平平安安。""院里有槐，福气常在。"这是奶奶经常唠叨的话。每到大年三十上午贴春联的时候，她都会叮嘱父亲在槐树上贴一张"树木兴旺"的红帖子。到了黄昏吃年夜饭的前夕，她都会让孩子们围着槐树走两圈，边走边喊："槐树娘，槐树娘，你长粗来我长长；我长长了穿衣裳，你长粗了做大梁……"我只喊过一次，还喊成了"我长粗来你长长"，喊完就气急败坏地冲她叫："迷信！"

五福迎宾槐、比翼槐、连理槐……槐树真多啊。环绕着中心

人民日报散文（精粹版）

广场的树木，也都是国槐，朋友说有99棵。99，天长地久的意思吧。中心广场叫"千字文"广场，顾名思义，《千字文》被镌刻在了巨型竹简上。此文作者是南北朝时期沈丘人周兴嗣。沈丘地，沈丘人，配上此文甚是妥当。《千字文》我只是听说，从不曾读过，可是，怎么回事呢？看了几句，居然也很熟悉："天地玄黄，宇宙洪荒，日月盈昃，辰宿列张，寒来暑往，秋收冬藏……"想了又想，是了，是奶奶曾经念叨过的。每到季节更迭的时候，她一边为我们做着棉夹衣裳一边就念叨着这几句。有一次我问她这些话是哪儿来的，她不好意思地说："你爷爷教我的。人家读过私塾哩。"她是个文盲。

　　然后便沿着弯弯曲曲的小径上了缓缓的小山坡，所到之处皆是我不曾见过也不曾听过的槐树。双季米槐，产地中国山东，科属是豆科槐属落叶小乔木。龙爪槐，产地中国华北，科属是豆科落叶乔木。朝鲜槐，产地中国东北。金叶垂槐，蝴蝶槐，产地中国北部……金叶垂槐，叶子在阳光下晶莹剔透，闪亮如金。蝴蝶槐的树叶状如碧色蝴蝶在枝头休憩，有风吹来，颤颤欲飞。

　　继续走。槐香湖、槐香山、观槐亭……朋友说这槐园有两万多株槐树，与京城槐园、山西洪洞大槐树公园齐称三大槐园。京城槐园我没去过，山西洪洞的大槐树公园我印象深刻。其实那次开会不在洪洞，我是在会议结束后特意转到洪洞去的，为的就是看看那棵大槐树。迎面就是一个根雕大门，根是槐根——来到这里的人，都是寻根来的。"问我祖先在何处，山西洪洞大槐树。祖先故居叫什么？大槐树下老鸹窝"。很小很小的时候，就听过奶奶唱这首歌谣。唱了不知道多少遍，唱到了我的骨子里。

可是，那棵最原始的槐树不在了。早就不在了。短暂的怅然之后，我的心情很快平复。那棵槐树在不在重要吗？我忽然觉得，这个一点儿都不重要。只要洪洞在，只要洪洞这个地方在，只要洪洞这个地方还有槐树在，只要还有一直想着洪洞大槐树的人们在，那么，最重要的东西就在。

——正如，亲爱的奶奶已经去世，物理意义上已经离我很远，可是我常常觉得她还活着，就在我的脑海，就在我的身边。所以，在这个下午，我悲欣交集地走在这个槐园，没有人知道，我携带着奶奶的声音和影像，充满了对她的怀想。

《人民日报》
2014 年 9 月 27 日
第 12 版

乡村文人

麦 家

❀　即使在仕途拼打多年，依
然棱角分明，不谙世故；即使
年届八十，依然童心不泯，笔
耕不止。这是我一心追求的，
八十岁还是俗世里的局外人，
满足于以文字的方式拥抱这个
世界。

　　我跟蒋增福先生是同乡。同到什么程度？一个村：蒋家村，
俗称蒋家门口。这是个大村。大到什么程度？富春江流域的第一
大自然村，有18个生产队，4000多人。树大分权，路远出岔；什
么东西大了、多了，总不免要被分。所谓满招损，多则少。蒋家
村已大到这份上，箍不住，要裂开来。于是被分成上台村、中台
村、下台村。我和先生同在中台村，两家屋檐直线距离百十米，
鸡犬相闻，炊烟相缭。若是年纪相近，必是一起光屁股摸过鱼虾，
一起上山偷过板栗，或许彼此身上还有对方拳脚作威时留下的伤
痕。我称先生为增福叔，彼此童年犹如冬天和夏天，南墙和北窗，
不可能会面。我见到他时，他已年过半百，头发谢顶，眼戴花镜，
言谈洒脱，和我想象中的文人形象基本吻合。

自小，我就听说我们村文脉深厚久远，常出文人。古时出过什么文人，我不知道。村里的历史都是口述史，熬不过上百年。百年前的东西都被时间抛入太空，缺名少姓，虚无缥缈。印象中，我听说的第一个有名有姓的文人就是蒋增福，然后又有许什么、蒋什么、陆什么等不甘落后。贫瘠的乡村没有阅报栏——当然，更没有阅览室，但一年中总有几份报纸、书刊，在各种重要场合惊艳亮相，被人争相传看。看的人像有一种天赋的责任似的，把他所看到的内容在最大范围内传播。于是，四五千人的大村庄，男女老少，无人不知这几个名字，以及他们名字背后蕴藏的光荣和梦想。我后来痴迷写作，当与这几个人被村里当菩萨一样顶礼膜拜有一定关系，它给年少的我一种至深的印象：似乎只要在报刊上发表文章，做个文人，就能获得他人崇敬。

人童年时会有很多错觉，从错误出发，不一定步入深渊。童年是不怕错的，只怕苍白。人一辈子很多正确的事，恰恰是错误选择的，在不合适的时间里做了不合适的事，让人生之路变得曲里拐弯，在弯道里留下了惊险和精彩。

当我也变成文人后，回头看去发现，曾经激励我舞文弄墨的那些同村前辈文人，真正不愧文人头衔的，只有蒋增福一个。那些人的文章不过是一些职业行为，有的是新闻报道，有的是时势催产的应景小品，有的甚至是变相的述职报告，虽印成铅字，但无文采，无心灵，不忍卒读，枯燥无味，在时间面前均低下"高贵"的头颅，斯文扫地。好的文章是穿越时空的。蒋增福的一些记叙乡村和地方野史之作，文笔老辣，作法有度，至今读来还是饶有兴致，自叹弗如。

今天，在滚滚物欲的扫荡下，即使是在文脉浓厚的蒋家村，文人也不再是一个什么尊称。文人这个响当当的名词，正在向一个软绵绵的形容词——文弱——靠拢。但作为文人的标志依然傲然挺立。文人有什么标志？当然，首先要有作品，有发乎于情、具有个人体温和心跳声的文章供人参阅，这是安身之本。只有发自内心之作才可能穿越时空，因为世界再宽大、时光再久远，人心是不变的，情感是相通的。其次要有一副不失好玩好奇的文艺心肠。我们常说，文人无行。这好像是个贬义词，其实恰恰是文人可贵的品质。有行者，必是人情世故练达，听话听音，做事看样，分寸得体，人见人爱。文人往往口出狂言，嘴无遮拦，我行我素，落拓不羁。文人看上去有礼有节，打起交道来书生意气，话不投机半句多。文人不但好出风头，还好高骛远，常常替古人担忧，对星星月亮发情，对树木花草感怀。因为多愁善感，文人总是掩藏不了情绪，常常露出马脚，授人以柄，像一条不时有汛情的河流。由于敏感好奇，文人总是有多疑深究的毛病。文人不是不倒翁，文人是跷跷板，平衡能力最差。躲在深山老林去当隐士的多半是文人墨客，只因为他们把人世看得过于复杂阴暗，同时又缺乏化繁就简、化险为夷的能力。俗世是需要睁一只眼闭一只眼的，文人总是失之偏颇，要么双目圆睁，要么两眼紧闭。文人一旦圆滑了，世故了，巧舌如簧，八面玲珑，左右逢源，上下通吃，就休想写出安身立命之作。

我同蒋增福先生打交道近三十年，深感他是一个资深的标准文人，即使在仕途拼打多年，依然棱角分明，不谙世故；即使年届八十，依然童心不泯，笔耕不止。这是我一心追求的，八十岁还是俗世里的局外人，满足于以文字的方式拥抱这个世界。

《人民日报》
2015年3月16日
第24版

有精神曰富

陆春祥

✳ 它们见证着，多少富和贵，都如眼前春江水，浩浩汤汤流去，一去不复返。

虽相隔数百年，但华亭人（今上海松江）陈继儒，一定是富阳人董诰的精神偶像。

陈大师一生豁达超脱，诗书画皆擅，留有许多人生感悟类的格言警句，如读书：读未见书，如得良友，见已读书，如逢故人。如做人：做秀才，如处子，要怕人；既入仕，如媳妇，要养人；归林下，如阿婆，要教人。更有精神高度的"功名富贵"铭让董诰震撼：有补于天地曰功，有关于世教曰名，有精神曰富，有廉耻曰贵。

大音希声。陈继儒的功名富贵观，就这样深深影响着董诰。

董诰既有家传，但名气要胜过他父亲董邦达，他完全靠自身的修炼，以陈大师的格言为人生方向，才打拼下如今的好名声。

在富阳的鹳山公园，我见到了董诰书写功名富贵的条幅，规矩馆阁，沉着有变，最触动我的是后两句：有精神曰富，有廉耻曰贵。

几个小细节可以证明董诰践行了自己遵行的格言。

董诰做宰相三十年，他的画像，两次挂进紫光阁。董诰去世，嘉庆皇帝亲临祭奠，并写诗称赞：只有文章传子侄，绝无货币置庄田。

《清史稿·董诰传》记载如下：其父子历事三朝，未尝增置一亩之田，一椽之屋。翻检史籍，有多少人官居高位后，能未尝增置一亩田一间屋的？

我试着冒昧探索一下影响董诰内心世界的富贵观。三个词极关键：富贵、精神、廉耻。

一般人眼里，富贵是什么？用不完的钱，穿不完的锦，住不过来的屋，地位显赫，人人敬惧，总之，要什么有什么，享不完的福。精神为何物？话题太大，哲学中，将过去事和物的记录及此记录的重演，都当作精神，我的理解，应该是除物质以外的，所有能让自己内心安定下来的神情意态、意志活动。

人向往富贵，人不可能没精神，在董诰眼里，富贵和精神一定不是钱财物，若论外物，像董诰这样的高官，如果不设防线，绝对不请自来，和他同朝为官的大贪官和珅就是很好的证明。

为官有许多诱惑，后来者也未必没有看到前车之鉴，起初也是谨小慎微，血肉之躯常常躲过了这一弹，又立刻迎来了下一枪，虽久经沙场，一个疏忽，仍然不幸中枪。但无论什么借口，疏忽都是主观原因，董诰深谙这个道理。

过去的事和物，回忆起来，能让你心安吗？董诰常常这样告诫自己，置田造屋，要那么多田和屋干吗？田再多也是一天三餐，房再多也是一张卧床，朝廷对官员的生活，制度基本有保障，用不着考虑身后的事，果然，董诰退休，拿的就是全工资，这已经是很高的待遇了，这些工资足够让他生活得很好。

　　荀子先生告诉董诰，人处世，要轻物，生命以外的所有东西都是外物。君子可以支配外物，而不应该被外物所支配。身体虽然辛苦，但心安理得，我们就去做；利益虽少，但合乎道义，我们就去做。好的农夫不会因为洪涝和干旱而不去耕田，好的商人不会因为一次亏损而不做生意，同样的道理是，士君子不会因为贫穷而懈怠于修身养性、端正精神。董诰坚持做君子，他还是《四库全书》的副总裁呢，天天浸淫在前辈优秀的典籍里，真正知行合一。

　　与精神并论的，是廉耻。中国人说起廉耻，源远流长，廉耻乃为人立身之根本。假如，没有廉，什么东西都可以拿，没有耻，什么事情都会去做。先哲孟子讲，能以无耻为耻，就能免于耻了。廉耻作警钟，董诰的一生，几乎找不出污点，如王冕赞自家池边的荷花：只留清气满乾坤。

　　无疑，能做到廉耻，才能称贵人，用这一点来反观，那些先前表面光鲜却没有善终的官员，级别无论多高，都毫无贵可言，他们什么也不缺，却独缺廉耻。

　　作之不止，乃成君子。董诰为官数十年，精神、廉耻和谐组合，已化为每日自觉言行，并深深地浸入他的骨髓，我觉得有两点至今给我们以深刻启迪。

和内心斗争。明人吕坤分析，我们的身外有五个强敌：声色犬马，钱财利禄，名誉地位，忧患艰难，太平安逸；我们的内心也有五个强敌：憎恶愤怒，喜乐爱好，牵缠踌躇，狭隘争躁，积习惯癖。就是说，我们整天都会被这些内外的敌人扰害得神魂颠倒，需要勇气和强有力的克制才不会随波逐流。

要学会舍弃。这仍然属于人内心方面的。吕坤继续深有体会地告诫：我活了五十年，才体会到"五不争"的真味，有人问什么是"五不争"，我说，不和聚敛财产的人争富，不和醉心仕途的人争贵，不和夸耀文饰的人争名，不和怠慢轻傲的人争礼节，不和盛气凌人的人争是非！其实，我们现在何尝不需要一些这样的"与世无争"呢？只有学会舍弃一些东西，才能更好地探究事物的本源。

一个冬日的雨后，我去拜谒这位中国古代官员的模范。富春江南，富阳新桐蛇浦村，凌家山的坡地上，董诰的墓在一棵棵的矮橘树丛中隐现，空旷而不荒凉，遥望富春江，墓前的两只石虎，憨厚地伴着这位清廉官员已经两百余年。它们见证着，多少富和贵，都如眼前春江水，浩浩汤汤流去，一去不复返。

有精神曰富，有廉耻曰贵。

石虎无言，却似乎在聆听董诰掷地的金声。

《人民日报》
2016年1月25日
第24版

去成都看红军哥哥

贺捷生

✻ 同样也穿着红军服的他，头戴随生日蛋糕送来的那种纸皇冠，笑得像一个孩子。

人老了珍惜亲情，犹如寒冬到来珍惜阳光。这种感觉在我进入垂暮之年，身体江河日下，一天不如一天时越来越强烈。

我想四哥也一样。父辈们健在的时候，有他们的荣耀和恩威庇护着，我们常有书信往来，见面时亲如手足，但那时并不觉得多了什么，或少了什么。后来不同了，父辈们陆续离世了，去了另外一个世界，不知不觉中，我们自己也成了父辈。到这时才发现，做父辈并不像过去想象的那么美好，那么轻松。因为当你开始成为父辈时，你也老了，生命开始枯萎和凋谢。伴随而来的是孤独，冷清，渐渐被人遗忘；身体也如被洪水围困的堤坝，不断出现险情。时下流行抱团取暖一说，依我的看法，这种现象更多反映了老人的渴求。就像多年未曾出川的四哥，近些年就经常传来信息，说捷妹，什么时候还能见到你？想不想回成都看看？有意思的是，他7岁参军，9岁参加长征，经历过枪林弹雨，虽然官没有当多大，但仍不失铁血情怀；到老了，如同变了一个人，把自己弄得儿女情长，文绉绉的，像个知识分子。

去年开春，四哥在电视台工作的儿子国荣来北京出差，特意到家里来看我。临别时，忽然认真地对我说，姑姑，是爸爸要我来看你的。他说他马上90岁了，没多长时间好活了，这辈子还想再见到你。

听见这话，我的心里一阵战栗：可不是吗？岁月无情，1935年11月跟随我父亲贺龙从故乡湖南桑植刘家坪长征，十四年后进军大西南时，又被他带到四川的那些亲人，比如跟随父亲两把菜刀闹革命和南昌起义的贺勋成爷爷，新中国成立后担任省检察院检察长的贺文岱堂叔，还有在红二、六军团战斗剧社拉二胡的我小姑贺满姑的大儿子向楚生，以及在红二、六军团警卫连当警卫员的我二姑贺戊妹的儿子萧庆云等几个红军哥哥，都去世了。现在活着的，只剩下长征时只有9岁的四哥向轩了，可他也到了风雨飘摇的年纪。

说话间清明节到了，听说四哥住院了，而我刚好要去成都看望一个身患重病的亲戚，同时给我父亲的爱将、成都军区第一任司令员贺炳炎上将扫墓，想到还能看看他，于是千里迢迢，我踏上了去蓉城的旅途。

到了成都，堂叔贺文岱的女儿贺南南、贺锦南、贺蓉南，父亲的爱将贺炳炎之子贺雷生、贺陵生等红二代，还有许多我叫得出名字和叫不出名字的红三代，早聚在一起迎接我，个个笑逐颜开。

去军区总医院看四哥那天，我悄然而至，既没有通知他的家人，也没有跟医院打招呼，甚至忘了他正经使用的名字。因为在我们家族中，提起他，从来不用真名实姓，而是直呼他简陋粗糙得上不了台面的绰号。在护士站查阅他的病房，我描述了半天，说来看望一个老红军，他姓向，向前进的向，值班护士才如梦初醒，说你们是来看望向轩老首长的吧？他住在走廊最里面那个套间，刚看见他下楼遛弯去了。

快90岁的人住院，还能下楼遛弯?! 我悬着的心终于放了下来。

突然从住院部大楼下的花坛边被叫回来，看见我坐他的病房里，四哥有些蒙，有些不知所措，喉咙里发出咕噜咕噜的声音。几年不见，我发现他老多了，圆溜溜的脑袋上长出一块块老年斑，油亮的额头上冒出一片细密的汗珠。坐下后，放在膝盖上的两只手在不停地抖。看得出，对于我的到来，他是高兴的，脸上露出心满意足的微笑。

我没有叫他四哥，他也没有叫我捷妹，当面我们都没有这种习惯。相隔两三米远，因陪同我的人和陪护他的人都是转着弯的亲戚，见面相互喊喊喳喳地说着什么，我和他反倒被晾在一边。而且他耳朵背，别人说什么他都当同他说话，不时含含糊糊地应和着。这期间，我看见他不时偏过头来看我，对着我笑，那意味深长的眼神，好像执意要从我的目光里，我的身上，找回我的过去和他的过去。

朋友们可能沉不住气了：我为什么叫他四哥？他为什么7岁

参加红军，9岁参加长征？这诸多的疑问，我知道，我必须做交代了。

是这样：他是我父亲的亲妹妹——我牺牲的小姑贺满姑的儿子。相信湘西的人都听说过，当年在我们的故乡桑植洪家关，面对各种各样的黑势力、恶势力，不仅我父亲贺龙，而且在他之前和之后的整个贺氏家族，有一个算一个，都充满血性，疾恶如仇，与黑暗统治不共戴天，从不怕被赶尽杀绝，亡命天涯。比父亲小12岁的贺满姑当然也是这样一个人。我父亲跟定共产党，在南昌发动八一起义后，为防止反动派疯狂报复，她跟着比她还强势的我大姑贺英，取出北伐时我父亲从武汉捎给他们的枪，上了桑植鱼鳞寨。我父亲1927年冬天又一次回到湘西拉队伍，她们帮着他征兵筹粮，看家护院，俨然把父亲创建的红四军当成贺家的子弟兵。可她是五个孩子的母亲，丈夫向生辉是个老实巴交的农民，凡事都由她出面并担当。她的两个大些的儿子向楚生、向楚明，早年被我父亲送到上海保护起来，后来回到湘西当了红军。家里还有三个较小的，三儿子向楚才只有5岁，四儿子向楚汉只有3岁，五女儿生下来八个月，名字还没有取，家人叫她"门丫头"。上了鱼鳞寨后，她把三个孩子变换着交给不同村落的亲友看管，时常下山来看他们，和他们同床共枕地住几天，尽一个母亲的职责。

1928年5月，我父亲率领部队在石首、监利一带作战，面对白军的猖狂反扑，贺满姑带着三个孩子转移到邻县永顺周家峪一个叫段家台的村子旦，桃子溪团防头子张恒如打听到后，立刻派兵包围他们藏身的地方。经过激烈抵抗，双手挥枪的贺满姑子弹打光了，连同三个孩子一起被抓走了。团防把她和三个孩子押回桑植，交给了驻桑植省军处置。被我父亲和贺家人逼得急红了眼的敌人，不放过这个炫耀功绩的机会，一面大肆宣扬逮住了共匪头子贺龙的亲妹妹，一面用尽酷刑，逼迫贺满姑引诱大姐贺英带领队伍下山。满姑宁死不屈，在三个孩子被贺英通过堂嫂陈桂如用重金赎出去后，不惜上断头台。

贺满姑死得很惨，是被凌迟而死的，这种死法在民国早已绝迹了。桑植县档案馆至今仍保存着贺满姑被凌迟的照片，其中一幅定格在她的双乳和大腿上的肌肉被割去的瞬间，惨不忍睹。我在电脑上查阅资料，无意中发现有人把这张照片放在了网上。

贺满姑牺牲后，贺英接回她的三个孩子，把最结实又最淘气的向楚汉放在自己身边。贺英没有后代，3岁的贺楚汉在失去母亲的怀抱后，投入大姨的怀抱，失声叫她妈妈，贺英紧紧把他搂在怀里。

向楚汉就是几十年后坐在我面前的向轩，我没问过他什么时候改的名字，为什么改名字。可我知道，他还在他满姑肚子里的时候，就随母亲打游击，风餐露宿，出生入死；3岁时，敢抽出母亲腰里的枪，由满姑手把手教射击。因为在满姑四个儿子中他最小，所以我们都叫他四哥；又因为他小时候胆大过人，调皮捣蛋，常有出格行为，湖南人又爱又恨地称这种孩子为痞子。几年后，他来到我父亲身边时，我父亲觉得叫他的大名太生分了，随口叫他"四痞子"。

1933年，是湘鄂西斗争最残酷的年份。我父亲创建的红四军，在夏曦到来后的肃反中元气大伤，同时遭到敌人重重围困，被迫撤出湘鄂西，退到黔东南印江、沿河一带，重新开辟根据地。部队的番号也一改再改。父亲的部队离开后，大姑贺英的游击队也转移到湖北鹤峰太平镇一带的深山里。5月6日拂晓，在太平镇洞柏湾，因当地农会出了叛徒，游击队营地突然被敌人包围了，贺英和我二姑贺戊妹，贺戊妹的女儿肖盈盈、儿子萧庆云、女婿廖汉生，还有7岁的向轩等亲人，都处在危险中。敌人发现了贺英的身影，无数支枪对着她和向轩所在的屋子猛烈射击，子弹像瓢泼大雨，密不透风。贺英多年带兵，是名震湘西的神枪手，双手出枪比贺满姑还快。她以窗台为掩体，毅然掩护队员们突围，敌人久久攻不进那栋房子。战斗到弹尽粮绝，贺英腿部中一枪，腹部中两枪，因为其中一颗是炸子，她的下腹部被炸得血肉横飞，鲜血奔涌。贺英自知生命走到了尽头，在敌人扑上来之前，忍痛把流出来的肠子塞回破烂的肚子里，然后解下长年系在腰里的小包袱，递给向楚汉，里面有两个戒指、五块银圆、一把小手枪，让他翻过后窗，从后山的小路追赶廖汉生、萧庆云等游击队的大哥哥、大姐姐。7岁的孩子意识到失去了妈妈，又要失去大姨，边跑边哭，贺英冲着他的背影喊：四佬，莫哭，快去找红军，找你大舅……

　　这天大姑贺英牺牲了，二姑贺戊妹因打摆子，脚下无力，跑不动，也被敌人追上杀害了，然后割下两姐妹的脑袋，挂在桑植城门示众。

　　现在的孩子难以想象，长到7岁的向轩，已经看到了如此血腥和惨烈的杀戮，经历了如此悲壮的生离死别。从洞柏湾迸溅的血光中逃出来的那个日子，从此成了四哥履历上参加革命的日子。现在的孩子同样难以想象，一个7岁的孩子从枪林弹雨中跑出来，伤痕累累，连他自己也说不清是枪伤还是沿路跌跌爬爬的损伤，但最终，他真找到了他的大舅、我的父亲贺龙，而且是在贵州边地的大山里找到的，而且我父亲居无定所，不是在战斗就是在跋涉中。打开地图看看吧，从湖北鹤峰到黔东，中间隔着好几个县，那得翻过多少山，涉过多少水！

妹妹贺满姑的死让我父亲痛心疾首，现在大姐贺英、二姐贺戊妹又战死了，他只能仰天长叹。但他选择了共产党，并成了共产党领导下的一方红军的统帅，只能接受这个残酷的现实，咽下这枚难以下咽的苦果。此时，他唯一能做到的，就是把大姐贺英、二姐贺戊妹和妹妹贺满姑留下的向轩，一个又淘又倔，当时只有7岁的孩子，放在司令部警卫连，做他身边的一个勤务兵。父亲想，他的亲人被反动派杀得太多了，绝不能让他们对孩子斩草除根。当时还叫向楚汉的向轩不听话，又淘又倔，父亲决定亲自管教他，不然对不起三个牺牲的亲姐妹。

向轩最崇拜我父亲，也最怕我父亲。到了我父亲身边，加上部队纪律的约束，他开始慢慢学习做一个红军战士。1934年10月，我父亲率领几天后由红三军改编的红二军团，在贵州印江县的木黄镇与萧克率领的红六军团胜利会师，之后，带领这支由中央决定改番号为红二、六军团的部队，杀回湘西，展开中革军委在长征路上为他们命名的"湘西攻势"。

1935年11月19日，红二、六军团比中央红军整整晚一年，从桑植刘家坪开始长征，当时我才生下来十八天，尚在襁褓里，父母把我放在小骡马驮着的摇篮里，带我走上这条伟大的征途。

提到9岁的向轩，父亲对母亲说，把他继续放在警卫连，跟队伍一起走。还叮嘱母亲在照应我的同时，也照应他一下，得空教他识几个字。他虽然比较顽皮，但有一股蛮劲，过不了几年就是一个好兵。

母亲知道贺英三姐妹的死，是父亲心中永远的疼。他要带9岁的向轩去长征，是把三个姐妹给他留下的疼转移到这个孩子身上，于是对父亲说，应该把他带走，但能不能活下来，就看他的造化了。

毕竟还是个孩子，长征过澧水、沅水、赤水河，穿越乌蒙山，横渡金沙江……战士们苦不堪言，他却一路蹦蹦跳跳，不觉得有多苦。当然沾了我父亲的光，部队为我准备了一匹小骡马，也给他弄来一匹。刚上路的时候，南方多田野和水洼地，他骑着那匹小骡马，随兴所至，时不时猛抽一鞭，马蹄踏起的泥水沿路溅了战士们一身。父亲得知此事，雷霆大怒，说那还了得，他小小年纪就忘记自己是谁了，把他的马收了。他拽着缰绳痛哭流涕，说大舅，饶我一回，我再也不敢了。

长征翻山越岭，忍饥挨饿，日夜兼程，考验着每个人的耐力和生存能力。四哥凭着年龄小，故乡桑植的长辈多，经常游走在他们中间，蹭点吃的。当然，他打搅最多的，是我母亲。因为我那时太小了，许多叔叔阿姨都宁愿自己饿肚子，也要给我省一口。他来了，有我一口，就有他一口。到十分难走的路段，比如爬雪山、过草地，他累了或饿得走不动了，我母亲背上背着我这个出生才几个月的婴儿，手上牵着他，咬紧牙关，一步一步向前挪。三个人始终相依为命，不离不弃。

到了宿营地，母亲除去做宣传工作，还要及时把我换下的衣服和尿片洗好烘干，要是他来了，就让他搭把手，抱着我在屋子里转几圈。

1936年10月，由红二、六军团改编的红二方面军与红一方面军在甘肃会宁胜利会师，同年12月在山城堡与胡宗南的部队打完最后一仗，移驻陕西富平县庄里镇，等待改编成八路军第120师。到达陕北后，我母亲留在红军总政治部工作，他也留在延安。但这时，他已经是个颇具有丰富人生阅历的小大人了，虽然还只是一个小小的通讯员。

在延安，他还闹过一个笑话，那是去给某机关送信，当地站岗放哨的儿童团拦住他，对他的身份表示怀疑。他蛮劲儿上来了，说怎么着？不相信哥哥是队伍上的人？我不仅上过战场，还是红军出身呢！儿童团员们更不信了，说他吹牛，拦住刚好路过的毛泽东给他们评理。毛泽东饶有兴致地问，你说你是红军，有什么证据？他说他参加了长征，爬过雪山，过过草地。毛泽东非常惊奇，说你这么小就参加了长征？如果真是这样，当然是红军，但谁能证明呢？他理直气壮地说，我大舅和舅妈。毛泽东说，哦？你大舅是谁呀？他说：贺龙！毛泽东这时笑了，说你这犟伢子，是贺胡子家的人啊，现在我信了。

时间一晃过了八十年！当年跟随红军长征的我们这两个孩子，不知不觉，我年至八旬，他也将过90岁生日，都到了朝不保夕的时候。在我父亲带到四川的亲人中，别说比我父亲还高一辈，在红二、六军团以最大年龄参加长征的贺勋成爷爷，还有我堂叔贺文岱，就连比我大不了多少的几个哥哥，也就只剩下四哥向轩还活着。我很庆幸能在他的90岁生日到来前夕，来成都看望他，很庆幸他即使患病住院也无大碍。人间重晚晴，说什么他也是我哥哥，我仅剩的红军哥哥啊！

回到北京几个月后，他寄来了孩子们给他过90岁生日的照片。那是一场别出心裁的聚会，赶来庆贺他生日的人，都穿着灰色的红军服，唱红军歌，跳红军舞，其乐融融。同样也穿着红军服的他，头戴随生日蛋糕送来的那种纸皇冠，笑得像一个孩子。

《人民日报》
2016年8月3日
第24版

我听到了谁的歌声
——索布日嘎之夜

鲍尔吉·原野

❋ 我不想当我了，想变成牧民，放牧、接羔、打草，在篝火边和黑桦树下唱歌，变成脸色黝黑、鼻梁和眼睛反光的人。长生天保佑所有诚实和善良的人。

　　我的心是一块顽石，在泥泞雾霾中泡过好多年。这样的心常常听不到草叶在微风里细碎的摩擦音。我来牧区，进入蒙古语的言说里面，感觉蒙古语把我的脑子拆了，露出天光，蒙古语的单词、句子和比喻好像是树条、泥巴和梁柁，像盖房子一样重新给我搭建了一个脑子。这个脑子有泥土气息和草香，适合感受马、盐、泉水和歌声，不适合算计，虚伪的功能完全被屏蔽了。我的心仿佛在蒙古语里融化了，剥落掉核桃一样坚硬的外壳，露出粉红色血管密布的心，一跳一跳，回到童年。

　　我们坐在蒙古包里喝奶茶，外面响起雷声。牧民说：天说话了。其他人附和：天说话呢。是的，蒙古语管打雷叫天说话，也可译为"天作声"。"天"这个字，牧民常常尊称为"腾格里阿爸"——天爸爸。他们说出这个词自然亲切,像说自己家里的长辈。在牧民心里,一生都接受着天之父的目光,他的目光严厉而又仁慈,无处不在。

在巴林右旗索布日嘎镇,牧民说,他如果需要一块木料,上山选树。砍树的人心里忐忑不安,斧子藏在后腰衣服里。牧民们不砍草原上孤独的树,那是树里的独生子。他到树林里找一棵与他需要的木料相似的树。比如勒勒车的木辐条坏了,就找一棵弯度与辐条接近的树。准备砍树的人下跪、奉酒,摆上奶食糕点,说"山神啊,我是谁谁谁,我的什么东西坏了,需要这棵树,请把这棵树恩赐给我吧,并宽恕我砍树的罪孽"。然后拔出斧子砍树,砍完拖树一溜烟跑下山了。对了,砍树前,他还要掰下几根树权示警,说:我要砍树了,住在树上的神灵起驾吧!

我跟别人讲到这件事,对方笑了,说蒙古族牧民挺幼稚,不懂科学。我想人类从远古走到今天,并非依靠科学,科学也不应该是巧取豪夺之学。人幼稚是说此人尚处在童蒙阶段,如果民族仍然幼稚,它该多么天真纯洁,归它走的路还有很远,这该是多大的幸运呢?

蒙古族对其信颂尊崇的事物赋予拟人化的代称,比如把加工五谷的碾子叫"察干欧布根"——白色的、吉祥的老翁,管拉盐车队的首领叫"噶林阿哈"——火的兄长,管接生婆叫"沃登格"——大地的母亲。在蒙古语里面,一切都是生灵,彼此是具有亲属关系的父亲、母亲、兄弟姐妹,尽管这些生灵的外形是空气、云彩、土壤、水或结为晶体的盐。人只是这个大家庭中间叫作"人"的小兄弟而已。不同的语言里暗含着不同的价值观,顺着每一条语言的路都会走向不同的终点，清洁的生活产生清洁的语言。

在索布日嘎，我看见一个男人拥抱一个女人，身旁一人赞叹："乃波乃仁恩特贝日乎"。直译为"细细地拥抱。"也可译为"温柔地拥抱。"实际说的是"细致珍惜地抱住她"。我感叹于世界仍有这么体贴人心的语言，如果心与心拥抱，能不细致吗？我感觉人们现在使用语言太粗率了，无所敬畏，也无所怜惜，我们失去了好多用心描摹生活的机会和能力。

蒙古族牧民称走马为"蛟若"，最好的走马是"蛟若聂蛟若"——走马中的走马。他们形容马走起来"像流水一样，"这一种步态寓意着马和马倌的智慧。水跟火是蒙古族牧民心中的圣物，他们至今恪守着成吉思汗规定的戒律：不许往河水里扔脏东西，不许在河水里洗衣服与撒尿。河是母亲，河水就是母亲的身体。牧民们告诉我：每一座火里都住着一位火神，他们虔诚的神情表示这是不可怀疑的，"火神是一位女性神灵。"火婀娜地伸展腰身，让黑暗退隐，黑暗在远处注视女火神怎样为牧人煮好每一餐饭食。火的纹理没有杂质，如缎子一般细腻。它飘扬的样子正如母亲小声哼唱一首长调。直到现在，牧民们用干净的木柴和纸张引火，不许往火里吐唾沫，不许泼水。火最好的燃料是干牛粪。牧民说，小时候，父亲把他拣回的牛粪里的羊粪、狗粪和狼粪拣出来，烧这些粪是对火神的不敬。水啊火啊，山川大地，人们用清洁的、没有伪饰的语言吸纳你的回音，存在心里。大自然当中所有原初的事物都有浑朴的本质，即使我们闭上眼睛，用手摸一摸它们，也感觉得出这些事物亘古以来未变的质感。闭上眼睛摸摸并捻一捻河水，水的柔软活泼与清澈是一回事。摸一摸石头就摸到了时间的皱纹和古代。摸摸马，你想象马正用长睫毛的、黑水晶一般的眼睛看你，它光滑的脊背有汗，说明刚刚跑完。有一句蒙古族民歌的歌词尤其让我感动——"马驹在羊水里就记住了自己的故乡。"牧民们喜欢传诵一个故事，说一匹马被卖到了长江以南的地方，它不知怎样翻山渡河回到了内蒙古故乡。牧民们说到这里，交换眼神，唏嘘赞叹，并用眼神征求我的看法。我心里想这不可能，马固然会泅水也能登山，但它路过地方的人是不会放过它的。我还是跟着牧民一起赞叹，一起惊讶。既然我们会相信网络上天天都有的谣传，为什么不相信马也有返乡的美德？为什么不信火里和水里住着清洁的神灵呢？我宁愿把自己脑子里贮存的所谓知识清除掉，它们也许早过时了，让更多的民间传说和神话进入心灵。索布日嘎的猎人说猞猁聪明，它平时不留下任何痕迹。下雪天，所有野兽在大地上留下脚印，猞猁等大动物出来觅食之后，爪子踩在大动物的脚窝里行走。我眼前浮现出八十多岁的猎人苏达纳木手脚并用模仿猞猁跨越大步的情形，这多好啊！多幼稚，我喜欢这些还没有摆脱童年的幼稚的人们！

今年七月二十二日，农历六月十九。我被邀请参加索布日嘎镇吉布吐村祭拜村庄敖包的仪式。祭敖包何其神圣，村虽小，但越小越纯粹，我被邀请参加祭祀，深感荣幸。晚上，我甚至在镇政府的宿舍里来回踱步，享受这份荣幸。巴林右旗要在天亮之前祭敖包。古人称，约略看清自己的掌纹曰天亮，而天亮前依然伸手不见五指。我们凌晨三点钟起床，三点半出发。开车的司机甚神奇，他在漆黑的夜里瞪大双眼看前方，左右转动方向盘，仿佛他是一只夜视的猫，在夜色稠密的草原上看清一条路。车停了，可能停在山脚下，抬头却辨不清山峰与夜空的分割处。我被扶上一台摩托的后座，抱住驾驶员的腰。摩托突突行进，我听到黑暗中有许多摩托轰鸣前进。摩托驮着我们爬上跃下高低起伏的丘陵，我听到水声，摩托冲过浅浅的河流之后停下来。这时影影绰绰看见许多人，却看不清面孔和衣服。我们登上一座不太高的小山。山虽然不高，但登上去周围却清晰了。一座敖包矗立眼前，上面系着飘动的哈达。全村的男人环立敖包前，他们穿着整齐的蒙古袍，戴帽子，脸膛肃穆坚毅。他们的面色好像比夜色还要黑，只有眼睛和鼻梁反光。驮我的摩托车手竟然穿着陆军作战服，他刚从部队复员。村里的敖包长宣读祭文，祈求敖包神灵庇佑村子人畜平安，风调雨顺。吾等全体俯身跪拜，起身献上自己所带祭品。我献上了酒、袋装牛奶、糕点和奶豆腐。拜完我取一点奶豆腐带给父母吃，用我爸的话说"山神吃剩下的东西，人吃了最好"。

站在山上转身看，仿佛就在转身的一瞬间。天亮了许多。天和地像轻云和浓云分开了，沉黑的大地伸向远方。我身边的村民笑眯眯地互致问候，这时能看清他们的年龄和老年人的皱纹了。他们变得轻松而欣慰，相信自兹日起，直到来年，吉布吐村风调雨顺，国家康泰平安，那是必须的。下了山，略多的光线让我看到吉布吐村牧民身穿的蒙古袍有多华丽。这些光让我看清他们海蓝色蒙古袍上的银白团花和橙色的腰带，灰色蒙古袍大襟的橘红滚边。他们比演员更漂亮，他们的英武气质和服饰在大自然中更显出恰当。而我想到一个村的男人们穿着华丽的衣着在夜色里穿行，该有多么诚恳，携带着他们自己才知道的美，让敖包神多么欢喜。大地啊，你有多少我所看不到的美，坚定地、默默地发生，它们发生在事物的肌理内部，而不是表演。

我们又坐摩托又过河，碾过晨曦铺就的地毯之前我们还按巴林人的习惯祭拜了清澈可爱的沃森花泉水。大地亮了，曦光下的大地多么可爱。光线以它刹那千里的怀抱告诉人们草原的辽阔，比长调唱的、骏马跑的还辽阔。如瓷器般青白色的天空刚刚醒来，而大地比天空更宁静，灌木和草毛茸茸地等待苏醒。远处的山峦如同画家的初稿，还差六遍敷色。而我们在飞驰，身旁还有人骑马，他们显出比骑摩托的人高大，手挽缰绳也比手把摩托好看。骑手在马背上跃跃然，瞻顾四方。东方正好有太阳倾泻的红光，如洪水决堤（这些光每天早上决堤一次）。这时看出平坦的草原并不平啊，每一处隆起泥土都被红光刷了漆，像千万座雕塑面东沉思。前方是吉布吐村，光线早于我们赶到那里。"吉布"是箭头的意思，也是古代的名字。村里的彩钢瓦像在屋顶铺了一片片红毡。这个村好漂亮，户户有同样的黄栅栏和带"乌力吉江嘎"（吉祥图案）的大门，街路硬化，新栽的小树排列成行。太阳把鲜艳的红光照在吉布吐村里一点都没糟蹋，这里像一处童话外景地。而我自从祭祀敖包后成了村民中的一员，混迹在摩托车和马队里，与晨风冲撞。我们相互微笑，如同赞美这个时刻，领取大地天空赐予吉布吐村民和我本人的这个美好的早晨。

也是在索布日嘎，几天前，镇里的蒙古族职员组织了一场野餐会，地点在这个镇临近西乌珠穆沁旗的景区"荣升十八景"。他们在一棵枝叶繁盛的黑桦树下面等我，地上铺着防雨车衣，摆着食品，他们大多三四十岁，带着家属孩子。他们并不说什么，却用眼光亲切地注视我，仿佛眼光是一块布，轻轻擦去我脸上的尘埃。蒙古族人口少，同胞为他们自己民族能出一个作家而高兴，这是这么多双目光交织的眼睛送给我的信息。我很惭愧，我还没达到让这些纯真的目光褒奖的程度，但又没法解释，只好看周围景物。那一边山峦俊秀，这一边草场宽广。蒙古黄榆沿河边生长，如同河流的卫士，保护着它的清澈。黑桦树下面歌声响起来了——《诺思吉雅》，所有的人都在唱，他们的眼睛看着树，看着山，看着虚空，仿佛那里写着歌词——"海青河水长又长……"一遍唱完，再唱一遍。他们用嗓音不断往歌的火堆里添柴，不让它熄灭。这情形特别像海浪一遍遍冲刷堤岸，洗刷着我的心。他们怎么知道我需要洗礼？"吾欲仁，斯仁近矣。"歌罢，一个小女孩用蒙古语朗诵了一首诗，诗中说"这座山哪管只有牛粪那么大，也值得跪拜，因为这是我们的土地"。她以稚嫩的嗓音念出这么诚恳的诗句，态度却坚定，竟使我老泪纵横。我怕在别人面前流泪，可在这样的旷野里，我能躲到哪里流泪呢？谁让你遇到这样的歌声和这样的诗呢？

高林艾里是一个村的名字，意谓河的村——这真是一个好名字，我参加了一场牧民为我举办的篝火晚会。什么人值得让村里的乡亲为他办篝火晚会？我闻所未闻。听说这是为我办的，我真是惭愧至极。那是在山坡上，村民几乎从山的各个方向走向篝火，他们好奇地看我。一些孩子大胆地与我交谈，他们读过内教版蒙汉文课本收录的我的作品。我觉得更值得一说的是这里的夜色——珐琅色深蓝的夜空下，山坡上卧满牧归的羊，如石羊。篝火烧起来，有一人高，众多火星往更高处蹦跳。村民们用胸膛迎着火歌唱，高音冲向旷野回不来了，低音被火吸走。我走到山坡看篝火和火边的人群，远处有山的暗影，被搅碎的月色在白白的河水里流淌。我忽然问自己，这是哪里？我是谁？我真忘了自己是谁，忽然感到写作跟做一个淳朴的人相比真是微不足道，到牧区来找写作资源更是卑俗至极。人不写作也能活着，而活着值得做的事是清洗自己，我不想当我了，想变成牧民，放牧、接羔、打草，在篝火边和黑桦树下唱歌，变成脸色黝黑、鼻梁和眼睛反光的人。长生天保佑所有诚实和善良的人。

《人民日报》
2016年11月28日
第24版

何处是乡愁（外一章）

梁　衡

❈　何处是乡愁，云在霍山头。
儿时常入梦，杏黄麦子熟。

　　乡愁，这个词有几分凄美。原先我不懂，故乡或儿时的事很多，可喜可乐的也不少，为什么不说乡喜乡乐，而说乡愁呢？最近回了一趟阔别六十年的故乡，才解开这个人生之谜。

　　故乡在霍山脚下。一个古老美丽的小山村，水多，树多。村中两庙、一阁、一塔，有很深的文化积淀。我家院子里长着两棵大树。一棵是核桃，一棵是香椿，直翻到窑顶上遮住了半个院子。核桃，不用说了，收获时，挂满一树翠绿滚圆的小球。大人站到窑顶上用木杆子打，孩子们就在树下冒着"枪林弹雨"去拾，虽然头上砸出几个包也喜滋滋的，此中乐趣无法为外人道。香椿炒鸡蛋是一道最普通的家常菜，但我吃的那道不普通。老香椿树的根不知何时，从地下钻到我家的窑洞里，又从炕边的砖缝里伸出几枝嫩芽。我们就这样无心去栽花，终日伴香眠。每当我有小病，或有什么不快要发一下小脾气时，母亲安慰的办法是，到外面鸡窝里收一颗还发热的鸡蛋，回来在炕沿边掐几根香椿芽，咫尺之近，就在锅台上翻手做一个香椿炒鸡蛋。那种清香，那种童话式、魔术般的乐趣，永生难忘。当然炕头上的记忆还有很多，如在油灯下，枕着母亲的膝盖，看纺车的转动，听远处深巷里的犬吠和小河流水的叮咚。这次回村，我站在老炕前叙说往事，直惊得随行的人张大嘴合不拢。而村里的侄孙辈也如听古。因为那两棵大树早已被砍掉，河已不再。只有旧窑在，寂寞忆香椿。

出了院子，大门外还有两棵树，一棵是槐树，另一棵也是槐树。大的那棵特别大，五六个人也搂不住，在孩子们眼中就是一座绿山，一座树塔。长记小树下总是拴着一头牛或一匹马。主干以上枝叶重重叠叠，浓得化不开。上面有鸟窝、蛇洞，还寄生有其他的小树、枯藤，像一座古旧的王宫。而爬小槐树，则是我们每天必修的功课。隐身于树顶的浓荫中，做着空中迷藏。槐树枝极有韧性，遇热可以变形。秋天大人们会在树下生一堆火，砍下适用的枝条，在火堆里煨烤，制作扁担、镰把、担钩、木杈等农具，而孩子们则兴奋地挤在火堆旁，求做一副精巧的弹弓架或一个小镰把。有树必有动物。现在，野生动物事业，就归国家林业局来管。村里的野物当然也不离古树。各种鸟就不用说了，松鼠、黄鼠狼、獾子、狐狸的造访是家常便饭。夏天的一个中午，正日长人欲眠，突然老槐树上掉下一条蛇，足有五尺多长，直挺挺地躺在树荫中。一群鸡，虽以食虫为天职，但还从未见过这么大的虫子，一时惊得没有了主意，就分列于蛇的两旁，圆瞪鸡眼，死死地盯着它。双方相持了足有半个时辰。这时有人吃完饭在河边洗碗，就随手将半碗水泼向蛇身。那蛇一惊，嗖地一下窜入草丛，蛇鸡对阵才算收场。现在，就是到动物园里，也看不到这样的好戏。

还有一天的晚上，我一个叔叔串门回来，见树下卧着一个黑影，便上去踢了一脚，说："这狗，怎么卧在当道上！"不想那"狗"嗖地翻身逃去。星光下分明是一条狼。大约是来河边喝水，顺便在树下小憩片刻。第二天听了这故事，很令人神往，我们决心去找这只狼。长期在农村，早得了关于狼知识的秘传：铜头、铁身、麻秆腿。腿是它的最弱项。傍晚时分，四五个孩子结伴向村外走去。随身带上镰刀、斧头、绳子，这都是平时帮大人打柴的家什。大家七嘴八舌，说见了狼，我先用镰刀搂腿，你用斧砍，他用绳捆。正说得热闹，碰见一个大人，问去干什么？答，去找狼。大人厉声训斥道："天快黑了，你们还不都喂了狼？给我回去！"我们永远怀念那次未遂的捕狼壮举。

出大门外几十步即一条小河。流水潺潺，不舍昼夜。河边最热闹的场景是洗衣。在没有自来水和洗衣机之前，这是北方农村一道最美丽的风景。是家务劳动，也是社交活动，还是一种行为艺术。女人和孩子们是主角，欢声笑语，热闹非凡。许多著名的文艺作品都喜欢借用洗衣这个题材。如藏族舞蹈《洗衣歌》，歌剧《小二黑结婚》等。我们山西还有一首原汁原味的民歌就叫《亲圪蛋下河洗衣裳》。印象最深的是河边的洗衣石，有黑、红、青各色，大如案板，溜光圆润。这是多少女子柔嫩白净的双手，蘸着清清的河水，经多少代的打磨而成的呀。河边总是笑声、歌声、捶衣声，声声入耳。偶尔有一两个来担水的男子，便成了女人们围攻的目标。现在想来，那洗衣阵中肯定有小二黑、小青、亲圪蛋等。洗好的衣服就晒在岸边的草地上，五颜六色，天然图画。

我们常在河边的青草窝里放羊，高兴时就推开羊羔，钻到羊肚子下吸几口鲜奶，很是享受。那时也不懂什么过滤、消毒。清明前后，暖风吹软了柳枝，可退下一截完整树皮管，做成柳笛，呜哇，呜哇地乱吹。大人不洗衣时我们就在这洗衣石上玩泥，或坐上去感受它的光润。那时洗衣用皂角，村里一棵硕大的皂角树，一季收获，够全村人用上一年。皂角在洗衣石上捶碎后，它的种子会随河水漂落到岸边的泥土里，春天就长出新的皂角苗。小村庄，大自然，草木之命生生不息，孩子们的心里阳光满地。大家比赛，看谁发现了一株最大的皂角苗，然后连泥捧起种到自家的院子里。可惜，这情景永不会再有了，前几年开煤矿破坏了地下水，村里的三条河全部干涸，连河床都已荡平，树也没了踪影。洗衣歌、柳笛声都已成了历史的回声。

忆童年，最忆是黄土。我的老乡，前辈诗人牛汉，就曾以敬畏的心情写过一篇散文《绵绵土》。村里人土炕上生，土窑里长，土堆里爬。家家院里有一个神龛供着土地爷。我能认字就记住了这副对联"土能生万物，地可载山川"。黄土是我的襁褓，我的摇篮。农村孩子穿开裆裤时，就会撒尿和泥。这几年城里因为环保，不许放鞭炮，遇有喜事就踩气球，都市式的浪费。且看当年我们怎样制造声响。一群孩子，将胶泥揉匀，捏成窝头状，窝要深，皮要薄。口朝下，猛地往石上一摔，泥点飞溅，声震四野，名"摔响窝"。以声响大小定输赢，以炸洞的大小要补偿。输者就补对方一块泥，就像战败国割让土地，直到把手中的泥土输光，俯首称臣。这大概源于古老的战争，是对土地的争夺。孩子们虽个个溅成了泥花脸，仍乐此不疲。这场景现在也没有了，村子成了空壳村，新盖的小学都没有了学生。空空新教室，来回燕穿梭。村庄没有了孩子，就没有了笑声，也没有人再会去让泥巴炸出声了。

农家的孩子没有城里人吃的点心，但他们有自己的土饼干。不是"洋"与"土"的土，是黄土地的"土"。在半山处取净土一筐、砸碎、细筛、炒热。将发好的面拌入茴香、芝麻，切成条节状，与土混在一起，上火慢炒至熟，名"炒节子"。然后再筛去细土，挂于篮中，随时食用。这在城里人看来，未免有点脏，怎么能吃土呢？但我们就是吃这种零食长大的。一种淡淡的土味裹着清纯的麦香，香脆可口。天人合一，五行对五脏，土配脾，可健脾养胃，村里世代相传的育儿秘方。

从春到夏，蝉儿叫了，山坡上的杏子熟了，嫩绿的麦苗已长成金色的麦穗，该打场了。场，就是一块被碾得瓷实平整，圆形的土地。是粮食从地里收到家里的最后一道程序，再往下就该磨成面，吃到嘴里了。割倒的麦子被车拉人挑，铺到场上，像一层厚厚的棉被，用牲口拉着碌碡，一圈一圈地碾压。孩子们终于盼到一年最高兴的游戏季，跟在碌碡后面，一圈一圈地翻跟斗。我们贪婪地亲吻着土地，享受着燥热空气中新麦的甜香。一次我不小心，一个跟斗翻在场边的铁耙子上，耙齿刺破小腿，鲜血直流。大人说："不碍，不碍。"顺手抓起一把黄土按在伤口上，就算是止血了。至今还有一块疤痕，留作了永久的纪念。也许就是这次与土地最亲密的接触，土分子进入了我的血液，一生不管走到哪里，总忘不了北方的黄土。现在机器收割，场是彻底没有了，牲口也几乎不见了，碌碡被可怜地遗弃在路旁或沟渠里。有点"九里山前古战场，牧童拾得旧刀枪"的凄凉。

没有了，没有了。凡值得凭吊的美好记忆都没有了。只能到梦中去吃一次香椿炒鸡蛋，去摔一回泥巴、翻一回跟斗了。我问自己，既知消失何必来寻呢？这就是矛盾，矛盾于心成乡愁。去了旧事，添了新愁。历史总在前进，失去的不一定是坏事。但上天偏教这物的逝去与情的割舍，同时作用在一个人身上，搅动你心底深处自以为已经忘掉了的秘密。于是岁月的双手，就当着你的面将最美丽的东西撕裂。这就有了几分悲剧的凄美。但它还不是大悲、大恸，还不至于呼天抢地，只是一种温馨的淡淡的哀伤。是在古老悠长的雨巷里"逢着一个丁香一样的结着愁怨的姑娘"。乡愁是留不住的回声，捕捉不到的美丽。

那天回到县里，主人问此行的感想。我随手写了四句小诗：

何处是乡愁，云在霍山头。儿时常入梦，杏黄麦子熟。

南潭泉记

霍州之下马洼村，因唐李世民过此下马而得名。儿时记忆中是一个极美丽的山村。两山一沟，东西走向。窑洞顺北坡而下，高低错落，掩映于黄土绿树之间。鸡犬相闻，炊烟袅袅，有如仙境。南山为翠柏所覆，村民推窗见绿，天生画屏。沟里有三条小河穿村而过。我家院子临近沟底，前后各有一河，朝洗青菜门前溪，夜闻窑后水淙淙。南山之顶不知何年修了文昌阁、文笔塔各一座，倒映于山下池中，取"巨笔砚影"之意。而沟底的杨、柳、椿、槐，为追探阳光，与两山比高，千树如帆，一沟绿风，为远近闻名之奇景。

村中多泉，大小十余处，最美数南潭泉。泉贴南山之根，有一老杏树护于泉上，青枝绿叶，如华盖之张。环泉一片杏林，杏林之上是连绵的古柏，堆绿叠翠，直接蓝天。泉不大，仅一席之地，甘洌沁脾，无论雨旱，涌流如常。水极清，沙砾颗颗、鱼虾往来，清晰可见。杏叶筛落一池阳光，水波陆离万变，宛若龙宫之穴。水极静，如鱼吐泡，从沙中轻轻泛出，细流漫淌，汇于数十步外的一个大池中，蓄以灌田。池上一大沙果树，偶有鸟啄果落，叮咚有声。杏熟时，孩童攀缘于树，如猿之影。

南潭泉在村人心中是神泉、药泉，可去灾、可保命。天有大旱，于此求雨，屡屡有应。人有病，来提水一罐，涤肠洗心。家父三十一岁时得大病，一年不起，高烧不退，渐至垂危。有老者说，人临走也须还一个清凉。遂到南潭取水一罐，缓缓灌下，未想竟起死回生。遇有山洪暴发，数日内河水不清，而密林中的南潭泉则神清气定，清澈如镜，为全村最后之备用水源。每到夏日，割麦打场，酷日当头。人嗓子里冒烟，牲畜顺毛流汗。大人抢夏，孩子们的任务就是到南潭提水。人喝畜饮，暑气顿消。取水多用孩子，合童贞之纯；必用瓷罐，表质朴之心。不怕头上三尺火，一片冰心在罐中。南潭泉永是村人心中一道清凉的风景。

我是上世纪五十年代离开故乡的，南潭美景时在梦中。本世纪初某日，有村干部来京，说因开煤矿，全村已河断泉枯，水声不再，杏林不存。我心中怅然有失，断了相思，碎了旧梦。2017年春节回乡，忽闻喜讯，县里发展旅游，将重修南潭泉，追回旧时景。

凡村不可无水，或河或井，最好是泉。才从地心来，又在人心上流。顾盼其影，叮咚其声，一村之魂。我八岁离乡七十回，真正够得上少小离家老大还了，故乡已几经沧桑。六十年一甲子，风水今又转了回来。

南潭归来，山水之幸，吾乡之幸。

《人民日报》
2017年3月29日
第24版

到佛子岭去

叶辛

❀ 船仍在碧水间疾行，拐弯了，我眺望着佛子岭的远近山水，随着初夏时节的风，吟出一首小诗："船行碧水间，风轻一帆悬；雾尽群山艳，万岭露笑颜。"

国庆十周年的时候，1959年10月1日，哥哥送了上小学三年级的我一本红封面的硬壳笔记本，装帧十分漂亮，里面还有彩色的照片，都拍的是祖国大地上新的建设成就和风光。

其中一张彩照，下面标明的文字是：佛子岭水库。

只见巍峨的大坝后面，是一泓碧水，煞是漂亮。

那时候我不知道佛子岭在哪里，只因喜欢那张彩照，喜欢漂亮的笔记本，我记住了佛子岭水库这个地名。

上了中学，课本里有一篇"到佛子岭去"的散文，是和巴金一起创办《收获》杂志的老作家章靳以写的。课文不长，老师要求背诵，故而加深了对佛子岭的印象。

课文里提到好几个地名：官亭、梁家滩、霍山、淠河……一些小地名，就是没有明确提到佛子岭水库在什么位置、什么地方。课文中也讲到很多从湖南、山东、成都到佛子岭去的客人，通过人们的对话，我感觉到，全国各地各行各业的人都在往佛子岭的工地上赶，去看热火朝天的工地，去仰望建设中的连拱坝。这让我更增添了对佛子岭的向往和憧憬。

再后来，爱上了文学，从国庆十周年的散文集中，又读到了"到佛子岭去"的散文，这才知道，哦，原来中学课本里的，只是整篇散文的节选，原文要长得多。于是不由自主又读了一遍。

读了整篇散文，仍然不知道佛子岭在什么地方，只是感觉是在安徽省山区的某个角落里。

乍到佛子岭

说是乍到，是因为人已经到了那座六十年前开始建造的巍然大坝跟前，这才恍然大悟，原来这就是佛子岭，这就是青少年时期留在记忆中的、课文里背过的、散文集中读过的佛子岭水库。

哎呀，我使劲地回想，昨天坐着大客车，雨雾朦胧之中，从省会城市合肥出发，经过六安市，再到了六安市下面的霍山县，不知不觉间就到了佛子岭。车窗玻璃上蒙满了水汽，必须用手抹拭一下，才能看清外面的景致。章靳以当年写到的茅草棚，路边的小吃摊，都不曾看到。实在是有点遗憾。

我睁大了双眼看，有雨，雾很浓，唯有散文里写到的那条淠河，清朗而又澄净，显得十分温顺。雨雾之中，湿气很重，空气却很清新。同行的作家蒋子龙说："这地方有雾，没有霾，空气中的负氧离子高，不但夜间睡得好，午睡都睡得很沉。"来自山东的作家张炜则说："这地方好就好在不可复制的生态之美。"

可见他们的心情和我的一样，虽然碰到了朦朦胧胧看不甚分明的雾天雨地，还是发现了佛子岭独特的生态。同行的张炜私底下还对我们人手一瓶的水发出疑惑的议论："为什么取名'刴水'？这个刴字……"

于是我仔细端详佛子岭出的这一款口感清冽的水，哦，原来佛子岭上雨雾茫茫之中，有漫坡漫岭的竹海，这水从竹根下流过，经过根须的层层过滤，佛子岭山上的老百姓世代饮用，俗称"刴水"。这水汇聚到山坡下的河谷之中，就是淠河。怪不得当年章靳以写到的"水又清又浅"的淠河，六十年过去了，现在还是那么清碧呢！

我呢，说不清是一种青少年时的情结，还是望着眼前细雨中透光的水波、一湾涟涟碧水，也写下了一首小诗：

　　　　雨中佛子岭，雾纱漫山林；溪色酿美酒，刴水无弦琴。

最后这一句，是从古诗"青山不墨千秋画，江河无弦万古琴"化过来的。

清澄碧透的水色让我想到能酿美酒，是当地老乡告诉我，这地方古来确有酿酒的糟坊，出的酒就以地名相称。是叫霍山酒还是佛子岭，老乡也讲不清了。

我心里说，这无关紧要，只要有依据就行。

回到上海，多少还是有点遗憾，虽然知道了佛子岭的大致方位，是在安徽六安的霍山县境内，但是一路之上，究竟有些什么见闻，具体路径怎么走，还是不甚了了。不过，总算是看见了童年时代在照片上看了又看的佛子岭水库，这可是"共和国第一坝"啊！可以说是不虚此行。

这是两年之前，2015年初夏的事。

又到佛子岭

正是怀有这一心理，今年春夏之交，说又有一次去往佛子岭的机会，你愿意去吗？

我欣然而往。这一次去，内心里有了准备，暗自说，得把如何到佛子岭去，该怎么去，细细地摸个透。

第一站自然是到六安。

知道六安，是因为两个缘故，一个是六安瓜片，一种名茶，在上海名声很大。周总理生前喜爱喝六安瓜片，邓大姐在上世纪九十年代，还让办公室的同志下去代购六安瓜片。另一个原因是，高铁通了，六安到上海才三个多小时，大量出自六安的农副产品运进了上海，六安的朋友说我们是上海的后花园，茶叶、红桃、冬笋、香菇、木耳、石斛、小鱼干都运出来卖给青睐生态农副产品的上海人。

吃到六安的农副产品，喝到六安的瓜片茶，六安在上海的知名度大大提高。

这一趟走进六安，又一次到佛子岭去，我这才知道，六安还是更为响亮的大别山区的核心区域，六安不仅仅是一片产农副产品的绿色山区，还是一片红色的土地，有悠久的革命传统和历史，晚年的周总理在1975年病中想着喝一口六安瓜片，是因为他怀念已逝的战友叶挺，叶挺将军转战鄂豫皖时，曾给周总理送过一筒六安瓜片茶。新中国成立后，修建的共和国第一坝，筑起的佛子岭水库，就是根治淮河的重要水利工程。佛子岭水库建好了，才把当年时不时危害百姓的水害变成了水利。

望着那条清澈碧透的淠河，引发我诗性一湾流水，我想起了小时候背过的课文："……这阵它的水又清又浅，发起水来可吓死人……"说的原来就是千军万马修建佛子岭水库的意义。

因为当知青时种过茶，年年春天采过茶，又喜喝茶，懂一点茶，贵州省人民政府聘我为茶文化大使。这一回走进六安茶谷，我很快发现，六安的茶，和别处的全国名茶，确有不同之处，比如西湖龙井、都匀毛尖、信阳毛尖、君山银针一类名茶，都讲究喝个明前茶，清明前后采摘的茶叶，价格大不一样。六安瓜片则讲究采摘谷雨前后的茶，况且采下来加工制作的方式也不一样，甚而至于卖出去的对象也不同，走进一碧万顷的茶谷，会看见路边书一条醒目的口号：中蒙俄万里茶道，六安五百里茶谷。

哦，原来五百里六安茶谷的茶，还远销到蒙古国和俄罗斯。

这是啥原因呢，走久了，在茶谷里喝一杯六安瓜片，品了几口，我顿时明白了，这茶喝来的最大特点是浓醇馥郁，其他的名茶在这一点上不能和它相比。怪不得它从晋朝流传至今，怪不得它曾是贡品，怪不得蒙古国、俄罗斯人都喜喝它，那些地方冷啊！喝来就感觉舒爽有回味。

走车看花，一路绕着弯弯拐拐的山路到佛子岭去，只见群山环抱的层峦之间，碧水缭绕，竹海茶坡连绵无尽，淡绿浓绿深翠，瞅得人眼也醉了。

一路同去佛子岭的作家苏童说："我知道佛子岭，是小时候集香烟牌子，有一张印着佛子岭水库。"

我听了不由笑起来，这和我从笔记本上看到彩色照片，是同样的童年记忆。

泛舟佛子岭水库的碧水间，站在船头，仰望那巍然耸立的大坝，已然有了六十三年的岁月痕迹，我不由问：

"这地方产酒吗？"

闻者"哈哈"大笑："怎么不产酒？产。"

"是霍山酒还是佛子岭大曲？"

"那是半个世纪前的老皇历了"，闻者继续笑道，"那时候用过你说的这两个名字，三四十个人，一个小酒厂，一年到头才出产一百万产值的酒。"

"现在呢？"我追着问。

"现在这酒厂，每天交给国家的利税，三百多万。"

我骇然，心算了一下，一年足有十亿。

船仍在碧水间疾行，拐弯了，我眺望着佛子岭的远近山水，随着初夏时节的风，吟出一首小诗：

船行碧水间，风轻一帆悬；雾尽群山艳，万岭露笑颜。

是佛子岭的笑颜。

是祖国的笑颜。

《人民日报》
2017年7月17日
第24版

一起去看山

阿来

❁　所有草木都枝叶繁茂，所有草木都长成了一样的绿色。浩荡，幽深，宽广。阳光落在万物之上，风再来助推，绿与光相互辉映，绿浪翻拂，那是光与色的舞蹈。

有好些年没有去四姑娘山了。汶川地震前两年去过，地震后就没有去过了。加起来，是超过十个年头了。

但这座雪山，以及周围地方却常在念想之中。

这座藏语里叫作斯古拉的山，汉语对音成四姑娘。这对得实在巧妙。因为那终年积雪美丽的山确实是有着四座逸世出尘的山峰，在逶迤的山脊上并肩而立，依次而起，互相瞩望。后来又有了关于四个姑娘如何化身为晶莹雪峰的传说，以至于人们会认为这座山自有名字那天，就叫作四姑娘了。却少有人会去想想，一座生在嘉绒藏人语言里的山，怎么可能生来就是个汉语的名字呢？在这里，我不想就山名作语言学考证。而是想到一个问题，当我们来到一座如四姑娘山这般的美丽雪山面前时，我们仅仅是只打算到此一游——因为别人来过，我也要来上一趟，这确实是当下很多人出门旅游的一个重要原因——还是希望从长长短短的游历中增加些见识，丰富些体验？

有一句话在爱去看山登山的人中间流传广泛。那句话是："因为山就在那里。"

这句话是上世纪二十年代一位名叫马洛里的英国人说的。这个人是个登山家，登上过世界好几座著名的高峰。然后决定向世界最高山峰珠穆朗玛挑战，如果成功了，他就是全世界第一个登上珠峰的人。那时，随队采访的记者老问他一个问题，为什么要登山？就像今天旅游的人要反问，我去一个地方为什么就该懂得一个地方？马洛里面对记者的问题总是觉得无从回答。一个人面对一座雄伟的山峰，面对奥秘无穷的大自然，感受是多么复杂，怎么可能只有一个简单的答案。一个内心里对着某种事物怀着强烈迷恋冲动的人怎么只有一个简单的答案。唯目的论者才有这种简单的答案。终于有一天，面对记者的老问题，他不耐烦了，就用不耐烦的口吻回答："因为山在那里。"

确实，山就在那里。那样美丽，沉默不言，总是吸引人去到它跟前。看它，读它，体味它，如果能力允许，甚至希望登上山顶去看看那里是什么样子，从那样的高度眺望一下世界。杜甫诗说"荡胸生曾云，决眦入归鸟"，追求的就是这样一种雄阔的体验。四姑娘山最高峰海拔六千多米。我没有那么好的身体去追求这种极致的体验。但从低处凝视，想象，也是一种美妙的体验。想象自己如果化成一座山，或者如一座山一样沉稳，宠辱不惊，那是什么境界。

山有自己的历史。山的地质史。山化身为神的历史。如果要为这后一种历史勉强命名，不妨叫作地方精神史。山神的存在，在藏区是一个普遍现象。为什么每座山都是一个神？这当然是一部地方史的精神部分。没有精神参与，一座山就不会变成一个神。四姑娘山就是这样。本是一座山，在历史空间中，生活在周围的人因为它庄严，毫不动摇的姿态，软弱的人因此为它附丽了与其姿态相似的人格，并为这样的人格编织了故事。某个人为了保卫美丽的自然，保卫家园，自愿化身成一个地方性的保护神，担负起神圣的职责。四姑娘山的故事也是这样，但突破了故事模式的是，这座山是四个美丽姑娘所化。创造这个故事的人当然是受了自然的启发，因为四个山峰就在那里。那四个姑娘当然美丽，因为雪山本身就那么美丽。那四个姑娘当然也善良。美就是善，这是哲学家说过的话。

多山的四川有两座特别有名的山。一座是贡嘎山，一座是四姑娘山。一座是男性的，一座是女性的。一座是蜀山之王，一座就是蜀山皇后。这两座山我都去过多次。我在年轻时代的诗里就写过："传说那座山有神喻的山崖，我背着两本心爱的诗集前去瞻仰。"亲近瞻仰贡嘎的历程略过不谈。这里只想谈谈四姑娘山。

上世纪八十年代，二十多岁的时候，一次从小金县城去成都。一大早起来，长途客车摇晃到日隆镇上吃早饭。冬天滴水成冰，石灰墙都冻得更加惨白。一车人围着饭馆里一只火炉跺脚搓手，再吃些东西，身体总算慢慢暖和过来。这才有了闲心四处打量。留给我深刻印象的是墙上好多面旗子，都是日本旅行团留下的。上面好多字，"四姑娘山花之旅""白色圣山之旅"等等，下面还有全体团员的签名。那时的想法是日本人跟我们也太不一样了。我们还在为坐汽车怎么不受冻而焦虑，他们却跑这么远，就为看一眼我们山里的花。那也是中国经济高速发展刚刚启动的年代。如今，我们也一天天过上了未曾梦想到的生活。从生下来那一天起，我生活经验里的出门远行的理由很少，机会更少。我一直到了二十岁，还没有去过离家一百公里以远的地方。1985年，我出公差，先从马尔康到小金县城，然后再经省城去苏东坡的老家眉山开会，已经是很远很丰富的一次旅行了。算算四姑娘山离我的老家距离不到两百公里，但我在小金县城出差这回，才第一次听说这座山的名字。记得是在县文化馆看一位画家写生的风景画，说画中的山是四姑娘山。那些雪峰，山谷，溪流，树，对我这双看惯了山野景色的眼睛也有很强的冲击力。那时，当地专门要到某地去看看特别美景的，也就是画画或摄影的人。所以，过两天经过四姑娘山下的日隆镇，在唯一国营饭馆里看见满墙日本旅行团的旗帜以及那些赞美雪山与花的留言时，心里想的还是，这些日本人出这么远的门，就为来看几朵花，也实在是太过奢侈了。虽然那些花肯定是非常漂亮，也是值得一看的。也是在那一时期，才知道有一种出门方式叫旅游。我们这一代人就是这么过来的。很多东西，刚听说时还是一个抽象的概念，不久也就成我们的生活方式了。

很快，中国人也开始了初级旅游，大巴车拉着，导游旗子摇着，把一群群人送到那些正在开发中的景点。四姑娘山也成了一个边建设边开放的景区。过几年再去，日隆镇上那个人民食堂已经消失不见。有了些为接待游客而起的新建筑。我自己就在一座临着溪涧的木楼里住了几宿，听了几夜溪流的喧哗。坐车去双桥沟，骑马去长坪沟。那是晚秋时节了。蓝天下参差雪峰美轮美奂。但四姑娘山的美其实远比这丰富多了：森林环抱的草地、蜿蜒清澈的溪流、临溪而立的老树，尤其是点缀在岩壁与树林间的一树树落叶松，那么纯净的金色光芒，都使人流连忘返。

去长坪沟的那天早晨，太阳从背后升起，把我骑在马上的身影，长长地投射在收割后的青稞地里，鸟们在马头前飞起来，又在马身后落下去。云雀的姿态最有意思。它们不像是飞起来的，而是从地面上弹射起来，到了半空中，就悬浮在头顶，等马和马上的人过去了，又几乎垂直地落下来，落到那些麦茬参差的地里，继续觅食了。麦茬中间，有好多饱满的青稞粒和秋天里肥美的昆虫，鸟们正在为此而奔忙。附近的村庄，连枷声声。这是长坪沟之行一个美好的序篇。山路转一个弯，道路进入森林，背后的一切就都消失不见了。落尽了叶子的阔叶林如此疏朗，阳光落下来，光影斑驳，四周一片寂静。而森林的寂静是充满声音的。那是很多很多细密的声音。岩石上树上的冷霜融化的时候，会发出声音。一缕一簇的苔藓在阳光下舒张时也会发出声音。起一丝风，枯草和落叶会立即回应。还有林梢的云与鸟，沟里的水，甚至一两粒滑下光滑岩壁的沙砾都会发出声音。寂静的世界其实是一个充满了更多声音的世界。都是平时我们不曾听过的声音。是让我们在尘世中迟钝的感官重新变得敏锐的声音。早晨太阳初升的那一刻，只要峡谷里的风还没有起来，那些声音就全都能听见。太阳再升高一些，风就要起来了，那时充满峡谷的就是另外的声音了。

这一天风起得晚，中午，我们在一块林中草地上吃干粮时，风才从林梢上掠过，用潮水般的喧哗掩去了四野的寂静。

那是我第一次去到四姑娘山下。

一个朋友带一个摄制组，来为刚辟为景区不久的四姑娘山拍一部风光片子，我与他们同行。山谷看起来开阔平缓，但海拔高度一直上升。阔叶林带渐渐落在了身后。下午，我们就是在那些挺拔的云杉与落叶松间行走了。还是有阔叶树四散在林间。那是高山杜鹃灌丛，绿叶表面的蜡质层被漏到林下的阳光照得发亮。

夕阳西下时分，一个现成的营地出现了。那是一间低矮的牧人小屋。石垒的墙，木板的顶。在小屋里生起火，低矮的屋子很快就变得很温暖了。天气晴朗，烟气很快上升，从屋顶那些木板的缝隙中飘散在空中。若是阴天，情形就两样了。气压低，烟难以上升，会弥漫在屋子中，熏得人涕泪交流。但今天是一个好天气。同伴们做饭的时候，我就在木屋四周行走。去看小溪，溪流上漂浮着一片片漂亮的落叶。红色的是槭，是花楸。黄色的是桦，是柳，还有丝丝缕缕的落叶松的针叶。太阳落到山背后去了，冷热空气的对流加剧，表现形态就是在森林上部吹拂的风。此时在林中行走，就像是在波涛动荡的海面下行走。森林的上层是一个动荡喧哗的世界。而在森林下面，一切都那么平静。云杉通直高大的树干纹丝不动，桦树的树干纹丝不动。吃过晚饭，天黑下来。大家都是爱在山中漫游的人，自然就谈起山中的各种趣闻与经历。爱在山中行走的人，在山中更是要谈山。就像恋爱中的人总要谈爱。于是，夜色中的山便越发广阔深沉起来。爬了一天山，袭来的疲倦使得大家意兴阑珊时，就都在火堆边睡去了。我横竖睡不着，也许是因为过于兴奋，也许是因为太高的海拔地势。这时风停了，月亮起来了。用另一种色调的光把曾短暂陷落于黑暗的群山照亮。我喜欢山中静寂无声的光色洁净的月亮，就悄然起身，把褥子和睡袋搬到了屋外的草地上。我躺在被窝里，看月亮，看月光流泻在悬崖和杜鹃林和落叶松的地带。我花了更多的时间凝视一条冰川。那道冰川顺着悬崖从雪峰前向下流淌——纹丝不动，却保持着流动的姿态，然后，在正对我的那面几乎垂直的悬崖上猛然断裂。我躺在几丛鲜卑花灌木之间，正好面对着那冰川的断裂处。那幽蓝的闪烁的光芒真得如真似幻。我们骑乘上山的马，帮我们驮载行李上山的马，就站在我的附近，垂头吃草或者咕吱咕吱地错动着牙床。我却只是静静地望着那几乎就悬在头顶的冰川十几米高的断裂面，在月光下泛着幽蓝的光芒。视觉感受到的光芒在脑海中似乎转换成了一种语言，我听见了吗？我听见了。听见了什么？我不知道，那是一种幽微深沉的语言。一匹马走过来，掀动着鼻翼嗅我。我伸出手，马伸出舌头。它舔我的手。粗粝的舌头，温暖的舌头。那是与冰川无声的语言相类的语言。

然后，我就睡着了。

越睡越沉，越睡越温暖。

早上醒来，头一伸出睡袋，就感到脖子间新鲜冰凉的刺激。睁开眼，看见的是一个银装素裹的白雪世界！我碰落了灌丛上的雪，雪落在了颈间，那便是清凉刺激的来源。岩石，树，溪流，道路，所有的一切，都被蓬松洁净的雪所覆盖。一夜酣睡，竟然连下了一场铺天盖地的大雪都不知道！

那天早晨，兴奋不已的几个人也没吃东西，就起身在雪野里疾走，向着这条峡谷的更深处进发。直到无路可走。最漂亮的景色是一个小湖。世界那么安静，曲折湖岸上是新雪堆出的各种奇异的形状。那些形状是积雪覆盖着的物体所造成的。一块岩石，一堆岩石，雪层杜鹃花的灌丛，柏树正在朽腐的树桩，一两枝水生植物的残茎，都造成了不同的积雪形状。纹丝不动的湖水有些黝黑。湖水中央是洁白雪峰的倒影。这是我离四姑娘山雪峰最近的一次。她就在我的面前，断裂的岩层，锋利的棱线，冰与雪的堆积，都历历在目，清晰可见。

回来写过一篇散文《马》。不是写进山所见，是写那些跟我们进山的动物伙伴。还做了一件文字方面的事情，就是为这次拍的纪录短片配了解说词，在当时中央电视台一档叫《神州风采》的栏目中播出。也算是为四姑娘山的早期的宣传做过一点工作。

后来，还在不同的季节到过四姑娘山。

春天和秋天，不同的植物群落，会呈现出丰富多彩的色调。

春天，万物萌发。那些落叶的灌丛与乔木新萌发的叶子，会如轻雾一般给山野笼罩上深浅不一的绿色，如雾如烟。落叶松氤氲的新绿，白桦树的绿闪烁着蜡质的光芒。那些不同的色调对应着人内心深处那些难以名状的情感。从那些时刻应了光线的变化而变幻不定的春天的色彩，人看到的不只是美丽的大自然，而是看到了自己深藏不露的内心世界。美国诗人惠特曼的诗句"拂开大草原上的草，吸着它那特殊的香味，我向它索要精神上相应的讯息",说的就是这样的意思。

　　秋天,那简直就是灿烂色彩的大交响。那么多种的红,那么多种的黄,被灿烂的高原阳光照亮。高原上特别容易产生大大小小的空气对流,那就是大大小小的风,风和光联合起来,吹动那些不同色彩的树:椴、枫、桦、杨、楸……那是盛大华美的色彩交响。高音部是最靠近雪线的落叶松那最明亮的金黄。高潮过后,落叶纷飞,落在蜿蜒的山路上,落在林间,落在溪涧之上,路循着溪流,溪流载满落叶,下山,我们回到人间。其间,我们有可能遇到有些惊惶的野生动物,有可能遇见一群血雉,羽翼鲜亮,我们打量它们,它们也想打量我们,但到底还是害怕,便慌慌张张地遁入林间。

　　当然不能忽略夏天。

　　所有草木都枝叶繁茂,所有草木都长成了一样的绿色。浩荡,幽深,宽广。阳光落在万物之上,风再来助推,绿与光相互辉映,绿浪翻拂,那是光与色的舞蹈。那时,所有的开花植物都开出了花。那些开花植物群落都是庞大家族。杜鹃花家族,报春花家族,龙胆花家族,马先蒿家族,把所有的林间草地,所有的森林边缘,变成了野花的海洋。还有绿绒蒿家族,金莲花家族,红景天家族都竞相开放,来赴这夏日的生命盛典。

　　而这一切的背后,总有晶莹的雪峰在那里,总有蓝天丽日在那里。让人在这美丽的世界中想到高远,想到无限。记起来一个情景,当我趴在草地上把镜头对准一株开花的棱子芹时,一个日本人轻轻碰触我,不要因为拍摄一朵花而在身上压倒了看上去更普通的众多的毛茛花。我也曾阻止过准备把杜鹃花编成花环装点自己美丽的年轻女士。这就是美的作用。美教导我们珍重美，美教导我们通向善。

冬天，雪线压低了。雪地上印满了动物们的脚迹。落尽了叶子的森林呈现一种萧疏之美。

写到这里，就想到我们很多主打自然景观的景区管理中比较疏失的一环，那就是对自然之美挖掘不够深入细致。旅游是观赏，观赏对象之美需要传达，需要呈现。自然之美的丰富与细微，必先有旅游业者的充分认知，然后才能向游客作更充分的传达。对游客来说，自然景区的观光也是一种学习。学习一些动植物学的、地质学的知识。更不要说当地丰富的人文资源了。游历也是学习，是游学。所谓深度游、专题游，我想就是在这种向学的愿望与兴趣的基础上产生的。自然景区旅游是欣赏自然之美的过程，是一种审美活动，需要景区进行这个方向上的引导。

前些日子，四姑娘山的朋友来成都看望我，多年不见的黄继舟也得以谋面。还记得当年他曾陪我游初夏的四姑娘山，一起去拍摄那些美丽的高山开花植物。黄继舟长期在四姑娘山景区工作，他是一个有心人，长期深入挖掘景区的自然人文内涵，有很多自己的发现。这次，他带来一本摄影集，都是他在景区多年深耕积累下来的作品，题材也关涉到景区的各个方面。寻觅美，捕捉美，呈现美，可以作为游客于不同季节在景区旅游的一个指引。我也相信，沿着这样的思路做下去，四姑娘山所蕴蓄的美的资源会得到更精准、更系统的呈现，游客依此指引，可以在景区作更深度的探寻与发现。

大美不言，可涤心养气；大美难言，仰赖审美力的提升，而

人民日报散文（精粹版）

自然界是最好最直观的自然课堂。如果站在这样的角度上思考景区的功能，四姑娘山自然就有需要不断前往，如今交通情况大幅改善，这个大都会旁的自然胜景，自然前途无量。

下次，我们可以带着这本书，去看四姑娘山。

《人民日报》

2017年11月6日

第24版

大美如斯长白山

任林举

✻ 我们来过，却如同未曾来过；我们沉思，却始终不懂山的心意。

将进十月，长白山上的草，早早地黄了。

穿过海水般碧蓝的天空和梦一般洁白的云帆，阳光温暖地播洒下来，将苍翠的针叶林带和赭红色苔原带之间的广大地域，涂抹成一片耀眼的金黄。零零落落的岳桦树因为脱尽了叶子而露出洁白的枝干，沿山坡逶迤铺展的秋草则如某种巨大动物的金色皮毛，在微风中熠熠闪光，一直延伸至远处那道隆起的山岭。

之于北方，这时节，已是入冬前最后一段好日子。在此期间，天空多半晴朗，无限明媚的阳光，常如世间最灿烂、最有感染力的微笑，一闪就会把人心融化。有了这样的照耀，似乎从此大可不必再忧虑或畏惧接踵而至的冬天了。这样一幅暖意融融的画卷，总会让人情不自禁地联想起诗意的、浪漫的或温馨的家园。只可惜，人并不具有动物们的本事，并不能真正在这柔软的深草里安居。尽管有些许的向往，也不过任由一只野性的小鸟，从灵魂的居所出发，掠过晴空，掠过树木，在那草丛中做短暂的停留，随即又飞去，终至无影无踪。想来，还是山间的獐狍、野鹿、雉鸡、野兔、黄鼬等真正与山相守的动物们，比我们更懂得山的真意和种种好处，也更知道如何尽情地享受和珍惜一份自然的赐予。

其实，走在长白山的山脊之上，就已经走在了天空之中。举头仰望，不染纤尘的穹顶似已伸手可及，转腕之间，扯去那层柔滑如真丝般蓝色的天幕，似乎就可摘得藏于其后的那些银光闪闪的星星。再回首，遥看四野以及山下的房舍树木，已然一片苍茫，烟岚下，浑然一团，不过是一片失去了形态和质感的墨迹而已。

及至峰顶，揽蔚蓝澄澈的天池水为镜以自照，却看不到自我的形象或形态。这时，对面的崖顶上已经覆盖了一层皑皑白雪，白雪下赤色的岩壁鲜艳如花，而岩壁下的天池水却装着整整一个深不见底的蓝天。那么，我呢？或许因为山的托举，或许因为长久的凝神伫立，已然成为山的一部分。

忽而有风，从难以判断的方位轻轻拂过天池，原本晶莹如玉的湖面顿起一片波光粼粼的皱褶，蓝色的水体和洁白的云影遂如某种起了微澜的情感，久久不能平静，如悲，如欣，又如悲欣交集。难道说，这就是此山此刻传递给人们的情绪吗？我们的一个四季轮回，对于长白山来说，不过是一个晨昏；而一个昼夜，则不过是它短暂得无法计量的一瞬。我们这嘈杂的人群，就算在山中做永日的停留，也敌不过它一眨眼睛！也许只那么一眨，我们即如从它眼前奋力飞闪的小虫，一去便再无影踪。我们来过，却如同未曾来过；我们沉思，却始终不懂山的心意。

《长白山江岗志略》曾记："天池，在长白山顶……群峰环抱，池高约二十里，故名为天池。土人云：池水平日不见涨落，每至七日一潮……"如此说，这座大山的"心"就更加深奥而不可猜测了。或许，我们的眼，只能在事物的表象上往来穿梭。于是，当我凝立于天池之畔，便索性循着风隐去的方位放眼远眺。目光所抵，正是天豁峰和龙门峰中间的宽大缺口。其间，有一水自天池浩荡而出，曰"通天河"。通天河翻滚激荡，过天门纵身一跃，又化作飞沫流泉的长白瀑布。水，从跌倒处爬起，再上路，便顶起一条江的大名开始独自闯荡江湖，却从此永远告别了母体。

长白山天池是地理上罕见的众河之源。从此处出发，有三条举世闻名的大江，分别沿三个不同方向展开了它们气势恢宏的叙事。松花江向北，图们江向东，鸭绿江向西，一路收纳各种沟壑、石隙间的蛰伏之水，集万千条涓涓细流于一身，浩荡远去。也聚敛，也布施，直把面积达两千多平方公里的原始森林以及林区外更广更大地域上的草木和农田滋养得昌茂葳蕤、生机益然。

水丰，而后草木生；草木生，而后物类盛；物类盛，而后鸟兽兴。自1702年最后一次小规模火山喷发至今，这座北方之山，上接天宇之灵气，下托土壤之肥厚，在那些远离人们视野的岁月里，悄然养成了一个臻于完美的独特生态。且不说域内数不清的溪流湖泊、大小瀑布、温泉群、大峡谷等别具一格的地形、地貌，单说奇花异木、珍禽异兽就足以令人惊叹。

曾有科考人员做过统计，长白山区现已发现植物种类两千两百余种。其中人参、刺人参、岩高兰、对开蕨、山楂海棠、瓶尔小草等均为国家一、二级保护植物。野生动物同样丰富、繁多，现存约一千两百余种。其中，属国家重点保护动物就有五十种。国家一级保护动物中有东北虎、金钱豹、梅花鹿、白肩雕、中华秋沙鸭等；国家二级保护动物有豺、麝、黑熊、棕熊、水獭、猞猁、峰鹰、苍鹰、雀鹰、花尾榛鸡等。

苍茫林海，不仅是鸟兽的乐园，也曾是人类繁衍、栖居的家园。在锦江、漫江和头道松花江的三江交汇处，人们从荒草和乱石中发掘出了一处满族人先祖栖居之所——讷殷古城。据清通志《氏族谱》记载，讷殷古城是古老的女真部落讷殷部的一处兵城。如今古城的残垣断壁和漫江边的古渡遗迹还依稀可辨，只是讷殷部后裔大多已经走出他们最初的家园，分散于世界各地，很多人也不再知晓或记得自己的来处。但，长白山却以一个见证者的姿态，铭记着一切，并小心珍藏着一切。

一年三百六十五天，长白山有两百多天独自站立于冰雪之中。在漫长的冬天里，鸟兽都从长白山的主峰上撤离下来，除了偶尔路过的老鹰，天池附近几乎看不到什么生物了，甚至连树上的叶子都纷纷离开，去了更加温暖安全的角落躲避风雪。平均八级以上的大风雪，经久不息地吹过十六峰的垭口，呼啸着在天池边上荡来荡去，高山一半陷于冰封的大地，一半隐没于云雪相接的天空。人迹罕至、冰冷寂寞成为这个苍茫洁白的山脉和冰雕玉琢的山峰所处的常态。

正在我胡思乱想之际，忽有黑云从天池的西北角斜刺里杀出。先是如丝如缕，然后渐浓渐厚，而后，呈现出翻滚浩荡之势。不多时，整个天池已经在彤云的覆盖之下，冷风中，已经有密密麻麻的雪糁凌厉而下。长白山，又开始进入另一季的云遮雾掩。

我们像逃避噩梦一样，从山顶仓皇向下"逃窜"。一直逃到山下，心绪仍裹在那团云雾中难以解脱。可是，回望山顶，虽然已被一层白雪严严覆盖，但那一袭醒目的晶莹剔透与上方宁和、蔚蓝的天空以及山下红黄间杂的秋叶形成了妙不可言的相互映衬，显现出一派华美明丽、豁然开朗的景象。长白山的天，就这样说晴就晴个透彻！

午后的太阳在西边的树梢上缓缓地下沉着，暖色的夕照照在周围树木的叶子上，使它们拥有了光的质感。于是，一切都变得通透起来，红的如火，黄的如金，也有一些树叶仍然青葱，苍翠如玉。当阳光照在河水上的时候，从远处看则明亮刺目，仿佛河床里流淌的并不是水，而是熔化了的金子。

走至近前，却完全是另一番景象。河水清冽得如同无物或如液态的风，河底丰茂而浓密的水草在流水的"吹拂"下，俯仰自如，微微地泛起绿色的波浪。天空和岸边树木的颜色倒映进来，在水流中轻轻摇荡，恍如多彩的梦幻……这一湾明媚的秋水，不知道从哪里缘起，又将在哪里终结，但它却在我的心里激起了无边无际的喜悦。有那么一刻，我甚至感觉到已经窥见了长白山那华贵、美好的精魂。

我决定在长白山下的客舍里住下来，用长白山的温泉水洗濯

人民日报散文（精粹版）

我落满灰尘的心怀。

　　这一夜，我睡在了山的怀抱之中，仿佛在温热中"液化"并与山融为一体。

《人民日报》
2017 年 11 月 22 日
第 24 版

大美如斯长白山

斯古拉

刘亮程

❋ 斯古拉在她自己的高高白天里，在那里，落得再远的太阳都在她的地平线上，我沉入黑夜的梦也在她的默默注视里。

一

这一天的时光是给斯古拉的。所有向上的路走向斯古拉，每一双眼睛都朝她仰望。

我相信仰望可以像云雪一样寄存在天上。几百年里人们对她的仰望，一层层，在山上又堆出看不见的山。后来人们所望的，只是自己日渐堆高的敬仰。

我相信所有仰望的目光都会回来。

这一天，我看见几百年里人们朝她望去的目光在返回来，从银白的峰巅、从云朵、从阳光透彻的虚空中，那些目光回望过来。

我迎着她们在望。

这一天我们被一座山的回忆照亮。那些马蹄和人的脚,踩在往日的蹄印脚印上。

仿佛我们是无知时间里的重来者,仿佛初次望见她的惊喜里包含着不知道的无数次。

那些满含眼泪的仰望,比天空还空的仰望,像看自己的亲人、情人的仰望,什么都看不见被孙女搀扶着上山的盲人阿妈的仰望,跪拜的人群后面羊的仰望、马和牦牛的仰望,都寄放到她头顶的天空了。

谁都不说他们望什么,谁都不告诉谁望见什么,小孩见大人望就跟着望,牛羊见人仰望也跟着望。我们见所有人在仰望也跟着望。在这个永远不需要问什么的仰望里,我们清晰地看见自己,和这座大山里跟我们一样的陌生熟人。

二

这一年年的时间都是给斯古拉的。山脚下叫长平的藏人村庄,叫四姑娘的小镇,都为她忙碌。

赞增说他的马就是为斯古拉买的,以前他在外打工,当厨师。几年前回到村里,买了这匹马,往山上接送游人。

来看斯古拉的人越来越多。早先只是当地藏人祭拜斯古拉。每年端午节的前两天,是属于斯古拉的。这一天,人们把所有的活停下,大人、老人、小孩,远处近处的人,聚拢在一起,都往山上走。牦牛和羊也往山上走,它们供祭祀用,只有上山的路,没有返途。

赞增居住的长平村，上千口人和三千匹马，都为斯古拉干活，把游人驮上山又驮下来。他们卖马的力气挣钱。

赞增说，他每天上下跑两三趟，只收个马的钱。自己来回牵马，都没算钱。

赞增一家五口人，夫妻俩、两个孩子和岳母，妻子在县上照顾大孩子上学，岳母在家里照顾小孩子，一家人所用全靠他的马挣钱。

家里养了三头牦牛，跟邻家的牦牛一起放在沟里，闲了去看看，牦牛不会跑远。人去山里看牦牛时，会带点盐，牦牛爱吃盐。主人给牦牛喂盐的地方，就成了他们的约会点。还有几只羊，它们中的几个，是每年供给斯古拉的。

马道旁不时有巨石悬卧，上面刻有地震坠石文字。

赞增说，"5·12"汶川地震那天，他在斯古拉对面的山上采虫草。整个山轰隆隆巨响，像要垮塌下来，山上的巨石往下滚落。赞增说他从来没有经历过这样的事情，还以为采虫草得罪了斯古拉，手里的虫草赶紧扔掉，双手紧紧抓住树干。

"一棵大松树轰隆隆摔倒，砸在石头上。石头也从头顶滚下来。我吓得蹲在地上。那个时候，不知道抓住什么可靠。抱住石头，石头往下滚。抱住树，树在倒。"

赞增就在那时看见对面的斯古拉，她摇晃着，双臂伸开，像在跳藏族舞。只跳了几步，突然停住。她一停住，所有的山和树，都停住不动了。

马道在乱石和松林间穿行，松树高大蔽日，随处可见倒伏的大树，横架成桥，像要渡什么过去。

步行和骑马的人混杂一起，人像矮树桩，直直斜斜插满山路，都面朝上，脖子伸长，走一截停下缓口气，这里空气本来稀薄，上山的人一多，就更不够用。

三

斯古拉脚下的简易客栈，歇息疲乏的人和马。炉火在这里也有气无力，烧不开一壶水，煮不熟半锅面条。

多数人走到这里原路返回，多数人没有往高处走的时间和气力。

一些人走向海拔更高的下一个营地。我们斜躺在草坡上，看步行和骑马的人，拐一个弯消失在山谷。在下一个营地，炉火的力气只能把水烧开到不烫手的温度。马匹全在那里停住，再往上的路是人的，那些陡峭山岩上没有马的落脚处。

还有人往更高处走，走到他们在来路上远远看见的半山腰，站在那里望一路经过的村庄城镇，望游丝一样隐约在山谷林间的路，望朝着斯古拉涌来的人和车辆。

极少数的人攀到峰顶，用剩下的半口气支起沉重的身体，在凛冽寒风吹起的雪片里，面如雕塑，朝下望他们活过的人世，望丢在那里的忧伤和痛苦。据说攀到顶峰的人会莫名地忧伤，无论一个人或几个人。寒冷把表情冻住，不费力气的忧伤，跟在一口口费劲的呼吸后面。没有忧伤，人会断气。

更多时候攀顶的人被罩在云里，什么都看不见。他们出发时山顶晴朗，爬到山腰看见一团团的云飘过头顶，云是斯古拉掀开又披上的白头巾，山有心事，云便汇聚，聚多了下一场雪。阿坝的群山下雨时，斯古拉顶上在飘雪。

每年都有攀登者坠落。山风大，风推着雪和人往上。上山时人抱着一座山，人是山的孩子。下山时人抱不动自己这块石头了。坠落的都是下山的人。人要下山，还有一个东西比人更着急下山，那是人的忧伤，它跟在后面，像一个雪球越滚越大。

四

其实我只看了她一眼。

山路一转，她突然悬浮在半空，完全不像这座山里的山。别的山都翠绿，她银白。别的山蜿蜒起伏，她陡然而立，一尊纯银的锐利山峰，亭亭玉立在群山之上，跟这个世界脱离得干干净净。

这一刻起所有的目光被她吸引。

他们叫她女神。

我看见的是几百年里人们积攒在那里的眼神。我久久的注视也积攒在那里。

以后的时间里是她在看我。

我在她的目光里来了又走，她不知道我回到世间的哪个角落去过生活，我在别处沉默和微笑她看不见，我从这个世界消失了她也不会知道。但是，我会因为她而仰起头，她的陡峭让我在某个瞬间挺直腰。我会想着她而忧伤。我的忧伤不费力气，也不危险。

我从没想过去攀上她的峰顶。我的力气或许只够我在世间度

人民日报散文（精粹版）

日。我喜欢在一条小山沟里，目送日落日出。在那里，我的炉火有足够的力气烧开水，煮熟米面。

可是，当我回到远处，那顿半生不熟的面条还在胃里。我仿佛还奔赴在她的人群马队中，永远都不走近，只是步行到山脚下，仰头看她，看我寄存在那里的目光，和太阳照暖的云朵、和星星月亮、和所有的仰望聚合在一起。

我这样想着她的时候，什么都耽误不了。就像马夫赞增把一年的活干完，到每年端午节前，属于斯古拉的这一天，把所有的事情放下，把马缰绳放开，带着家人步行上山，在正对着她的山顶，煨松烟，磕长头，把一年的平安、一生的心愿默默倾诉给她。

或许我已错过的每年的这一天，在云朵上积攒成完整的一年。那是我留给她的整整一年。当我在世间的时光不够用时，我就来她的永恒里续命，用她的时间做更长久的事。我会看见四季围着她转，而她在唯一的季节里。别的山长松树，长草开花，她周身银白，不参与生长的事。

我会在她的黄昏里，一山山地看落日。我不知道她的太阳落到哪里。四周都是山。每座山都带来不一样的黑夜。斯古拉在她自己的高高白天里，在那里，落得再远的太阳都在她的地平线上，我沉入黑夜的梦也在她的默默注视里。

《人民日报》
2017 年 12 月 18 日
第 24 版

人在草木间

周晓枫

❋ 人生一世，草木一秋。如是，我们在更大的天地茶盏里被时空浸泡，散发出一生微苦里的领悟、回甘里的安慰。

　　我认识的福建人，好像没有谁不喝茶。无论冬夏，他们随身携带身份证一样带着自己的茶。我还数次目睹出差的福建笔友，带着整套茶具。茶盘、茶壶、茶海、茶漏、茶巾……除了数只以供邀约朋友的品茗杯，我竟还看到有带着私人茶宠的。我笑他们，只差背个屏风和古琴来。

　　我不算饮茶人。喝也行，不喝也行。写作时我与咖啡为伴，养成了心理依赖。咖啡或茶，开始是自愿地被束缚，久而久之，就缠绵入骨，难以为戒。很难说它们是苦是甜，复合之味才令人上瘾。

　　作为不解茶趣者来安溪，来铁观音的原乡，我总觉得自己混浊，品佳茗也相当于牛嚼牡丹。抬头，茶馆匾额写着"禅茶一味"。无论是禅意还是茶味，我从来无法体会和参破它们极简之后的丰富。好在，禅与茶，都慈悲宽容。

茶这个字，拆开笔画就是：人在草木间。植物的馈赠，看看草与木，从纸、茶、药，到床、船、屋……我们随时生活在草木之间。我们阅读的书籍，我们穿着的衣裳，我们弹奏的乐器。茶，是其中日常又慷慨的给予。

每天的日子，开门七件事：柴米油盐酱醋茶——最后一个是茶，微妙地超越其他。如果是生活需要，水就够了。文人喜欢诗酒茶：诗是对文字的奢侈，酒是对粮食的奢侈，茶是对清水的奢侈。正因为茶是高于生存需要的水，所以象征精神的部分。是啊，对生存来说，精神就是奢侈——可正因有了这些奢侈，我们才不枉此生。说起来，都是动物的生命，人是其中的奢侈；茶寿指一百零八岁，是把"茶"字拆成"二十加八十八"……所以都是长寿者，茶寿是其中的奢侈。

茶，并非神话中的灵丹妙药，是现实中既平凡又堪称伟大的植物。福建安溪，以铁观音闻名，茶香似乎弥散在这里的空气里……香，是气味的奢侈；铁观音，是茶里的奢侈。

传说1723年观音托梦所赐的母本茶树，就生长在安溪打石坑的岩缝间。汽车沿山道攀爬，带领我们去参观这棵神话般的古树。因为铁观音的生长环境，要求一定的海拔高度。到了山顶，并非终点，还要沿着层级并不规则的细窄土路下行。脚边是枝条参差的植物，耳畔是从远处传来的水声……水流细巧，介于溪与瀑之间。我们一路小心，相互挽携，才下到平缓的底部。

虽然知道铁观音是灌木，不可能树冠盛大；虽然知道越老的铁观音，根系越深，香气越沉郁……可母株如此瘦小，还是让我意外。它没有得到彻底的伸展，每发新芽，每生新枝，收取的手就会到来。它的芽叶幼嫩时就被采摘，它的枝条被不停折断用以扦插育苗——就是这样一棵被限制、被切割、被剥夺的茶树，守着承诺般，守着它叶片的独特形貌：紫芽斜尾，缘齿疏钝，上面有着拇指按压般的神迹印痕。

并非夸许，茶有近乎神迹之处。折断枝条，插土就能成活——万能地再生。你摧毁，它报以辽阔的丰收，甚至更为勇敢。母株压条繁育时，经过扭转和压扁的伤枝，反而有利更好更多地生根；如果小心呵护的，却事倍功半。一万次酷刑，意味着一万次的繁茂，十万、百万、千万次的慷慨。茶叶制造的过程也是这样。摇青时，芽叶相互摩擦、碰撞，受损的茶青反而分泌香气。每片茶叶，都死于离枝，死于炒制，死于滚水……然后，它们又从中复活，将自己的清香与甘醇，灌注到每一滴水里。从伤害里汲取成长力量的茶，就这样，涓滴灌溉，帮助我们清除体内的毒。

茶，看似羸弱，却隐藏柔韧而惊人的力量。站在这株古茶树旁边，我观察它厚实的叶片，陈旧的花瓣。我安静，和朋友偶尔交流，也尽量低语……我不由自主的态度里，仿佛包括对时间和沧桑的尊重。

我以前觉得，交通的便捷，瓶装水的储存，空调系统的温控，使今人很难体会古人曾经的乡愁。我们可以在全球化的环境里，共享无差别的水土。但是在这棵茶树面前，我改变了看法。也许我们能保留自己所适应的饮食习惯、所乐于交流的乡音，以及，那蓄意维持的心理时差。植物，替我们凝结着乡愁：土壤里的酸碱度，空气中的含水量，海拔和温差，云雾雨雪，都在其中。活着的茶，在冷水里浇着，根系沉默的一切；死了的茶，在滚汤里沏着，重新活过，在袅袅升腾的丰沛水汽里，还你故乡的云雾缭绕。

形如铁、色如铁、重如铁……庄重，就在这一盏琥珀色的铁观音茶中。它是由土生长出的木，经过火上的铁锅炒制，最后水让它复活。一盏茶里，汇聚金木水火土……我们人生的五行，尽在其味，尽在不言之中。茶作，是人与植物的灵魂交流，就这样日月天地，就这样草木山水。

茶，经历水火，是树叶的前世今生。最初，它被揉搓，被携带，在更久的日子里不死。茶，折叠自己，它在自己的抱缩里藏好往昔的春秋。最后，神秘收拢的叶脉打开了，像一个人慢慢摊开手心里的掌纹。铺满刻痕的线条，记载它活过的风雨。制茶时，水分被蒸发，年少青春的饱满汁液消失。茶，是变成老年的树叶，暮色沧桑。的确，茶，是一片树叶的回忆；但这回忆里，饱含变化。是昨天的自己，又不是昨天的自己；是昨天的复活，又不是昨天的复活……浸泡缓慢，体会悠长，如是，恍兮惚兮。

此时，在山岭中。周围是高起来的地势，底端是铁观音的茶枝。冷冽的空气浸泡，让我清醒。人生一世，草木一秋。如是，我们在更大的天地茶盏里被时空浸泡，散发出一生微苦里的领悟、回甘里的安慰。

《人民日报》
2018年1月13日
第12版

泥土芬芳

谭仲池

✤ 广袤的神州大地，在我眼前呈现着无限的妩媚与妖娆。那个让我日夜眷恋、育我成长的小山村，也飘来了带着浓浓乡愁滋味的泥土芬芳……

收割早稻的时候，我来到浏阳河畔的梅田湖村。朝田垄望去，一边是千亩稻田，沉甸甸的、金灿灿的稻穗，在夏风的吹拂下，翻卷着此起彼伏的波浪，连接远山重叠的苍翠；一边是百亩荷花，开着红艳的花朵，绿叶簇拥，莲蓬摇曳，在阳光里格外俏丽夺目，生成水墨丹青的彩韵诗情。此情此景，让我情不自禁地吟诵古诗《汉乐府·江南》："江南可采莲，莲叶何田田，鱼戏莲叶间……"

这是湖南乡村夏天美丽的风景，也是农民们辛苦却兴奋的丰收季节。

随着莲花丛中传来的歌声，我看见一群身材窈窕的村姑，穿行在层层叠叠的莲叶间，采摘鲜嫩的莲蓬。她们在阳光的涂抹下，绽放的笑靥，与莲花比美，毫不逊色。在金色田野里，缓缓移动的高大收割机，张着大口，吞吐着金子般的谷子。已收割完稻子的田野，平展如镜，连泥土也散发着芳香。闻着这缕缕稻谷香、莲花香以及湿润清甜的泥土芬芳，我感到格外惬意。我就是在泥土的芬芳里长大的农村孩子，我知道泥土的芬芳是大自然中最原生态的芬芳，是食五谷的人都能咀嚼到的生命芬芳。

这时候，放了暑假的小学生，在村前、田边的稻草垛和用秸秆制作成的稻草艺术迷宫间嬉闹、奔跑，发出阵阵欢笑声。上了年纪的老人，三三两两地来到晒谷场上，看烘干机将湿漉漉的稻谷，烘干成粒粒闪亮、堆成小山似的金色谷子，脸上泛起幸福的笑容。我心里明白，眼前的富庶景象和乡村的绚丽风光，不知道梅田湖的老乡盼望了多少年。

早在三十多年前，我就来过梅田湖村。记得那年夏天，山洪暴发，梅田湖面临泄洪的危险。为了乡亲们的安全，做好转移准备，就必须做好居住在溢洪道旁边的移民户的思想工作。那时，进库区的路，又窄又弯，坑坑洼洼，车子无法开进去，只能靠步行。

天下着倾盆大雨，又刮起阵阵狂风，雨伞毫无作用。我和乡村干部，顶风冒雨，踏着泥泞小路去老乡家，全身被淋湿。老乡住的都是土砖屋，有不少土屋没有盖瓦片，屋顶盖的是稻草和茅草，遮不住风，也挡不住雨。我们走进老乡家里，就见到因屋顶漏雨只好戴着斗笠坐在家里的老乡。生产队长告诉我，这些移民户的生活非常艰难，住屋、吃饭都成问题。

想起这段往事，我至今心里仍感到沉重酸楚。夜幕降临，我一个人独自走进湖区移民村，想去看看移民们现在的实际生活状况。

转过一个小山坡，移民村就出现在眼前。新盖的移民住宅，一色的红砖楼房，玻璃窗户。泛着黑色光泽的柏油路直通到家门口。四周绿树掩映，屋坪花草盛开。栋栋楼房的窗口，闪耀着明亮灯光。家家户户的门口，不时飞出欢声笑语。村路上，湖塘边，璀璨的路灯光芒，洒落在树叶间。月光和灯光温柔地勾画出山村的清晰轮廓，这是蓬勃世界的甜蜜宁静。身临其境，我就像是在梦中行走。此刻，藏在心里的梦，飘然成遥远的箫声，田园的恋歌。

村民服务中心的灯光最亮。我在那里看到墙壁上挂着许多奖牌，其中有一块叫"全国生态文化村"，让我颇感兴趣。我知道，这块奖牌的分量是与整个村的生态建设的实际成果紧密相连的。在这里，我遇见了一位叫钟长松的老移民。他今年六十多岁，精神状态很好，而且很健谈。我从与他的交谈中得知，他1964年来到当时的梅田大队大屋组，直到1998年才盖起两层共三百平方米的新楼房。现在家中电冰箱、洗衣机、空调样样都有。最近，他家又买回一辆小轿车。钟老还告诉我，为了帮助库区移民尽快富裕起来，一个都不掉队，党和政府出台了库区移民补助政策，每人每年六百元，从2006年开始，一直补助二十年。这对于移民发展生产，起到了"四两拨千斤"的作用。所以，湖区的森林一直都保护得很好，水源也没有受到破坏和污染。

这时，门外走过排着整齐队伍、从城里来的中学生。钟老指着他们对我说："这是到我们村教育实践拓展基地来体验的省城学生。他们在辅导员的带领下，分散住在老乡家里，学犁田、插秧、种菜、捕鱼，还可上山采摘水果，下田采摘莲蓬，进大棚直观养殖流程。这些孩子在农家吃饭前，辅导员和孩子们一齐朗诵李绅的诗：'锄禾日当午，汗滴禾下土。谁知盘中餐，粒粒皆辛苦。'让学生感知农民耕作的辛苦劳累，粮食的来之不易。"

我告别老乡，朝村书法活动室走去，正好碰上曾和我一起当兵的退伍战友，被当地老百姓称为"新乡贤"的周树兴先生。他正在给村民写对联。我悄悄地站在他背后，看他写完一副"政惠三农千村美，春入万户百业兴"的对联时，不禁赞叹："好，写得好！"周树兴回头望见我，有点惶恐地说："出丑了，出丑了。"我说："真是好。好就好在说出了：真正解决'三农'问题就是要靠党的政策，如春风化雨，润泽万户千村。"听我这么说，周树兴直点头，告诉我，村上有个习惯，乡亲们新修房屋、过年过节，做红白喜事都喜欢贴对联。很早以前，就成了当地的乡村文化标志。我说："你说得对，建设全面小康社会，一定不能忘了农村文化建设。"这时，从门外走来的村党支部书记周峰接话说："在这个问题上，我们支部成员认识都很统一。近几年，村上投资一千多万元，建了道德讲堂、生态景观文化长廊、村图书室、老年活动室、农耕文化园等设施。村上的道德讲堂，农闲时，都由村上的党员干部和选出的新乡贤讲课。村民爱听。村上评选出的'好少年''好能手''好婆婆''好媳妇''文明家庭'等都要张榜表彰，让村民们向他们学习、看齐。"听了周峰的情况介绍，我心里特别高兴，说："你们在'种文化'，它跟种粮食一样重要。"

夜访归来，明月渐渐隐进云层，我毫无睡意。坐听蛙声蝉鸣，静闻泥土芬芳。此刻，我想写乡村移民的甜梦、憧憬、向往；写农村改革给乡村带来的富裕、文明、欢乐；写土地和山水的厚重、灵秀、明媚；写明天乡村朝霞的金红，学校书声的悠扬。也就在此刻，有月光透过窗户，有风铃摇醒文字，白天我参观考察现场的镜头，又一个一个清晰地在眼前叠影。

梅田湖，是我心中一直印象很深的一座山间水库。

它始建于上世纪五十年代，是库区农民用双肩挑出来的，是一座造福山区农民的水库。登上湖堤，天空正下着细雨，湖上一片白茫茫，看不见水波的碧蓝和鱼跃莺飞的情形。湖中的岛，岛上的山，山上的亭，亭边的树，都淹没在缥缈如丝的乳白色雨雾之中。不一会儿，雨停了，阳光透出云层，揭开了梅田湖神秘的面纱。湖上大小不一的小岛，像翡翠浮在微微荡漾的清波之上。湖面上的轻舟和湖岸上的楼台飘扬的彩旗酒幡，都一齐在阳光里披金泛彩。

在梅田湖村，从荷花盛开的田垄深处，走来一位英俊的小伙，给我们每人送上一个绿色鲜嫩的莲蓬。我剥开莲蓬，品味着清甜爽口的莲子，仿佛又闻到了湿润的泥土芬芳。周峰很自豪地介绍道，这个小伙子大学毕业后在省城几家大宾馆做过副总，今年才三十多岁，放弃在省城优厚的生活条件，辞职回乡当了村官，干得很好。"干得很好"四个字是有分量的，可见周峰对人才的器重。是啊，在人心浮躁的环境下，一个大学毕业生能自觉洗尽铅华，睁大望远的眼睛，找寻自己的人生价值，这不就是习近平总书记强调的要培养真正的懂农业、爱农村、爱农民的新型农民吗？我用敬佩的眼光打量着这位在烈日下奔忙，浑身汗湿的年轻人，心想，他的心中一定储存着家乡泥土的芬芳。

平整的土地，如一个巨大的棋盘，上面布满了各色各样的绿色生态棋子。蜘蛛网似的电力排灌系统，农业机械进出方便的机耕道路，像一条金色的飘带点缀田间。最让我动心的是，国家高级生化工程师黄庆禄教授带领的专家团队，正在这里运用他的国家专利技术，让蔬菜种植逐步告别农药化肥。

在这里，我看到了名副其实、充满希望的"国家级美丽乡村标准化示范村"的实践标本。中国几千年的农耕文明，世世代代面朝黄土背朝天的农民，盼望的小康生活，不正是今天我们在追逐的中国梦吗？

想到这一切，我激动地俯下身子，颤抖着手，捧起一把泥土，这是一股怎样的沁入心田的泥土芬芳啊！它让我如痴如醉，感慨万千，热血沸腾。我的眼睛湿润了。此刻，广袤的神州大地，在我眼前呈现着无限的妩媚与妖娆。那个让我日夜眷恋、育我成长的小山村，也飘来了带着浓浓乡愁滋味的泥土芬芳……

《人民日报》
2018年7月30日
第24版

呼伦贝尔银色的春天

艾平

❋ 这就是呼伦贝尔。大雪无痕，周天寒彻，然而每一种生命都不曾屈服，都勇敢地活着，顽强地延续着，物竞天择，永不放弃。正是它们，构成了生生不息的春天。

朋友从晴光转绿蘋的南方来。降落在呼伦贝尔大地，他不由一脸惊讶——哎哟，这不是回到了冬天吗？"雨足郊原草木柔"在哪里？"马踏春泥半是花"在哪里？的确，这里看不到绿色，积雪一如冬季，覆盖在无垠的草原上，旧年的牧草从雪里钻出来，随风摇曳，马群的后面，冰碴和霜花飞扬而起……我告诉他，呼伦贝尔的春天，在银装素裹中。

呼伦贝尔二十多万平方公里，大兴安岭群山，由西南向东北纵贯其间。在大山的西面，就是茫茫的呼伦贝尔大草原。我们驱车，走向草原深处，一路看烟雪浩渺，苍穹浑然。脑海中的山舞银蛇，原驰蜡象，通通被平坦旷远的地势摊平，遥看有，近却无。

走出一百公里，伊和乌拉山像巨人一样，平地而起，出现在我们面前。此山诞生于远古的某一次地壳运动，海面成为草原，礁石升腾成山。和草原上的所有丘陵一样，这山的形状使人想起馒头，不同的是，在馒头的顶端，兀立着一排高大的岩石，像是长生天信手将一段长城放在了这里，恰好挡住了西伯利亚来的寒流。这里的牧民年年在山顶垒石插柳，建成一个大敖包。每到六月，他们从四面八方而来，带着美酒和全羊，祭祀祈福，盼望草原风调雨顺，万物吉祥。此时，那些鲜艳的经幡凌空飘扬，把云染成了宝蓝色、明黄色、翠绿色。我们攀上岩石，向敖包献上洁白的哈达，以顺时针方向，绕敖包三圈，每人垒上一块石头，以示敬意。

春天的信息如期而至。

我指给朋友看，在南面的石缝中，溢出一缕缕苔藓样的污渍，那是鹰的粪便。鹰在这里坐窝孵卵，是因为这里险峻又有阳光。岩石的南北两面的温差很大，一块面包，在南可以晒焦，在北可以雪藏到夏天。朋友背靠岩石，果然感到一片温热，瞬间将身上的寒凉驱走。我拨开脚下的草丛，让朋友看——一抹嫩嫩的绿，已经在泥土里洇出。

一切仿佛都是长生天的杰作，伊和乌拉山脚下，九曲十八弯的海拉尔河缓缓流过。海拉尔河发源于大兴安岭，那凛冽而又野性的河水，从山间泉涌直下，到了平坦的草原，就没了脾气，乖乖变成绣女手中的丝线，慢慢地在天鹅绒般的大地上缠绕，不知道绕了多少道弯，方依依不舍地远去。

谁说季节还在沉睡？西来的风撒下一把冰冷的钢针，为河道除了积雪，掀开了盖头，让春天由此崭露美颜。看那河床吧——

长长的蓝冰在雪原上闪耀光泽，犹如蓝宝石的无数切面，反弹着太阳的光芒，仿佛一条雪原上的项链，熠熠楚楚，美不胜收。下山走去，我们远远就闻到了河水的气味，是灌木浸泡在水中的清香，是干草在冰雪中酥软的冷香。蓝冰的边缘已经融化，河畔弥漫着温情的潮湿。我们拥抱蓝冰，听到河底微微的水声。

我要在这里找一朵花儿给朋友看。那花是从雪窠里长出来的生命，是寒冷中色彩的童话，是一个渺小的奇迹。果然，在柳树下的残雪中，我找到了她。这小花名叫细裂白头翁，已然含苞待放！她是那么矮小，几乎是贴在地皮上长着，她是那么低调，浑身是毛茸茸的灰，只有花蕾上一抹幽幽的蓝。朋友啊，你可知道，这小小的蓝花，是草原花海的第一声呐喊，也是春天里最富营养的牧草。

行至鄂温克族自治旗的林缘草原，我们骑上骏马，去看牧民斯仁道尔吉家的春牧场。

霜雪是天上垂下来的纱幕，使簇新的村落隐于一片朦胧中；黛绿色的松林，把群山涂抹得深深浅浅；风被山林阻断，炊烟像水墨一样徐徐升起，天地犹如曲终人散的水晶宫殿，澄明而寂静。耳边是马蹄敲击雪壳的声音、雪块从松枝上坠落的声音……

山地松林密布，好在我们的马匹有记忆，它们腾腾挪挪地躲开树根和雪坑，走得机敏又从容。当我们到达山顶的时候，一道阳光猛然来袭，像无数金箭，射入遍地白雪。风景一泻千里，到处银涛起伏，积雪暄腾，如蝴蝶在马腿前纷纭。远来的朋友情不自禁，任由冷空气穿透肺腑，张开双臂，大声欢呼起来。然而，他的声音很快被一部激昂的合唱淹没，那合唱来自山阳坡上的开阔地。

斯仁道尔吉和妻子娜莎选择了这里作为春牧场。在高寒的呼伦贝尔，三月到五月初，虽然天气已经转暖，但是常常会有零下二十摄氏度以下的寒流，不时出现暴风雪。尽管家家都有了过冬的棚圈，有经验的牧人还会借助日照的温暖来接羔保育。斯仁道尔吉和娜莎正在接羔，他们跟前有一只母羊正侧卧在干草上，身子不停抽搐，已经分娩出两只羊腿，却老是不见羊羔的脑袋出来。夫妻俩的脸被冷风吹得黝黑，手上布满皴裂的口子。周围待产的母羊、趔趄着要站起来的小羊羔、正在用舌头舔初生羊羔毛皮的羊妈妈，异口同声地咩咩叫着；两头小牛犊在羊群里乱窜，引起羊群一阵阵骚动；不远处的几匹马，也像凑热闹似的打着鼻响儿，有一匹母马面临分娩，每当小马驹在它的肚子里蹬腿，它便不安地四面徘徊。这对年轻的夫妻忙得不可开交。

斯仁道尔吉看到我们，一笑，用肩头的毛巾擦去脸上的汗水，示意我们不要再往前走了。我知道，如果惊扰了刚生宝宝的母羊，它就会拒绝哺育自己的新生儿。

不远处，两只棕黄色的狗也发出了叫声，那是一种混浊而尖锐的叫声，叫人感到异样。天哪，看到那边两个蓬松的大尾巴，我们才意识到它们竟然是两只沙狐狸，野生的！它们一直在羊群的外面转悠，既不靠近，也不远离，当忙碌的娜莎从它们身边走过，它们似乎并不害怕。

这时，两只狐狸突然用后腿站起身来，围着娜莎转圈儿，让人非常奇怪。斯仁道尔吉抬头示意，原来空中来了一只巨大的草原雕，它飞得很低，在地上已经能看清它尖利的鹰嘴和铁钩般的鹰爪，真叫吓人！我想起一张照片——草原雕叼着一只狐狸飞在天上，张开嘴欲将狐狸扔下来摔死，那是草原生物链上一个无情的镜头。现在，谁是草原雕的猎物，是羊还是狐狸？却见草原雕盘旋了一圈，渐渐飞远了。娜莎说，它看到有人，也害怕。这时两只狐狸早已没了影儿，原来是钻进了自己的洞穴。

朋友好奇，让娜莎带我们去看狐狸的洞穴。真没想到，狐狸的洞穴，就在一条自然路的两侧，洞口露天，有一堆冻土围着。由于牧民不伤害它们，它们便越发不怕人，还学会利用人来保护自己。不知道在它们深达三米的洞穴里，藏着什么秘密。

一群喜鹊呼啦啦腾空飞起，我们才发现它们的存在。喜鹊吃腐食，一年四季都会跟着蒙古包走。它们成帮成伙儿，每每赶在狐狸之前，把食物抢走，狐狸一来它们就远远躲起来。现在，狐狸已经进洞，草原雕也飞走了，是谁让它们惊恐万状？

斯仁道尔吉指着雪地上的一串动物脚印说："它是不会让人看到的。"原来，除了狐狸，不远处还有狼。可能是洞穴中的母狼生了小狼崽，所以公狼常常出现在羊群附近，但是它没有袭击羊羔，也没有袭击小马驹，只是趄摸那些流产夭折的羊羔。怪不得那两只狐狸不敢靠近夭折的羊羔，它们明白，要是去抢狼的奶酪，自己会命丧狼口，最后成为喜鹊的食物。娜莎说，狐狸应该快点生，带着小狐狸崽转移，不然小狼崽长大了，肯定来占领狐狸洞，那时候可就惨了……

朋友，这就是呼伦贝尔。大雪无痕，周天寒彻，然而每一种生命都不曾屈服，都勇敢地活着，顽强地延续着，物竞天择，永不放弃。正是它们，构成了生生不息的春天。

忙了一天，数一数接下的羊羔，真是叫人高兴，足足十七头！再看看羊群里那些肚子大大的待产母羊，斯仁道尔吉美滋滋地端起了浓香的奶茶。

丰收了！这是斯仁道尔吉和娜莎从农牧大学毕业，回到草原接手父母的牧场以来，第二次取得足以告慰父母的好成绩。前年，赶上大旱，在呼伦贝尔不足一百天的无霜期里，牧草来不及长高结籽就枯萎了。没有牧草，斯仁道尔吉和妻子组织各家各户，用卡车拉着羊群，翻越大兴安岭，租用黑龙江农民的玉米地，让羊吃秸秆过冬。适宜的气温和丰足的食物，使羊群返回呼伦贝尔的时候，保持了良好膘情。去年水草丰美，羊儿肥壮，他们又早早地把种公羊放到羊群里，今春新羔就提前出生了。等到六月草长莺飞，这些羊羔会长得比往年大，觅食能力更强，可以汲取多种牧草的营养，到入冬出栏，它们差不多和二岁子羊一样肥壮，那羊肉一定是芳香酥嫩，让人尝一口一辈子忘不了的。

斯仁道尔吉说，我们牧人的幸福就在羊身上，羊好，日子就好。去年秋天，草原上终于又出现了晨雾和秋霜，这就说明地下水的水位渐渐升起来了。看来国家实施退耕还牧、禁止乱开矿的法规很有效果。这可真是叫人喜悦的事情啊——每一棵牧草上都挂着珍珠的草原就要回来了！盼只盼，再来几场雪，我们有了银色满满的春天，就有一碧千里的夏天，就有遍野金黄的秋天。

《人民日报》
2019年3月2日
第8版

呼伦贝尔银色的春天

我们的日子，美好丰盈

王蒙

✳ 所有的日子都来吧，我把你们写成了《青春万岁》。大半个世纪过去了，新中国的日子永远在激扬着我们，照耀着我们。

　　那是1953年11月，天气已经变凉，落叶已经满地，我开始了此生第一部文学作品《青春万岁》的书写。当时我刚满十九岁，一上来就是长篇，不知道什么叫结构主线、人物典型、情节悬念、细节描绘，我的写作源头写作信心只有一个：那就是对新中国的欢呼，对新中国的珍爱，对新中国的期待，对新中国的梦。

　　我幸福，我不仅是新中国的盼望者，而且从少年时代就成为地下党的一员，就努力去尽到一个孩子的力量。我拥有对于革命凯歌行进、对于北平市全体地下党员在国会街北大四院礼堂集会唱《国际歌》、对于扭着秧歌高唱"明朗的天"、欢呼解放军入城式的盛大节日与历史高潮的记忆，尤其是我的年轻的心中，充溢着天安门上毛主席宣布中华人民共和国成立，礼炮声声、兵车隆隆带来的刻骨铭心的振奋与自豪。我有与新民主主义（后来是共产主义）青年团员们在一起捍卫新中国、清除反动势力、取缔"一贯道"、镇压恶霸黑社会的战斗篇页，我们还有引进大量解放区与苏联图书的春风化雨的体验。我们读《新民主主义论》《论联合政府》，我们读《钢铁是怎样炼成的》与《卓娅和舒拉的故事》，我们参与了抗美援朝、保家卫国的全民宣传，我们组织了街头活报剧演出。我们歌唱歌颂革命的《信天游》，歌唱"庄稼人翻身啦"的《东北风》，以及冼星海、光未然的《保卫黄河》。我们更会唱"雄赳赳，气昂昂"与"天空出彩霞啊，地上开红花"！天是明朗的天，地是欢腾的地，国家是新生的、健康的、大步前进的国家！

对了，我在六十六年前开始写作《青春万岁》的时候，依靠的是时代光辉，是度过的新中国阳光雨露的"所有的日子"，是如沐浴着《白毛女》结尾所唱"太阳出来了"的温热。那是刘胡兰英魂得到告慰的胜利日子，是加班加点的拼搏奋斗日子，是人们万众一心的日子，是擦拭旧中国的耻辱与泪迹的深情日子，是眼看着北平街头垃圾迅速清理、已经崩盘成为废纸的"金圆券"变为稳定的高信用的人民币的高效日子，是交道口电影院、新街口电影院、什刹海游泳场与体育馆一座座建立起来的日子，是当时视为规模震撼的王府井百货大楼平地而起的日子，更是眼看着萎靡的、一盘散沙似的、走投无路与黯淡无光的中国人中国青年，变成信心百倍的社会主义劳动者、献身者、学习者、歌唱者与战斗者的日子……

所有的日子都来吧，我把你们写成了《青春万岁》。大半个世纪过去了，新中国的日子永远在激扬着我们，照耀着我们。在同一首序诗里我写道：

> 有一天，擦完了机器，擦完了枪，擦完了汗，我想念你们，招呼你们，并且怀着骄傲，注视你们。

这里的"有一天"，说的是二十年后、也许三十年后、当时多半没有想到五十年后……而如今相隔七十年了，风风雨雨、奇迹发展、万紫千红，一切仍然是这样亲切与明亮，而我们的日子，美好丰盈不可同日而语，已经进入了新时代！

《人民日报》
2019年4月4日
第20版

长岭雁来

李迪

※ 人鸟共家园，同在蓝天下。
这是我们长岭的传奇，也是鄱
阳湖的传奇。

这个故事发生在美丽的鄱阳湖畔。

鄱阳湖，中国第一大淡水湖，当地人管它叫海。四千多平方
公里的水面，一望无际，烟波浩渺。碧水环绕的四十一个岛屿和
七个自然保护区，使其成为世界著名的候鸟天堂。越冬时节，万
鸟欢聚，飞起遮日月，落地不见草。

湖畔有个长岭村，绿荫似盖，青瓦如鳞，人间四月天。

村民沈红卫、邹玉莲夫妻，心眼儿活又肯吃苦，用自家的责
任田和柴山，跟当地人换了一块荒地。良田换荒地，以少换多。
多多少？哎哟喂，连地面带水面，两百六十多亩！这块沿湖的荒
地，靠近刘家垅水库，山丘沟壑，蒿草丛生。夫妻俩起早贪黑，
挥汗如雨，两双手来两把锄，硬是把荒地变成水田和果园，山上

种桃李，田里栽稻禾，又挖了鱼塘，建了禽舍，养鱼外带鸡鸭鹅，创办起一个生态家庭农场。

每天一早一晚，玉莲拎着稻谷来到池塘边，嘴里叫着，咕咕，喔喔！四处嬉戏的公鸡母鸡就你追我赶凑上前。她又叫，鹅哩，鹅哩！鸭和鹅就扑棱着翅膀飞上岸，不由分说来赴宴。

鸡鸭鹅，乐呵呵；夫妻俩，笑开花。

2017年正月初七，玉莲一早起来喂稻谷，忽然发现抢食的鸡群里多了一只"大家伙"！起先，她还以为是自家的鹅，定睛再看，不对，这"大家伙"黑嘴褐羽，黑头白脖，跟自家的鹅完全两样儿。不是自家的，它却不认生，大嘴二嘴地吃起来，不管也不顾。

红卫闻讯赶来，也看着新鲜。哎哟喂，这是谁家的鹅跑出来了？

玉莲说，我瞅着不像鹅呀？

红卫说，像不像，三分样，不是鸡鸭就是鹅！你瞅它饿的，就让它吃吧，不缺它的口粮。回头谁家来找了，就让他们带回去。

这"大家伙"仿佛听懂了红卫的话，心安理得吃个肚歪，打个饱嗝儿，下水消化去了。

就这样，一天两天，十天半月，没等到谁家来认领，却只见，扑啦啦，从天上又飞来一只。一模一样，大模大样，落进池塘就撒起欢儿。

从此后，两个"大家伙"日出而飞，日落而息，如入无人之境。

家里突然添丁多口，鸭不是鸭，鹅不像鹅。红卫认真起来，就请行家来辨认。行家离老远就叫起来，这哪儿是鹅呀，这是大雁！

啊？夫妻俩又惊又喜，大张的嘴巴合不拢。

专家说，雁分好几种，在咱们鄱阳湖过冬的就有黑雁、灰雁、豆雁、斑头雁、鸿雁。这两位来客，就是鸿雁。别看它们成双成对儿，可都是母雁。姊妹花儿啊！

说着，专家就唱起来——

鸿雁向南方

飞过芦苇荡

天苍茫

雁何往

心中是北方家乡……

这支出名的歌，红卫也会唱，歌名就叫《鸿雁》。

会唱归会唱，喜欢归喜欢，可鸿雁不请自到，可把红卫忙坏了。为啥？因为专家对他说啦，鸿雁已列入濒危物种名录，在全世界都受到保护。它们原本是来鄱阳湖过冬的，开春就飞到北方去。现在忽然选择在长岭安家，说明这儿草丰、水美、人好。你千万要保护好它们，不能有半点儿闪失。它们想留就留，要走就走，来去自由。在长岭一天，你就要负责一天！

红卫一下子忙起来，忙得寝食难安。白天要看好喂好，晚上还爬起来，打着灯到处查看，生怕草里有蛇或其他什么动物伤了鸿雁。稍有空儿，就打开手机上网，寻找"鸿雁"的词条，看它们有什么习性，看它们爱吃什么。哦，爱吃草，还爱吃小虾小蟹，这些岸上水里都不缺。再说还有稻谷呢，饿不着它们；哦，觅食多在傍晚和夜间，清晨才返回水中休息或游泳，有时也在草地上休息。好吧，有我在，你们想觅食就觅食，想休息就休息，保证安全。

当然了，更多时间，红卫都守在岸边观察这两只鸿雁。它们一天到晚吃草吃得好厉害啊，田里一有小草就吃光，赶上除草机了。农场里还养了一公一母两只鹅，最初，两只鸿雁在池塘里与鹅离了一丈多远，不敢接近。个把星期后，就慢慢融洽了，玩到一块儿去了。你言我语，你喊我叫。后来，玉莲提着稻谷来到塘边，只要一喊，鹅哩，鹅哩！两只鸿雁就和鹅一起上岸来吃。稻谷不用去皮，直接喂，它们就直接吃。吧嗒吧嗒，吃得可香呢。再到后来，两只鸿雁吃惯了，早上不给稻谷就不下水，吃好了才下水。下午四点前后，它们又上岸来要吃的。玉莲说，吃吧，管够！

转眼到了八月。有一天，两只鸿雁突然从池塘里飞起来，飞得很高很高。从红卫家门前飞过，一直飞到山那边，瞬间无影无踪了。

没有告别，就这样匆匆离去了。想到与它们的朝夕相处，望着空荡荡的天际，红卫忍不住流下了泪。它们还会回来吗？

听说鸿雁飞走了，玉莲也急忙从家里出来，啊，它们就这样飞走了？连晚饭都没有吃！路上会不会饿呢？它们到哪儿去找吃的啊？

想不到，就在夫妻俩难过的时候，两只鸿雁又飞了回来。它们在天空盘旋了几圈儿，又落进水塘里，嘎嘎地叫着。好像说，我们回来了，我们舍不得离开你们！

夫妻俩喜极而泣。

一切又照常了。

咕咕，喔喔！鹅哩，鹅哩！

鸡鸭鹅雁热闹成一大家。

这天，邻居老黄来了，想买走那只母鹅，要给他家的公鹅做伴儿。你家不是还有两只母雁吗？老黄说。

红卫两手一摊，鹅是鹅，雁是雁，两码事啊！

但是，他禁不住老黄死缠烂打。好吧，鹅我不卖，你先抱走吧。等你家公鹅过了劲儿再抱回来。

母鹅被抱走了。

剩下孤单的公鹅与两只鸿雁相依为命。

本来鹅是不会飞的，可它看见两只鸿雁飞来飞去，不由得心痒，也跟着学。还别说，学着学着，还真飞起来了。只不过，飞不太远，也飞不太高。

玉莲说，哎哟，长本事了！

红卫说，长岭尽出新鲜事！

可是，夫妻俩还没高兴够呢，这天就出了事。

下午，两只鸿雁突然飞起来，公鹅也跟着飞起来。这回，它不但飞得高，而且飞得远，直到天黑都没回来。夫妻俩急了，跑到山上到处找。当他们一无所获回到家时，发现两只鸿雁早已回到了池塘。可是，公鹅没有回来。公鹅哪儿去了？

这一夜，夫妻俩都没睡。几次好像听到公鹅叫，爬起来就往门外跑。

没有月亮，也没有星星，天黑如墨。

公鹅在哪里？

第二天一早，夫妻俩顾不得喂稻谷，又分头去找。

天呀，在高压线下，红卫发现了公鹅。它紧闭着双眼，早已僵硬成石头。它飞呀飞呀，飞不动了，落在高压线上，没站稳，从上面摔下来了。

在池塘边的草丛里，夫妻俩哭着掩埋了他们的心爱。

你没有离开我们，玉莲说，当我喊你吃饭的时候，你能听得见。

这时候，有一个人悄悄地来到了池塘边，怀里抱着两只鹅。一公一母。这是邻居老黄。

老黄放下两只鹅，悄悄地来，又悄悄地走了。

春暖花开了。

两只懂事的鸿雁都生了蛋。

让红卫夫妻俩没想到的是，鸿雁不仅生了蛋，还孵出了孩子！

这是跟公鹅的孩子。毛茸茸，天真又可爱。

这可真是奇迹呀！

玉莲数了一遍又一遍，到底也没数清有多少只。

红卫对这些小宝宝说，你们到底是雁呀还是鹅？

小宝宝们叽叽喳喳。好像说，我们不是雁，也不是鹅。

红卫笑开了，那我以后就叫你们雁鹅吧！

小宝宝们又一阵叽叽喳喳，好啊，好啊，我们就是小雁鹅！

鸿雁不像母鸡，一天生一个蛋。它们今天生一个，也许后天再生一个。一生下来就用草盖住，不让人发现。生得差不多了，鸿雁就孵起来。孵累了，要吃要喝了，公鹅就去替换。

更有意思的是，老母鸡居然也帮上了忙，把鸿雁生的蛋抱在翅膀下，来回翻动着孵，一次能孵十多个。小雁鹅破壳出头了，老母鸡咕咕咕地当成自己的孩子养。小雁鹅能吃能喝，长得很快，马上就出落得不像小鸡了。老母鸡仍旧不弃不离，咕咕咕地带着到处跑。忽然有一天，小雁鹅下水了，老母鸡吓得惊慌失措。这时，鸿雁拍着翅膀赶来，带着小雁鹅在水里学游泳。哦，来了游泳教练，老母鸡这才安心了。

有两只鸿雁在长岭安家了！春风把喜讯传遍四方。报社记者来了，十里八村的乡亲来了，摄影爱好者来了，爱鸟护鸟的志愿者也来了。两只鸿雁成了"网红"，喜气洋洋地迎接八方来客。

有记者问夫妻俩，以后你们会卖雁鹅吗？

红卫连连摇头，不卖，不卖！人鸟共家园，同在蓝天下。这是我们长岭的传奇，也是鄱阳湖的传奇。到了九月，小雁鹅就会有一百多只啦，我要让它们的妈妈带着它们，飞遍鄱阳湖，去看一看青山绿水，去迎接首届鄱阳湖国际观鸟节！

《人民日报》
2019年8月14日
第20版

在梧州看水

黄咏梅

✼ 在那些通信尚不发达的岁月里，这江水便是他们思念的邮路，顺流、逆流，如光纤一样传递着他们的乡愁。

地处桂江和浔江交汇处的梧州城，傍山依水。两江交汇，相互依偎，难分难舍，直到逐渐融为一体，汇成一条颜色介于黄绿之间的西江。

水是梧州人的另一种血脉。水路，从梧州的历史上看来，等同于财路、生活之路。水路的发达，成就了梧州自古以来的“百年商埠”。梧州人还喜欢到江中游泳，到江边看看水、吹吹风，跟遇见的熟人聊聊天，就像走亲访友一样平常。喜欢看水的梧州人顺势在这两江交汇处，建起了长廊和孖亭。岸边榕树婆娑、柳树依依，岸下两江鸳鸯戏水，此处便被称为“鸳江春泛”。不要说外地人，就连土生土长的我们，也把这里视为节假日看水的好去处。

小时候最开心的事情，就是被父母牵着，跨过大桥，穿过热闹的珠山隧洞，到鸳江春泛看水。沿着长廊走下孖亭，再步下几级台阶，直接走到河滩上。离水越近，越能感受到两江交汇所形成的湍急。激流扇动起来的风带着湿润的水汽，钻进衣裙里，黏在皮肤上，清凉清凉的。当然，对于我来说，去鸳江春泛看水的吸引力最终还是为了吃。岸边的大榕树下摆着一溜小吃摊，小木桌、矮竹凳，男女老少围坐一起，嗍田螺、嚼酸嘢、串牛杂……炒一碟牛肉河粉，蒸一条刚钓起的河鱼，盛一碗明火白粥，灼一盆盐水菜心。江风徐徐，两江拍岸的声音会从脚底升上来。这些时候，父亲会给我开小灶。他从矮板凳上起身，漫不经心地走开，几分钟后从对面凉伞下的冰柜里，给我买回一根红豆冰棒，或一支冰镇维他奶。如此甜蜜的美好光阴，成为我人生中第一次"愿时光停留在此刻"的记忆。

　　父母牵着我一起去看水的时光伴随我整个成长过程。记忆中，父亲和母亲，一个朝着桂江的上游眺望，一个朝着浔江的下游眺望。他们向身边的那个孩子指认着远方，向她描绘那里有两个看不见的故乡。父母是这个城市的异乡人，如脚下的这两条江水，他们被命运推到了这个城市，相识相爱，共饮一江水，于是有了我这个土生土长的梧州人。很多年以后，当我站在珠江边，朝着上游眺望，目光穿过广厦，穿过遥远的水平线，以期能望得更远一些，望见我的故乡，望见那条街上那间熟悉的房子，望见房子里我亲爱的父母，这时候我才理解，父母看水，也是在望乡。在那些通信尚不发达的岁月里，这江水便是他们思念的邮路，顺流、逆流，如光纤一样传递着他们的乡愁。

由于与江水为邻，所以梧州人祖祖辈辈都在生活中预留了水的位置。"骑楼"是梧州城常见的老建筑。为了不让水轻易进屋，三五层的房子却有着三四米高的廊柱，看起来就像房子长了两条"大长腿"。每条"大长腿"上，都会钉着一两只牢固的铁环。涨水的时候，人们取出备用小船，从二楼的小水门出来，摇着船前行；到了，就把船系在铁环上。

进入21世纪之前，江水上涨，洪水浸街，在梧州时有发生。这固然给生活带来影响，但在梧州人看来并不罕见，应对起来也经验丰富。从小到大，我家搬过四次，每次地势都比较高，所以水并没有"光临"过我家，但我见过洪水浸街时的光景：船只安然来往，人们摆渡到地势高的茶楼去饮早茶、吃冰泉豆浆和龟苓膏。咿咿呀呀的粤剧唱腔从茶楼里传出来，广播里12点依旧准时开讲《杨家将》……大约过了个把星期，水慢慢退回河滩的时候，人们穿着高筒雨靴，拿着长长的竹扫帚，大街小巷去扫水。那些被水淹到的家庭，一趟趟跑到某个"西水借用"的聚集地，领回寄存的家居物什。"西水借用"那张纸片，时常贴在我家附近的中学、文化馆等门口，那里是免费提供给人们的安置场所。

那年，我从学校毕业后去广州工作，父亲送我。一个夕照满天的傍晚，我和父亲拎着重重的行李，站在港运码头向岸上目送的母亲挥挥手，然后登上了正在鸣笛的"红星号"客船。父亲坐在窗边，对着岸边后退而去的街道指指点点，话很多，我却嫌船开得慢。出于对新生活的期盼和志忐，我坐在船舱的大通铺里，混在嘈杂的旅客和拥挤的行李中，毫无看水的心情。我甚至暗暗埋怨父亲为什么不选择陆路，321国道上飞驰的大客车五六个小时就能到广州，而这艘"红星号"顺着西江，需要多出一倍多的时间。船开过那座江心小岛系龙洲之后，熟悉的街道便看不见了，再开一阵，广播里报出了封开的站名。父亲告诉我，我们已经离开梧州，进入广东，西江就要流入珠江了。父亲拉我到船尾看水。太阳已经落入江面，剩下几朵染着余晖的云朵卧在我们来时的方向。父亲指着那个方向说，在那里，梧州现在叫作你的故乡了。父亲说出这句话时，眼眶湿润，如同过去许多次跟我们提起他的故乡时那样动情。这时候我才意识到，这艘"红星号"将我送达异乡，这个小城将成为我频频回首望见的那个地方。一片沉默中，我和父亲在船尾站了很久，直望到云彩彻底消失，逐渐看不到远处的水平线，感觉不到船的速度。

进入21世纪后不久，绵延梧州城区近二十公里的防洪堤建成，江水被牢牢框定在堤坝下。洪水浸街的景象已经成为记忆。那些为了"招待"洪水而建的骑楼，现在变成"骑楼城"观光景点。楼墙上的一道道水痕也已经被粉刷干净，挂在"大长腿"上的铁环被装饰上一层彩色的荧光圈，仿佛向行人炫耀着它的光辉岁月。在这个提速的时代，那艘曾经载我离开故乡的"红星号"已经停运，321国道上的车流逐渐稀少，高速、高铁穿过这座小城，将人们带到更远的远方。但梧州城商埠的本色没有改变，江水担负着不因速度而被取代的使命，一条三千吨级内河航道的"水上高速公路"去年开建，直通粤港澳，水路依旧是这座城市的发展之路。梧州人也依旧喜欢看水，站在防洪堤漂亮的绿化带上，远看、俯瞰，江水涛声依旧，而小城已经扩大了版图，改变了模样。

一座城和一个人的关系，刚开始是命运，接着更多的是情感。那个黄昏，那艘缓缓的"红星号"上，面对江水，父亲对我说出"梧州叫作你的故乡"这句话时，这座城市就开始在我的记忆里与现实中交替出现。在"籍贯"这一栏我很多次写下这个城市的名字，在文学作品里我用书写的方式反复回到这个城市，甚至在一阵潮热的空气里我都能闻见这个城市的气息。人到中年，逐渐体会"故乡"深藏的意味和愁绪。无论身在何处，在曾经驻足的珠江边，还是我现在生活的钱塘江边，我总是要找到一个水流的方向，眺望，并在心里写下一封封家书。

《人民日报》
2020年8月12日
第20版

难以忘怀的土地

陈世旭

✳ 我在这里有许多年轻的朋友。我们常常一起争论文学，抬起脚就去庐山漫游。

1972年春天，一个偶然的机会，县里一位干部突然来到我务农的农场，说是县宣传组让我去参加一位模范人物故事的写作。那是我第一次走进九江县城。写作本来是个短期任务，当时我没有想到，这一来，会在九江县城待上将近十年时间。

一早在农场码头搭船，中午到九江市，转乘火车，第二个小站就是沙河站，彼时那里是九江县治所在地。候车室是很小很简陋的一间平房，站台逼仄，转角就是一条小街，两边是矮小的店铺，屋瓦上长了草，板壁皆灰白。小镇外面，是大片的田地。春耕尚未开始，田里满是去年的稻桩。

县政府刚从九江市区迁来时，所有的机关，以及干部职工和家属都借住当地的公屋和民房。几年时间，陆续盖起了二层三层的办公楼、饭店、商场、邮局、大礼堂之类公共设施，一条比乡村公路宽阔得多的大街，横亘其间。一个城市开始现出雏形。

大街与河十字交叉。河是季节河。从庐山脚下弯弯曲曲流来，不下雨的日子，清澈透明的河水在满河的卵石间流淌，迤迤逦逦绕过沙河街小镇。过河的桥是一长串露出水面、卧牛大小的卵石。我常常在夜深人静的时候坐在卵石上，仰看湛蓝的夜空，赤脚拨动水中的星星。

九江县就在庐山脚下。有正式编制后，我被安排在县文化馆做文物保护工作，去勘察过清代遗留的"陶靖节祠"，在"宋岳忠武王母姚太夫人墓"所在的那面山坡上，参与过植树造林。

县政府大院简洁素朴，除了办公楼、单身宿舍楼、家属区，剩下的一大半都种了菜。每周有半天，机关各部门干部轮流到菜地劳动。一年四季菜地都花花绿绿：

春天，油菜花黄，蚕豆花紫；夏天，围墙上爬满了冬瓜、南瓜、丝瓜，竹架上挂满了番茄、黄瓜、豆角；秋天，辣椒红、茄子亮；冬天，霜打的芽白、雪里的萝卜苗翠嫩细碎。

成家之前，作为宣传部培训的"农民通讯员"，我一直住在这里。没事就在宿舍楼上凭栏。每逢过节，当地干部大多回了老家，大院差不多空了，我就放声唱歌。心情像晴空上的燕子。

这是一块我永难忘怀的土地。跟我们一起熬通宵起草大会报告的宣传组组长，输了棋大发脾气事后又请我去家里吃红烧肉的计委主任，像对小弟弟一样呵护我的县政府干部，停了电不许我们点公家发的蜡烛打扑克的老会计，节假日食堂人少的时候特地给我加菜的师傅，帮我誊清稿子的邻桌大哥，热心为我"介绍对象"的妇女干部……在忽然有了招工机会的时候，他们纷纷为我说话，帮我解决正式工作编制。所有这些，我至今历历在目。

老街是我常常流连的地方。青石板的路面据传是明代官道的遗迹，从两边的门头上伸出来的、油漆斑驳的小吊楼，似乎在向人们炫耀自己的历史。这里是整个县城最热闹的去处：烟火腾腾的小饭馆，人头攒动的副食店，推车挑担的赶圩农民，沿街拉琴的盲艺人，饶舌的理发匠，寡言的老裁缝，补锅补碗的，修伞修鞋的……从上街头到下街头，熙熙攘攘，水泄不通。我在这里有许多年轻的朋友。我们常常一起争论文学，抬起脚就去庐山漫游。多年来，他们大多被我请进了我的小说之中。

分配到县文化馆的当年，我有了自己的小家。房后有小河流过，潺潺的流水声和河边草丛的虫鸣蛙叫是动听的夜曲。两年后，县城大道边按照规划预留的空地上，崭新的县文化馆竣工落成，办公楼、图书馆、多功能厅，一应俱全。后院家属区的围墙外面，是很大的一方荷塘，荷花开的时候，清香就弥漫过来。荷塘那边，是一个树林茂密的小村。树林上面，远远地浮着一抹淡青的山影，那便是庐山。

搬进新居的那年，我们没有回省城过春节。除夕一早，我在单位基建留下的废料堆里翻出大理石碎块，在屋后的空地铺出了小径；又找到几段满是裂痕的树干搭起了桌椅；又把空地翻了一遍，预备开春种瓜果花草；又去砍了柳枝，沿墙根插了一排。翌年春末夏至，柳树抽了条；花草侵上小径，是那种很普通却很热烈的太阳花、百日草；围墙上爬满了喇叭花、豆角秧、丝瓜藤。这样一处院落，清静幽然。春天的霏霏细雨中，我竟自徘徊；夏天的明月清风里，我尽兴吟哦；秋天收摘自己栽种出的果实，很自然地体味到"采菊东篱下，悠然见南山"的恬适；冬天暖洋洋的日头底下，一边推着儿子酣睡的摇篮，一边字斟句酌不成熟的文稿。那是怎样一种"闲静少言""忘怀得失"的日子。

一年多以后，我奉调省城从事专业写作。朋友租了单位的货车送我们搬迁。坐在驾驶副座，挥别多年的同事，车出城区，我不禁眼睛湿润。

十年，仿佛在转瞬之间。美好的日子总是显得短暂。

这十年，我一天天看着一个城市成长、壮大、成熟、丰满。最初的乡间小镇，有了多条纵横的大道，大道边已经有了密集的楼群，一个现代城市已经初具规模。

这十年，无数人的命运发生了改变，也是我人生中最为温暖的段落。在这里发生的一切，决定了我一生的方向。我由青年成为中年，由儿子成为父亲，一个懵懂、怯生的偏远沙洲上的小农工，对世界、对生活，有了更多的认知和历练。

2017年，九江县撤销，变成九江市柴桑区。柴桑区，有机场和铁路编组站，铁路京九线、武九线、大（庆）广（州）高速贴着城区过境。

如今又见，已是一个全新的柴桑。

《人民日报》
2020年11月16日
第20版

走在西湖边

苏沧桑

❀ 西湖于我是永恒的，我于西湖却只是永恒之一瞬。不奢望成为西湖的一句诗、一缕月光，能做它的一叶柳、一滴水也是好的。

　　上世纪六十年代末，我出生在海岛玉环。少年时代，一直梦想着有一天能去一趟与父母结着深刻缘分的杭州。十八岁那年，我终于如愿以偿，来到弥漫着桂花芳香的杭州读大学。站在灵隐寺不远处的三生石旁，忽然觉得，我和杭州亦会有不解的情缘。

　　此后三十多年，我在西湖边读书、工作、生活、写作。杭州成了我的第二故乡，西湖则成为我认识杭州的支点。西湖于我是永恒的，我于西湖却只是永恒之一瞬。不奢望成为西湖的一句诗、一缕月光，能做它的一叶柳、一滴水也是好的。

　　西湖以东。那个碧树森森、苇花摇曳的"神秘园"，曾是杭州连接世界各地的航空港，也曾是我的家。

　　1990年，我大学毕业分配到浙江省民航局工作，在杭州笕桥机场住了十来年。难忘一个雪夜，单位年会结束后，整整十三个人挤在车里从市区回机场宿舍，一半大人，一半小孩，大家都乐疯了。到了机场，车里一个接一个"滚"出了大大小小十三个"球"，"码"到了停机坪进口处一杆高耸的聚光灯下，一起仰望着鹅毛大雪，默默想了会儿远方的家，接着连滚带爬打起了雪仗，回家才发现谁在我衣兜里塞了一个大雪团。

2000年12月，杭州萧山国际机场建成通航，笕桥机场整体搬迁那夜，我坐在指挥车后座，回头见浩浩荡荡的特种车队静静驶离了神秘园大门，承载着几代民航人光荣与梦想的笕桥机场慢慢消逝在视线中，一个巨大的、波浪形的、崭新的现代化国际机场梦境般向我们迎面而来，如杭州向世界张开的巨型羽翼怀抱。多年后，雪夜车里的大人们走上了更重要的工作岗位，有几个孩子正沿着父辈留在雪地上的脚印，延续着他们的梦想，驾驶舱内、舷梯旁、机坪上、空管塔台荧屏前，都有他们忙碌的身影。

西湖以西。如果西湖是杭州善睐的明眸，西溪则是她另一只没有化过妆的眼睛。"由松木场入古荡，溪流浅窄，不容巨舟，自古荡以西，并称西溪""一片芦花，明月映之，白如积雪，大是奇景""早春花时，舟从梅树下入，弥漫如雪"，明清时期，西溪与灵峰、孤山并称杭州三大赏梅胜地，拥有独一无二的千眼湖塘、十里梅花、明月蒹葭和底蕴深厚的文化。2004年，一位朋友辗转找到我，诚恳地邀请我为西溪写一本书。两年后，我出版了一部以西溪湿地为文化背景的长篇小说，也是我的第一部长篇小说，叙写当代杭州人关于爱与生命的情感故事。我期盼着有一天，我在文字里写到的世外桃源能复现成为现实中使人与人、人与自

人民日报散文（精粹版）

然和谐共处的地方。

2019年初秋，我再次来到西溪，寻访一位在西湖和西溪上漂泊了三十年的船娘。感觉三百年前的西溪又回来了，已成为国家湿地公园的西溪如此让人惊艳，祖祖辈辈生活在此的船娘说，全部整治清理过了，原住户搬离西溪了，很不舍，但看到西溪现在这么美这么干净，心里高兴。更神奇的是，就在这里，人们享受着古意，也享受着"刷脸消费""AR导购"等科技最新最时尚的体验感。

船娘带我泛舟西溪，将船泊在湖心吃午饭，我们相约，等下雪了，乘她的摇橹船看雪落，梅开，吃火锅，喝酒。

西湖以南。西湖风雅无边，钱塘江水则浇注了杭州的铮铮风骨。多年前一个初春时节，我们带女儿到当时还较为荒凉的钱塘江北岸南星桥放风筝，没想到多年后我们把家安在了这里，而我的生命也抵达了江水般从容的岁月。

窗口往南一百米，就是钱塘江，如果夜夜开着窗，就夜夜能听到夜航船的汽笛声。钱塘江上的夜航船，和任何江河湖海上的一样，摆渡着世间的一个个悲欢离合。农历八月十八，钱塘潮声如雷鸣，气吞山河，潮头如千万匹灰鬃骏马喷珠吐沫，依稀听得到弄潮儿在潮水中的呼喊……

夜色来临，江水宁静，两岸灯火次第绽放。钱江新城和南岸的滨江新区像杭州古城悄然长大的两个妹妹，让世人惊叹。金色球形的国际会议中心和月亮形的杭州剧院如"日月同辉"。线条充满美感的来福士中心、财富金融中心等标志性建筑拔地而起，与江对岸杭州之门、奥体中心、海创基地遥遥相望。G20会址、亚运村、滨江天堂硅谷各种高新技术产业基地鳞次栉比。还有无人值守的文创书店，沿江楼宇的巨型灯光秀倒映在江面上，与复兴大桥湛蓝色的倒影交相辉映，与古老的雷峰塔、保俶塔、三潭印月遥相呼应。新一代弄潮儿在电脑键盘的嗒嗒声里冲浪、翱翔。

家住江边十七年，我写下了与水相关的很多文字。累了，就靠在窗边吹吹风，仰望明月或星空，想，此刻在夜里赶路的人们，一定也会抬头仰望这座古老城市更高更远的未来。

西湖以北。盛夏时节，我们穿过一大片碧绿的稻田，像穿越在良渚碧绿的时光里。离西湖二十多公里、北依太湖、西傍天目山脉、东临钱塘江的余杭良渚平原，就是"最早的杭州"。每当我想起良渚，就会想起玉的颜色。在那块人们叹为观止的"玉琮王"前，我久久凝视着集头戴羽冠之人面、猛兽飞禽之身于一体的徽章，它散发着原始的、质朴的端庄和尊贵，仿佛正向人们传递着与宇宙奥秘有关的信息，联通着远古和未来。

良渚古城遗址2019年获准列入世界遗产名录。美丽小洲上刀耕火种的微光，良渚人呵护着这道光，像呵护风中的蜡烛般谨小慎微。哪里要造个房子、挖个地、种棵树，必须先考古，边上就有良渚街道的人和文物局的人盯着。陪我们穿过一大片稻田的良渚朋友，就没日没夜地做着这些极其细碎而具体的事，和无数人一起，用汗水和心血一次次迎来良渚的高光时刻。申遗成功不是句号，瑶山祭坛、杜甫壮游、安溪古镇、梦栖小镇、国际生命科技小镇等特色项目接续推进着。良渚遗址公园内5G信号全覆盖，遗址的保护研究传承和利用均有数字赋能，新兴科技产业在这片古老的土地上集聚成一个未来科技城……

时空中响起轻轻的翻书声。良渚文化村不远的大屋顶文化广场，生活在良渚的居民们来此买书、看书，老人们坐在木椅和沙发上，年轻人和孩子们半躺在木地板的软垫上，偶尔有几声低语。两个孩子轻笑着跑上二楼，大一点的攀爬上一张凳子，去巨大的书架上够下一本书，递给了更小的那个。阳光寂静，洒在他们稚嫩的脸颊上。

千年之间，白居易留下白堤，苏轼留下苏堤，古往今来一首首千古绝唱，镌刻着世人对杭州的挚爱。初冬，清晨，我跟着朋友们从孤山绕到白堤，拍鸬鹚抓鱼，见自己的影子与一只摇橹船在湖面金色的微波里擦肩而过，想，如今走在西湖边的人们，会留给千年以后的杭州什么呢？

《人民日报》
2021年1月11日
第20版

野鸭湖

李青松

✳ 野鸭湖本身就是一个巨大的生态系统，它孕育着生物多样性，哺育着万千物种，生生不息。

一

野鸭湖在哪里？

远方，是北京八达岭苍翠蜿蜒的山影——主脉生出数条长长的支脉，几乎与它们的轴线平行，包围着平坦的山谷，也包围着山谷尽头的野鸭湖。阳光慷慨地洒在湖面上，泛着亮亮的光。

芦苇是野鸭湖的主角，它占据着视野中最显著的位置。近观之，高可达七米，秆壮叶阔。无边的芦苇荡没过头顶，芦花开成了天上的云。

对于野鸭湖来说，当时令即将到来时，期盼也在悄悄蔓延着，蔓延成那些芦苇、香蒲和狸藻。香蒲举着"蜡烛"，直挺挺地站立着，却不见点燃，是备着给夜晚照明用吗？狸藻是一种有趣的水草。其叶片的基部藏着捕虫口袋，随时张开设伏。待小虫靠近，张开的捕虫口袋就一下子关闭，小虫便成为狸藻的食物。

野鸭湖的另一个主角，当然就是野鸭了。野鸭跳进水中，咕嘟嘟！湖里的鱼躲闪不及，被它吞进嘴里。然后，野鸭忽地浮到水面，甩了甩脑袋，悠然地向苇丛游去。野鸭喜欢在苇丛中出没。有时，它们单独觅食，有时成双活动。

在苇丛中觅食时，野鸭总是静悄悄的。只有吃饱后展翅升空时，才彼此呼应，发出巨大的声浪。在天空中，它们时而伸展，时而收缩，时而聚成一个球，时而垂成一张幕布，甚是壮观。

筑巢时，野鸭也往往选择苇丛深处隐蔽的角落，那里食物丰富，又能躲避天敌。平时，野鸭不需要巢，只有哺育后代时才需要。野鸭湖繁茂的芦苇荡里藏匿着很多野鸭巢。繁殖期一过，野鸭忽然就出现在开阔的水面上，身后跟着一群探头探脑的小鸭子。

不过，在我看来，野鸭湖最有激情的动物不是野鸭，而是青蛙。当太阳落入八达岭，面前的野鸭湖升腾起一层薄雾，渐渐地，薄雾就与苍茫的暮色混合在一起。天黑下来了。青蛙叫了，继而，别的潜鸟也叫了。沼泽地的草丛里发出窸窸窣窣的声响，夜间的各种声音响起来了。但没有什么声音能够盖住蛙鸣。夏日的夜里，蛙鸣声忽强忽弱、忽高忽低。野鸭在蛙鸣声中才能入眠。如果青蛙突然不叫了，一定是发生了什么。有蛙鸣的夜晚，才是安全的夜晚。

等到黎明时分，鲤鱼跃出水面，划出一道弧线，亮出鱼肚白，又投入水中。这鱼肚白分明是跟黎明有约吧。

二

野鸭湖最常见的野鸭叫绿头鸭。

绿头鸭的头部有一圈绿色羽毛，闪耀着温润而迷人的光泽。它的嗓门略有些沙哑，像是有根刺卡在那里，永远也吐不出来。

迁徙和越冬之前，绿头鸭便开始集群了，成百上千只甚至上万只集结在一起，"嘎嘎——呀呀——"等到水面全部冰封，它们就一批批地起飞，挥动着翅膀飞往南方。然而，不知什么原因，总有一千余只绿头鸭选择留下来。这可怎么办呢？于是，巡护员们挥动着冰钎，凿开一块冰层，然后一圈一圈扩展，露出一定面积的水面，供绿头鸭们觅食、栖息。

绿头鸭们其乐陶陶。不过，这却辛苦了巡护员们——他们每天都要凿冰，才能确保那片水域不被完全冻住。

谁知，见绿头鸭留下来，七千余只灰鹤也来凑热闹了。本来就不大的水面变得拥挤起来，冲突开始不断发生。好在灰鹤夜晚不在水面上留宿，而是集体到相对空旷的冰面上过夜。

可是，这些动物们总要觅食。极端天气里，食物问题怎么解决呢？

野鸭湖请来专家，经过数次讨论和多方论证，决定耕种几块鸟粮田，以解决留滞这里的野鸭、灰鹤及其他鸟类，在极端天气里可能出现的无法觅食问题。

我们乘坐一辆电瓶车前往鸟粮田。正是初冬时节，只见野鸭湖湖畔和邻近道路两旁，有人在弯腰收割干枯芦苇。尽管芦苇的经济价值不被看好，但野鸭湖每年还是要收割一些芦苇。野鸭湖自然保护地管理处副主任刘雪梅告诉我们，主要出于三个方面的考虑：一是消除火灾隐患；二是通过一定程度的人工干预，促进芦苇更新；三则补贴一些管护费用。但是实际上算下来，人工费用成本也很高。

听说麋鹿的食物主要是芦苇，去年野鸭湖就引入了四头麋鹿，试图用麋鹿来抑制芦苇生长。但因数量太少，目前还看不到明显的效果。

"总之，自然的事情还是要交给自然自己去处理。人工干预只能适度，否则越干预越乱，甚至适得其反。"刘雪梅意味深长地说。

"到了，鸟粮田到了。"刘雪梅指着堤岸下的农田说。我正望着那片近似于荒野的鸟粮田，这时，天空中飘下几双翅膀，落到田里悠然地觅食。

"灰鹤来了，我们止步吧，免得惊动它们。"

"无碍，野鸭湖的灰鹤可见过世面呢！"

2020年，巡护员们在湖区一侧荒地上开辟出三块农田。撒下种子不久，便长出谷子、玉米、高粱、大豆等农作物。谷穗、高粱穗、玉米棒子随性生长，有的饱满，有的干瘪。大豆、黍子、荞麦呢，未及秋天，十之四五就成了空壳。不是农作物本身有问题，而是那些贪嘴的鸟儿们心急，把本该应急的食物，竟然提前啄食了。

好在，鸟粮田剩下的东西，总比鸟儿们早早啄食的要多得多。到了秋天的时候，农作物收获一半，丢下一半——那些都是留给鸟儿的。不过，中间地带的秸秆会割掉一些，为的是给大鸨、苍鹭、天鹅这些体形较大的鸟类，留出起飞的助跑跑道。

温情和善意体现在点点滴滴的细节里。

三

早前，这里原本没有野鸭湖。1955年官厅水库建成蓄水后，抬升了水库上游的水位，渐渐地，一片湿地沼泽就形成了。因这片湿地沼泽野鸭特别多，当地人即称之"野鸭湖"。

有人在这里搭起了渔棚，下湖打鱼，也有人在湿地上垦荒种水稻种麦子，还有的圈地养牛养羊养鸡养鸭。

上世纪八九十年代，野鸭湖岸边开办了一个度假村，生意相当红火。经营项目很多，有水上滑梯、水上赛艇、画舫游、马车游等。然而，生态是脆弱的，承载能力也是有限的。过度的开发和经营活动，造成湿地生物多样性急剧下降，甚至污染了水体。一时间，这片湿地伤痕累累，面目皆非。

湿地保护区建立后，对一切无序的开发和经营活动说"不"。刘玉金是保护区首任主任。聊到保护区建立初期的情况时，他回忆道："当时，最大的难题是乡亲们的不理解。"略一停顿，他语气沉重地说："而我是当地人，跟乡亲们抬头不见低头见，工作难做啊！"刘玉金想了三天三夜，最后下定了决心。野鸭湖的养殖种植和其他商业经营活动一律停止，实行封闭式管理。湿地里私搭乱建的棚屋全部拆除，对长年在湖里打鱼的渔民实行生态移民，拆掉鸡舍畜栏，迁出牛羊牲畜。把湿地还给湿地，把野性和自然还给野鸭湖。

谁知，禁令刚刚公布，刘玉金的麻烦就跟着来了。有人把羊赶到他家里，有人把网具扣到他家门上，还有人扬言，要老老少少全来他家吃饭。然而刘玉金毫不动摇。他带领保护区的人，打桩立界碑，修围栏，竖宣传牌。另一方面，森林公安加大执法力度，对侵害保护区的行为依法论处。一系列刚性动作出手后，引起了不小的震动。

渐渐地，随着野鸭湖的环境越来越好，人们也由对抗抵触到慢慢理解。有的还接受了转移就业成了巡护员。如今，他们带着望远镜，每天围着湖区徒步巡查。用一位巡护员的话说："听惯了鸟儿的叫声，有一天要是没能听到，心里就空落落的。"

2012年11月初，一场大雪突降野鸭湖，平时鸟类活动的区域都被大雪覆盖，鸟儿找不到食物。巡护员们便用铁锹挖开积雪，露出几块地面，然后抛撒谷物，帮助鸟儿熬过了艰难的日子。野鸭湖自然保护地管理处主任胡巧立说："从生态学的角度来说，不太主张投食，野生动物必须靠自己的智慧和能力生存。投食是没有办法的办法。"

胡巧立是一位80后，毕业于北京林业大学。他将新中国第一任林垦部部长梁希的那段名言——"无山不绿，有水皆清，四时花香，万壑鸟鸣"用作自己微信的签名。他在北京松山自然保护区工作多年，还参加过援藏工作。在胡巧立看来，搞自然保护工作需要一种"信仰"——"你愿意崇敬那些看不见但你却相信的无形的存在；你愿意去承担那些似乎带不来什么直接利益的使命。"

我听后若有所思，瞬间联想到野鸭湖创办的"湿地学校"和"湿地博物馆"。湿地就是课堂——每逢假期，延庆区小丰营小学的孩子们，就带上望远镜和鸟音收录器，走进野鸭湖湿地，观察苍鹭站在水中久久伫立的身影、野鸭飞翔时的姿态，倾听白骨顶鸡取食时发出的声响。在观察和倾听中，关于自然的观念和意识也在孩子们的头脑和心灵里慢慢生成。也许，这就是胡巧立所说的"无形的存在"和"带不来什么直接利益的使命"。

四

野鸭湖是北京西北部最大的一片湿地，它既有涵养水源和净化水质的功能，又有蓄洪防洪及提供灌溉所需用水的功能。作为地球鸟类迁徙路线上的"中转站""加油站"，每年春秋两季，一批批候鸟在此停歇，或补充食物、增强体能，或栖息繁殖、哺育后代。

而野鸭湖本身就是一个巨大的生态系统，它孕育着生物多样性，哺育着万千物种，生生不息。它的吐纳与吸收能力是不可思议的。永定河、洋河、妫河等大大小小的河流在这里汇聚，经过一番整合后，再流向华北大地。

就地理位置而言，野鸭湖处在华北平原与蒙古高原的过渡带上，生态地位相当重要——它拦沙降尘，消解西北风的力气，使其温和地出现在北京城的上空。

描述野鸭湖的生态意义，说它是北京西北部的生态调节器，是北京重要的生态屏障，都不夸张。它关乎这座城市水的问题、空气质量问题、生态安全问题。这些，都是人类生存所离不开的。

在种种利益因素冲击之下，野鸭湖没有被开发和破坏，反而为如何保护自然、构建人与自然之间的和谐关系，创造了成功的范例。也许，野鸭湖是我们认识人与自然关系的一把尺子。

在野鸭湖岸边，我把目光投向空中飞翔着的几只野鸭——唰唰唰！我能听到它们的翅膀扇动空气发出的声音。唰唰唰！一会儿，两只在上，三只在下。唰唰唰！一会儿，三只在上，两只在下。它们由远及近，又由近及远……

《人民日报》
2022年3月21日
第20版

种下阳春

彭学明

❋ 乡村的土地最先醒来、最先温暖、最先立春。播下风，风就协调和畅；种下雨，雨就百依百顺；撒下万物，万物竞相生长。

姐姐姐夫为兔年春天做准备时，还是虎年的寒冬腊月，距离温暖春天的到来还有一段光景。农人在春天里干活叫种阳春，为种阳春做准备叫备春。

在湘西，每一个新年的阳春，都是从先一年的寒冬腊月就开始准备的。寒冬腊月的湘西，就像一个大冰窟，零上五六摄氏度，却是透骨的冷。在火塘边烤火，胸膛烫得冒汗，后背冷得发抖。姐姐和姐夫，就在这样的寒冬腊月下地，从冬眠的土地里抢来年的收成。

一大早，姐姐姐夫就开着农用三轮车上山了。农用三轮车上，放着锄头、筛灰篮，和一架小型的农耕机。一栋栋木屋农舍，一声声鸡鸣犬吠，一坝坝田园田野，和一山山青翠秀色，都擦着姐姐姐夫身边而来，又从姐姐姐夫身后倒去。寒气和雾气跟着，将姐姐姐夫包裹。山色和山影跟着，与姐姐姐夫同行。

姐姐姐夫先要烧制草木灰，这是乡间最易得也最实惠的有机肥料。烧制时腾起的浓浓白烟，像一支巨大的狼毫在婉转运笔，为农事增添了飘荡的诗意，那是严冬里最温暖柔美的一笔。当它徐徐收笔时，姐姐姐夫用筛灰篮把灰一篮篮筛下，顺着筛眼飒飒漏下的草木灰用于肥土肥泥，剩下的炭渣用来烤火取暖。

烧好草木灰，姐姐把灰均匀铺撒在坡地上，姐夫则开动农耕机翻耕。农耕机来到姐姐姐夫家好几年了，不但熟悉了家里的一切，也熟悉了山坡上的一切。姐姐姐夫更是熟悉农耕机的脾气，把农耕机驯服得比耕牛还要听话、勤快、有力。偌大一块坡地，很快就犁完了。要是以往，夫妻俩要挖一整天。

在姐姐姐夫眼里，满地铺撒的草木灰，就是满地的乌金碎银。一整片泥土被农耕机像翻面团一样一溜溜翻开，被一锄锄翻晒，草木灰也与泥土紧紧交融，成为喂肥庄稼的养料。

翻耕完后，姐姐把翻耕的土地平整好，姐夫开着农用车一趟趟把备好的粪肥运到地里，一层层泼洒。这片跟了姐姐姐夫几十年的地，在他们年复一年的精心伺候下，一年比一年黑，一年比一年肥，黑得发亮，肥得流油。尽管虎年里半年都没下雨，那泥土还是带着湿气和地气，一捏，就能像海绵一样捏成一团、蓬松开去。

姐姐姐夫都是在泥土里生、泥土里长的，伺候了泥土大半辈子，他们生命的颜色已是泥土的颜色，他们的情感和寄托与泥土紧紧相连。他们已是泥土的一部分。他们最懂土地对人间的意义，他们像疼爱子孙一样疼爱土地。

在另一个村庄的哥哥嫂子，一样不会让他们的农田吃亏、挨饿。哥哥虽然也七十来岁了，身体却比姐姐姐夫好，还挑得起一百多斤的担子，背得起一百多斤的东西。干涸了半年的农田，已经坼裂了，哥哥得抢在雨水来临前先翻耕一遍。

哥哥上了年纪，耳朵已经不太好使了。嫂子骂他，他笑呵呵的，听不见；天上打雷，他懵懵懂懂的，听不见。但田土和庄稼的一呼一息，他听得清清楚楚。一坝子干涸得没有一滴水的稻田，只剩下收割后的稻草桩子和茬子，排着整齐的队列，有如待阅的方阵。哥哥犁田用的是旋耕机，比姐姐姐夫家的农耕机更加先进。旋耕机一进农田，那板结的泥土就一下子翻开松散、搅碎平整了，那满田的稻草桩子和茬子也都被打成细碎的粉末了。

以前，村庄里家家户户都有人在农田里忙碌，到处都可以看见一头牛、一架犁、一个人、一丘田的乡村风情。现在，人们只能看到哥哥一个人犁田了，因为一个村的人都请哥哥用他最先进的旋耕机帮着犁。有了旋耕机，全村的牛都可以放假了。全村人只要准备稻种、谷种和蔬菜种子就可以了。

在后辈心里，这些农活辛苦，他们心疼老人。可在哥哥姐姐这辈人眼里，这根本不苦，反倒乐在其中。姐姐说，有什么苦的呢？现在耕田有耕田机，犁地有犁地机，收割有收割机，打米有打米机，榨油有榨油机。秋收时，也不用像以前一样翻山越岭地一担担往屋里挑，乡村公路通到了每一个村，机耕道通到了每一面坡，家家户户门前都有了整洁的水泥路。条件好的，开着小车、三轮车就把粮食运到家了；条件差点的，推着板车，就把粮食推到家了。哥哥说，现在不用交农业税，国家还给种粮补贴、植树补贴，到哪里找这样的好日子呢？

如是，乡村的土地最先醒来、最先温暖、最先立春。播下风，风就协调和畅；种下雨，雨就百依百顺；撒下万物，万物竞相生长。农人的辛劳，农人的希望，农人的梦想，就最先生根发芽、最先美满收获、最先激动人心。

春光和秋色，永远不会辜负哥哥姐姐这样种阳春的人。

《人民日报》

2023年2月4日

第8版

插柳莫让春知晓

徐鲁

✳ 天道酬勤，春天从来不会
辜负质朴的土地，更不会辜负
勤劳的插柳人和耕耘者。

　　在鄂南山塆里，听到一句谚语："插柳莫让春知晓"，很美，
有淡淡的诗意，似乎又包含着些许乡愁。我向一位撑渡阿姐询问
这谚语的准确含义，阿姐扬了扬湿漉漉的船篙，笑着说："河边
插柳，落地生根，插得早发芽早，等春天真的到了，河岸早就绿
成一片了。"原来，这谚语是在变着法子表达新芽回春、人勤春
来早的意思。

　　不过，塆子四周青翠的茶山上，斑鸠和鹧鸪们好像要故意走
漏春的消息。斑鸠喜欢站在高高的屋脊、檐角和树头，一声声地
高叫："春天来了，春天来了！"鹧鸪似乎也不甘示弱，叫起来的
声音更加嘹亮。

　　每块水田和每道窄窄的田埂，都静静地睡过了一冬。醒来时，

　　　　　　　　✳

田埂和小路带着几分惺忪，添了几许泥泞。青竹笠，绿蓑衣，流连在这2月松软的田埂上，走走、停停、听听，我觉得自己也像一滴湿漉漉的江南雨，萌生在温暖发亮的水田里，滴落在绿荫如织的春溪畔。

这山，这水，这湖岸，还有一座古老的文峰塔，是我再熟悉不过的了，似乎也从来没有分离过。

"有一座宝塔，巍然立在阳新河岸上。年代久了，已有了不少的剥落，它的耳环，那会叮当地响的铃子，早从那些尖的角上消失。那脂粉似的宝塔的色彩也褪掉了不知多少年。但是它至少还没有废弃……"作家徐迟1940年春天写的一篇小说里，开头就描写过这片水和这座塔。

因为这座塔的存在，这里的地名就叫作宝塔村。村子边上有一片湖，叫宝塔湖。村和湖，都归属湖北省阳新县兴国镇。

犹记得十七岁那年，我高中毕业的那个暑假，为了挣一点念大学的学费，我在这里的富水河边，抬过一个夏天的石头。石头是从附近一座山上开采出来的，需要从山脚运到河边，再一块块地抬上船，顺着富水河运到下游去。一个暑假干下来，尖利而沉重的巨石，把我的手掌和双肩不知磨破了多少次。

介绍我去打这份工的人，是我的高中同班同学田守福，他家就在宝塔村。有时装船装得太晚，肚子饿了，守福就带我到他家里，吃上两碗掺和着干薯丝的稀饭，然后趁着月光，骑上自行车把我送出宝塔村，送回到兴国镇上。那个暑假里，我正在读作家艾芜的《南行记》，也牢牢记住了小说里那些励志的句子。

四十多年后，我再次来到宝塔村。古老的文峰塔还高高地矗立在湖水旁，但宝塔村已不再是昔日那个风吹荒滩、遍地野蒿、人烟稀落的山塆，而早已变成了一个闻名遐迩、车水马龙的"亿元村"。在农业农村部公布的2020年全国乡村特色产业亿元村名单中，宝塔村榜上有名。不过，没有谁能想到，宝塔村的乡亲们致富的宝贝，竟然是生长在这片泥土中和湖岸边不起眼的湖蒿。

湖蒿，也叫蒌蒿，是江南地区百姓喜欢食用的乡土野菜，湘鄂赣一带的湖区人家弥其为"湖蒿"，湖北人称之为"蒌蒿"或"泥蒿"。荆楚是千湖之省，河网密布，春夏两季都盛产蒌蒿。早春时节，在湖畔、河边和池塘四周，刚刚生长出来的嫩嫩的野生蒌蒿，嫩茎是春天的时令野菜，是湖区人家开春时特有的美味。蒌蒿脆嫩、清新、风味独特，可清炒，也可配以熏肉片，蒌蒿配熏肉为最佳，即湖北人爱吃的"熏肉炒蒌蒿"。蒌蒿在二三月间吃时最鲜嫩，到三四月时就变老了。

蒌蒿要去哪里采？当然是沼泽、沙洲、溪流边了。富水河两岸和水网密集的宝塔湖一带，每年早春，湖岸返青时，遍地都是野蒿。正是这遍地的野蒿，发展成了闻名遐迩的"湖蒿经济"，让宝塔村这个曾经的贫困村，走上了一条致富路。

今天的宝塔村，是个有六千多人口的大村，全村种植湖蒿的合作社和农户有上百家，年收入过十万元的农户就有一百多家，村集体年收入超过了两百万元。到2022年底，全村特色产业收入超过两亿元，其中湖蒿收入占百分之七十。

守福和他的二哥守仁合种了大约五亩湖蒿，算不上是宝塔村种湖蒿的大户，但每年的收入，兄弟俩已很知足。

"宝塔村今非昔比喽！"守福笑着说，"当年你在我家歇脚，只拿得出干薯丝煮稀饭招待你，如今想起来，觉得很对不起老同学！"

"可不能这么说！那个年代，一碗干薯丝煮稀饭就是人间最美味的食物哪！"回想到从前，再看看眼前的日子，我感慨，"守福，你家和你的垸子过上今天这样的好日子，真是赶上了好时代！"

宝塔村的湖蒿，有一部分种在野地里，产量较低；能形成基地产业规模的，是种植在一片片大棚里的湖蒿。大棚又分竹架棚、钢架棚两种。"柯愈义，你还记得吧？他现在是村里湖蒿种植的老手，算是大户，生产资料投入也大，所以搭的都是钢架大棚。"守福边干活边和我聊起来，"我和二哥算是'小本经营'，先搭个竹棚过渡一下。"每年小雪节气前后，趁着寒流到来之前，湖蒿种植户都会提早分批搭好棚子，打桩、铺布、压土，每个环节都不敢马虎，这样才能确保宝塔村的湖蒿可以在不同时段供给到市场上。

"有大棚和没有大棚有啥区别呢？仅仅是为了产量高一些吗？野生湖蒿不是更好吃一些吗？"我问守福。守福笑了："蒿子都是从一样的水土里长出来的，味道没有变。不过，篷布一盖，棚子里的温度至少能提高二到三摄氏度。湖蒿喜暖，长在大棚里的湖蒿，一般能提前八到十天上市。今年春节来得早，就是说，春节前后，第一批青嫩的早蒿，就已经端到千家万户的饭桌上了。"

守福这么一说，我明白了。他接着说道："种湖蒿，二哥比我有经验，也吃得了苦。当年，到县里读书，本来应该是二哥去读的，但二哥情愿在村里种田，把读书的机会让给了我。可惜，我也没有读好，高中一毕业，又回到了村里，书都白念了。"说到这里，守福似是有些羞惭。

"守福，你和二哥现在都是湖蒿种植专业户了，在宝塔村也称得上是致富能手，怎么能说书白念了呢？你把自己的智慧和汗水献给家乡的这片土地，靠自己的双手去致富，不也是在奋斗，也是一种本领吗？"

"嘿嘿，听你这么一说，我心里舒坦多了。"

"本来嘛，只要坚定信心，双脚走得踏实，这人生就是值得的。"我对守福说，"你看眼前这百里青绿的大湖，这车来车往的繁忙景象，这远近闻名的'亿元村'金字招牌，还有这幕阜山岭、富水河两岸，不是有足够的力量托起你们兄弟俩更好的日子吗？"

"说得也是。"守福接过话来，"县里的领导说，现在宝塔村算是进入了致富的'快车道'。今年的湖蒿产量不会比去年差，'芝麻开花节节高'。"

不过，宝塔村能靠种湖蒿走上致富这条路，当初可没少费周折。守福将其中的故事娓娓道来。二十年前，村里有个叫柯旺梅的细妹子，在南京打工时认识了一个在当地八卦洲种湖蒿的小伙子。旺梅的父亲到南京看女儿，特意跑到八卦洲，仔细看了那里的湖蒿。回家时，旺梅的父亲用蛇皮袋装回了一些湖蒿的根茎，扦插在自家的自留地里。没想到，当年春天就有了收获，一茬青嫩的湖蒿卖了两千多元。村支书和几个村干部听说了这件事，觉得是一个"商机"，很快，村里就从南京引进了一批新品种湖蒿苗。但是村民们对此将信将疑，私下里嘀咕：靠种植野蒿子，能发家致富？宝塔村人谁不晓得野蒿子？一到春天，湖岸、河边的湿地里，不是到处都生长着这种东西吗？

村干部拿着蒿苗挨家推介："种苗不要一分钱。"可还是没人敢种。怎么办呢？村里便召开动员会，让几名党员先给大伙儿带个头，就算是给乡亲们"探探路"，实在种不成的话，也不至于损失到老百姓家里。于是，全村十三名党员，一个都不少，带头给乡亲们"探路"，他们分别领取了蒿苗，种了两百来亩湖蒿。

第一年，十三名党员试种的湖蒿略有利润。眼见为实。第二年，全村呼啦一下子种植了一千多亩湖蒿。可是，蒿子的销售渠道没有建起来，有了湖蒿一下子又卖不出去。有的村民气呼呼地把割起来的湖蒿堆放在村委会门口，发誓再也不种了。

好在村里的党员干部没有气馁。为了打开市场，村里的几个带头人绞尽脑汁，吃了不少苦头，拜托在外地打工的老乡，向那些城市里的餐馆一次一次地推销"试水"。有个在湖南岳阳开出租车的宝塔村年轻人，打电话给村里说，岳阳人特别爱吃湖北的湖蒿。村里就赶紧发了一车最新鲜的湖蒿过去，分头送到岳阳的餐馆。

到了第三年，宝塔村湖蒿平均亩产三千斤，地头价差不多是两元一斤。有的村民一算账，每亩纯收入达两千五百元以上，比原来种苎麻、种棉花的收入翻了一番！

有了党员干部带头种湖蒿，第三年、第四年，就有三十几户人家跟着种了起来。湖蒿的种植规模和销路，就这样一点一点地慢慢打开了。

"真是'出水才看两腿泥'哪！没有当初的那十三名党员带头，哪里会有如今宝塔村的万亩湖蒿基地？"得知这当中的来龙去脉后，我很是感慨。

话题又回到了守福身上。"守福，我听说你当初在种不种湖蒿这个问题上，表现得不如你二哥积极，老想着去温州那些地方务工。后来还是二哥跟着人家党员种湖蒿，尝到了甜头，才算把你从外地给'拽'了回来。怎么样，现在'收心'了吧？"

"嘿嘿，早就收了。现在，村里每年能提供的劳务岗位这么多，村里的年轻人哪里还用得着去外地务工？"

守福说得没错。只有栽下了梧桐树，才能引得凤凰来。重返今天的宝塔村，我已寻觅不到半点记忆中那个甚是萧条的湖中村的踪影了。现在的村子，按照统一的规划和设计，建起了一排排新房。村子内外环境，全部实现了绿化。村中心还建了一座休闲式的广场花园。往日里，只要清晨一听见鸡子叫，村民们就得起来下田干活，现在不一样啦，清晨起来第一件事，是先到村中心花园里活动活动。每天早晨和傍晚，都会有一些爹爹、婆婆带着细伢子，还有一些年轻人，在花园里健身、跳舞。城里人最时兴的广场舞，宝塔村的年轻人，第一时间就能学会然后"引进"到村子里。

更让全村人对未来的日子充满信心的是，全村依托沿富水河、网湖的水资源优势，已经形成了以万亩湖蒿基地为主，以优质稻、水产品种养殖为辅的产业架构。其中湖蒿种植面积上万亩，蔬菜基地上千亩，水生莲藕三千亩，还有五千亩特色水产养殖和三千亩稻虾种养殖。产业越做越大，越做越稳。让村里的年轻人更有底气的是，村里不时请来农业科技部门的技术专家，指导蒿农测土施肥、改良土壤、休耕轮作、秸秆还田。湖蒿的品质口碑有了，种植规模不断扩大，又带动起运输、运销等服务业发展，还辐射带动了全县沿江、沿河十来个乡镇和农场三十多个垮子都种起了湖蒿。

"真好！什么叫乡村振兴？这不就是活生生的例子吗？"我由衷地赞叹，"不过，不论种植什么、发展什么，肯定都不容易，都得靠实干。"

"是呀，种湖蒿首先还是肯吃苦。你晓得的，收湖蒿的时候，全靠纯手工采收。逢年过节时，别人休息，蒿农们却更加忙碌。春节前后，往往也是各地采买湖蒿的旺季。"

说到逢年过节，我想起一件事。"我听说，以前外村人嫌宝塔村穷，逢年过节时，谁也不肯去宝塔村走亲戚，现在应该不一样了吧？"

"那肯定是不一样了。不过，你可能想不到，现在条件好了，村里富起来了，逢年过节时，还是没人愿意来这里走亲戚。"

"哦？那是为什么？"

"你想呀，只要有人来到宝塔村，马上就被当成劳动力'抓'到田里和大棚里帮着割湖蒿、扯湖蒿去了。"

"哈哈哈，湖蒿好吃难收摘。水涨船高，湖蒿值钱了，劳动力也越来越金贵了……"我和守福都笑了。

眼下，正是春工忙忙的时节，山垮人家，清晨鸡鸣山谷，傍晚炊烟四起、灯火朦胧，犁早田的牛铃铛，从村东响到村西，又从村西传回村东。早春二月天，也是孩子们放风筝的天，明亮的柳笛声伴着紫燕的呢喃，在村子的上空回荡，高处飘着长长的蜈蚣风筝，低处飘着小小的燕子风筝。

"插柳莫让春知晓"，假如春天真的也有姗姗来迟的时候，那么，这或许能给春天一些意外的惊喜？只不过，春江水暖，芦芽浸溪，处处都是春光的行脚、春雨的踪迹，这遍布山岭和湖岸的春的消息，谁又能藏得住呢？

更何况，天道酬勤，春天从来不会辜负质朴的土地，更不会辜负勤劳的插柳人和耕耘者。你看这早春时节丰沛的雨水，不是正在细细密密地与河边的新柳、与青嫩的湖蒿、与泥土下的种子们，悄悄商议着萌发和生长的时机吗？

《人民日报》
2023年2月6日
第20版

绿回汀州

舒婷

❋ 长汀的郁郁葱葱长汀的花红柳绿，长汀的书卷气长汀的烟火味，让我瞠目让我疑惑让我迷恋，让我欲罢不能。

上世纪70年代初，有一年春节刚过，我凌晨2点出门，从福建上杭县的太拔镇院田村，翻山越岭三十里路，搭长途班车到龙岩，再换乘班车，天色半昧，终于辗转到了长汀县的河田公社。

彼时，妈妈正茫然无措坐在一堆箱笼之上，三岁的弟弟追扑毛色斑斓的大公鸡，童稚的笑声浮托起夕阳，也很斑斓。继父有呼吸道过敏症，被河田的风沙杀了个下马威，呛咳着，吸溜着鼻子。妈妈一家三口从省城来到长汀河田，我虽插队不足半年，自认经验老到，赶来帮忙安顿。

一驾慢吞吞的牛车，把我们和行李拉到十几里外的小村子。当晚，妈妈、我和小弟弟挤在一张咿呀作响的竹床上，挂着蚊帐。继父窝在门外一张短榻上，吸鼻嘬牙，继续呛咳着。忽然，"哞"的一声长鸣，从蚊帐后的墙缝里，探出一个巨硕的牛头……原来，我们与老牛是邻居呢。

一夜无寐。我早早起来想给家人熬点粥，找不到乡下常见的柴火灶。房东拎过一只小炉子，教我用牛粪生火。这也太难了吧？我所插队的村子林深水长，农民常说，临烧饭前到屋后倒两棵杉木都来得及。唉，我那拨火棍加吹火筒的经验根本无用武之地。烟熏火燎中，房东翻弄牛粪的神情肃然庄重。很快我就知道，在河田，为什么牛粪这样珍贵。

恰好有村民要去镇上卖鸡蛋、买草纸，牛车再次捎上我们，我那小弟弟，喜滋滋摇晃在朝晖里，大声唱着福州童谣。

那天返程，没有村民带，我们很快迷路了。无论我和继父怎样轮番爬上高坡，都找不到任何坐标以确定方向。极目所眺，除了黄土还是黄土，既没有一棵树也没有一道水，连像样的草丛都看不见。继父焦灼地跑上跑下，妈妈已经眼泪汪汪，弟弟可怜巴巴望着我。

绝望之中，远远走来一位年迈的背着箩筐提着粪叉的村民。我急切地迎上去问路。老农盯着我们，直到把我脚下的一坨饱满丰腴的牛粪挑到筐里，这才满意地指点我们：顺着牛的大脚印就能找到村庄。我们终于回"家"，牛粪功不可没。

三年以后，妈妈举家迁回省城。奇怪的是，从小在都市娇生惯养的妈妈，反而不能适应城市生活了。妈妈多次和我说长汀，说河田，说农机厂的半间瓦房宿舍；说她养的河田鸡如何会生蛋，农机厂的瘪谷稻壳满地皆是呀；说豆腐坊的豆浆多么黏稠养人，弟弟的腮帮因此又鼓又红，都不喝牛奶了；说同事说邻居说老房东……城里的生活虽好，弟弟需要上小学嘛，但是，在河田的日子多么简单多么轻松呀！妈妈感叹着。

夜半牛吼的惊吓，牛粪生火的泪目，迷路的焦虑绝望，等等，妈妈完全不记得了。而即使过了五十年，我犹历历在目。

我和长汀的缘分，因为长汀的新面貌而延续。在朋友的说动下，2019年，我们一家三口去长汀过年。

长汀的郁郁葱葱长汀的花红柳绿，长汀的书卷气长汀的烟火味，让我瞠目让我疑惑让我迷恋，让我欲罢不能。2021年、2022年，全国人大代表调研，我都报名来了长汀。一次又一次，我都去那个河粼粼田青青的河田，寻不见那片寸草不生的沟沟壑壑，那座破落凋败的村庄和那位教我生炉子烧牛粪的老房东。

今年立夏，因当地领导的盛情邀请，我又到了汀江边古城下：畅饮甘醇糯米酒，撕咬盐酒河田鸡，吹着热气囫囵吞下芋饺，碗里已满满舀着牛肉羹泡猪腰，眼里还惦着翠绿的马齿苋和殷红的血蕨。最放不下的依旧是长汀豆腐，还是五十年前的老味道。

清澈的汀江之水绕着古城千回百转，说不完的故事。

是长汀县历届党委、政府和一代代长汀人，总结出适合当地经济的工程改造措施，引进生态修复新技术，痛下决心，滴水穿石，持之以恒，创造了绿回汀州的奇迹。其中的艰辛、奉献、喜悦和自豪，自不待言喻。长汀经验入选联合国《生物多样性公约》生态修复典型案例，为中国农民扬眉吐气。

如果没有上世纪70年代初的亲身经历，今天我在河田浓密的林荫下，喝的灵芝茶不会这么爽口，亲手采摘的蓝莓不会这么甜蜜，拂面而来的风不会这么湿润，还带着淡淡的药香。因为，脚下铺陈着成片成片的茯苓和黄花远志。

再往林深处走走，忽地惊起一只白颈长尾雉，仪态万方地掠过铁皮石斛纠缠的板栗树林，不知所踪。

《人民日报》
2023年6月12日
第20版

初遇商洛

云 德

✳ 我们既然乐于看到曾经的历史机遇改变了商洛，更愿祝福借助乡村振兴的春风化雨，把商洛这方宝地再度变成更加充满希望的田野。

世上流行两句截然不同的话语：一句是看景不如听景，一句是百闻不如一见。前者表达了对某些景观名不副实的失望，后者阐发的则是相见恨晚的惊喜。第一次走进陕西商洛，我体验到的就是后一种感受。

一说起商洛，脑海里立马联想到的就是古人辞家去国、跨越秦岭的诗句，是贾平凹商州系列小说中诸多的意象、坚韧且心有不甘的生活场景。从"南登秦岭头，回望始堪愁""梁州秦岭西，栈道与云齐""望秦岭上回头立，无限秋风吹白须""云横秦岭家何在，雪拥蓝关马不前""诸峰皆青翠，秦岭独不开"之类的描述中，让人感觉这地方在历史上与穷乡僻壤脱不开干系。岂料，当汽车载着我们穿越数以十计的山间隧道进入商洛地段之后，映入眼帘的却是一望无际由茂密森林覆盖的连绵群山，而群山怀抱的坝子里更是一片山清水秀、满目苍翠的绿洲。这与先前的想象完全不能吻合，现实与想象之间的巨大落差，瞬间令我目瞪口呆。

带着一脑门子的疑惑踏上商洛大地，心中充满了渴望探究的百般好奇。尽管行程满满，仍然见缝插针地翻阅随身携带的商洛情况简介小册，以弥补相关地理知识的盲点。几天下来，现场观摩加上书本学习，我对商洛开始有了粗浅的感性认知，立刻对这块历史文化悠久、自然风光秀丽、物质资源雄厚、后发优势明显且发展潜力巨大的神奇土地产生了浓厚兴趣。

秦岭作为横亘于祖国西部地区的一道天然屏障，具有十分重要的战略地位。商洛位于秦岭东段南麓，因商山洛水而得名。战国时期，商鞅分封于此，史称商於，汉朝始名商洛，虽历代称谓稍有差异，但基本名号与建制大体沿用至今。最能体现其源远流长历史和沧海桑田变迁的重要佐证，就是遍布于当地城乡的数以千计的历史文化遗存。像洛南旧石器的发掘、东龙山夏商周遗址、元扈山仓颉授书处摩崖石刻、蓝关遗址、武关遗址、商鞅封邑遗址、闯王寨遗址以及四皓墓、文庙、丰阳塔、商州城垣、二郎庙、城隍庙、龙山双塔等，都有较高知名度。其中，我们所到的山阳漫川古镇或许颇具代表性。

漫川古镇基本保存完好。特别是金钱河畔的水码头和蝎子老街的规模与气势，仍然能够明确无误地彰显出当年商业繁盛的兴旺景象。南北走向的老街依山傍水，卵石路面铃着岁月印痕，琳琅满目的商号、店铺、饭馆、茶楼、酒肆、旅店分列街道两旁，比肩接踵，店面清一色木架板楼，檐下廊柱及板门多有木雕装饰，店铺间以青砖封火墙相隔。原住民依街而居，或独立成户，或前店后室，浑然一体，毫不违和，一看就不是专门为旅游而打造的仿古街区，而是一条活着的带有鲜明历史印记的古色古香的真正老街。老街中段有一宽阔广场，沿山体一侧，依次坐落着由湖北商贾集资修建的武昌会馆和由陕、晋、豫马帮共同出资建造的骡马会馆。骡马会馆又分设马王庙和关帝庙，其并排而设、章法有致的设计匠心，精确映衬出繁盛期各路商会和谐相处、共同协调商帮事务的气派与格局，也隐约标示着漫川作为商贸中心的特殊地位。广场沿河一侧，建有比肩而立的鸳鸯戏楼，这是独特的联璧式戏楼古建筑。九脊重檐歇山顶的北戏楼归属关帝庙，以唱秦腔为主；单檐歇山顶的南侧戏楼归属马王庙，以唱汉剧为主。双台连唱，足见当年文化之盛。

最具特殊意味的是，在武昌会馆和漫川关门楼两侧，分别刻有两副对联：一则是"晨曦动木钟木舌唤醒大雁塔，夕阳下渔舟渔歌唱醉黄鹤楼"；一则是"秦风楚韵金戈铁马觅古道，襟江带湖百业兴盛看雄关"。以大雁塔对仗黄鹤楼，又以秦风楚韵作标榜，一语道出商洛文化的突出特征。这从当地的花鼓、道情、大调和山歌等曲艺表演中即可清晰分辨出来。商洛的戏曲、曲艺大多曲调变换多样，唱腔委婉缠绵，拖腔优雅飘逸，兼有秦腔、汉调、黄梅、大鼓和江南丝竹的神韵，其南北荟萃的呈现方式给人留下难忘的印象。这秦风楚韵和"南腔北调"的文化交融，无疑是先辈留给后人的珍贵文化遗产。

鲜明地域特色不仅归之于历史的馈赠，更在于现实的赋能与呈现。商洛全域皆处在秦岭腹地，它将秦岭作为中国南北方的划界标志和作为亚热带季风气候与温带季风气候、多水带与过渡带以及南方水田与北方旱地分界线的特点，集中、完备而又鲜明地体现出来。商洛境内山脉林立、沟壑纵横，流泉飞瀑、河流密布，"八山一水一分田"的特殊地理特征，造就了它瑰丽多姿的自然风光。复杂而独特的地质构造，既为地下成矿提供了天赐之利，储量可观的稀有矿藏有待开发；同时作为丹江发源地，也为南水北调中线工程涵养了巨量的优质水源。商洛南北相接的地理位置、干湿相宜的气候条件，促成了全域森林覆盖率达到70%，空气负氧离子含量每立方米超过5000个，建构起四季分明、温润宜人的良好生活环境。这些丰厚的自然资源，正在为商洛包括农业、养殖业、中草药、旅游和康养在内的绿色发展，提供源源不断的强劲动力。

　　一路行走，我们高兴地看到，特色农业的规划与布局正在成为商洛推进乡村振兴中最具发展前景的支柱产业。在柞水县金米村的木耳食用菌实验基地，成片的大棚格外壮观，从棚顶到地面，密密麻麻地悬挂着一串串的食用菌袋，它们排列成阵，整齐有序，四周长满大小不一的新生木耳。这样的培植方法过去少见，请教技术人员，他们解释，常规食用菌栽培基本都在地面堆放，只能两头产菌，而采用悬挂的方式培植，既利于通风透光，四周产菌，又便于采摘，能够大大提升木耳的产量。这里培植的木耳，既有常见的黑木耳，也有不大常见的玉木耳，同时还有他们最新培育属于独家产品的金木耳。当日晚餐，大家纷纷要求品尝这个最新品种。食后发现，金木耳完全不同于习惯中木耳的爽脆，而是带有软糯顺滑、清香回甘的特别口感。如若日后推广开来，估计会有广阔的市场空间。眼下，作为全国食用菌产业发展示范市的商洛，已将史上著名的"上洛耳"在新的时代发扬光大，把"小木耳"做成了"大产业"，实质性地带动了当地农民的可支配收入实现翻番增长。

在商洛期间，我们还在丹凤赶上了一次以游客为对象的红酒品鉴活动。不同的3款干型、半干型和甜葡萄酒供人品尝，让游客眼界大开。原来商洛北纬33度的特殊地理位置以及丹江河谷特有的地质、水源和气候条件，让这里的葡萄很早就声名鹊起。无论是丹凤葡萄果粉厚、糖分足、汁浆浓、味甘美的特性，还是其上百年的酿酒历史，都在业界颇负盛名。这里生产的葡萄酒，色泽晶亮透明、红若宝石，果香浓郁、酒体醇厚，爽而不滞、醇而不酽，单宁丰富、回味绵久，在国内外各类评比中屡创佳绩。不断增长的市场需求，带动了葡萄种植规模的大幅扩张。目前，各家都在努力打造集葡萄酒酿造与储藏、文化展示、采摘观光、研学体验、餐饮食宿与康养于一体的综合性产业基地，发展前景普遍看好。此外，还有茶叶、香菇、核桃、板栗、魔芋等农副产品，均已展开规模化生产布局，作为商洛的特色名产，已经成为各地民众争相订购的网红品牌。

按事先计划，我们回程前准备登上牛背梁主峰，俯瞰商洛的大好河山，无奈天公不作美，淅沥细雨下个不停。大家只好沿着山间小道稍稍转了一下，就在山脚下终南山寨的民俗客栈落脚小歇。品着清香鲜爽的"商南泉茗"，聆听着飞瀑流溪的浅吟低唱，不由暗自沉思：如果不是改革开放历史大潮的强力推动，如果不是包茂高速打通群山阻隔的300多条隧道，尤其是超过18公里的终南山隧道，商洛的闭塞不可能得到如此巨大的改观。我们既然乐于看到曾经的历史机遇改变了商洛，更愿祝福借助乡村振兴的春风化雨，把商洛这方宝地再度变成更加充满希望的田野。

《人民日报》

2023年6月17日

第8版

长白逢岳桦

刘建东

✳ 有一种叫作岳桦的树，就在几百米之下的山脊上，幸福地怀抱着一个梦想，怀抱着不安分的雄心壮志，梦想登上最高峰。

　　长白山，海拔一千八百米之上，一年之中大多数的时间，被肆虐的风、漫天飞舞的雪、任性的寒冷所占据着，残酷的环境，令众多的树种望而却步。只有一种树，跨过自然划定的界线，沿着越来越陡峭的山脊，在越来越贫瘠的土壤上尽可能深地扎下根，迎着风霜，顶着暴雪，勇敢地向更高的高度挺进。

　　这就是岳桦，是我在通往长白山天池的路途中，与之邂逅的一种树。

　　于我而言，这种高山乔木是陌生的，它们的外表并不引人注目，丝毫不出众。它们没有长白松那么高大伟岸，英俊高冷；也没有白桦树那么秀媚端庄，亭亭玉立。它们极其普通，但它们是天生的冒险家，拥有一往无前的气魄。

广袤的天空之下，长白山主峰高耸入云，威严而又令人敬畏，山巅未可预知的风景，是所有树种的梦想。无数个白昼与夜晚，山风吹遍树林，到山顶去，到那与云朵最接近的地方去，这个想法炙烤着每一个树种的神经末梢，令它们想入非非，跃跃欲试。而只有少数的树，敢于尝试，敢于脱离自己的舒适区域。在悠长而枯燥的时间里，或许是某个风雪交加的夜晚，或许是某个安宁诗意的清晨，毫不起眼的岳桦，迈出了关键的第一步。接着，一步步，一寸寸，在付出了不计其数的牺牲与失败之后，脚下的土地才渐渐接纳了它们。海拔相对较低的地带，风会相对温和一些，严寒会稍稍收敛一些，它们还可以尽情舒展自己的筋骨，放飞自己的心怀。在背风的山坳里，在相对平缓的山坡上，在清澈的湖水四周，在流动着的冰凉的河水两侧，它们依着地形，借着山势，轻松地舒展着身躯。有的把身躯伸向天空，有的将枝节无所顾忌地向各个方向延展，不追求笔直，不追求方向，也不追求美观，只是尽情挥洒着自己旺盛的生命。

　　得到短暂休整的岳桦树，并没有让这种相对的平静，这种温和的亲近，消磨了意志。它们选择了继续向上。它们中的一部分，很快开始了又一次无比困苦和单调的跋涉。在上升的过程中，越接近顶峰，恶劣环境的考验越猛烈。所以，为了适应环境，我看到了它们的身体奇妙地发生着变化。它们像是经过长期训练的战士，变得团结而有纪律，井然有序，它们互相勉励着，一律朝着一个方向，背风的方向，弯下了腰，甚至匍匐着，像是在与山脊低语。它们即使弯曲，枝干也坚硬挺拔，如同刺向风暴的剑和枪，以战斗的姿态，抵御着风雪的扫荡、酷寒的威胁。这一次，危险随时存在，可是它们弯曲的身体里充盈着顽强。当它们终于在越来越贫瘠的山坡上扎下了根，喘匀了气，安抚住不安的情绪后，它们就可以放眼四周，独享风景。

此时，阳光晴好，它们看到了从幽深的谷底缓缓升腾起来的白云，白云飘逸、轻盈，轻抚着它们。它们看得更远了，一览众树矮，那些曾经与它们为伍的高大树种们，竟然变得那么渺小。它们陡然发现，时间不知已经过去了多少个世纪，它们已经完成了太多不可能完成的任务，翻越了太多不可逾越的海拔高度。目光似乎有了重量，直抵山的尽头，那里有相对清晰的针叶林带，以及隐约可见的针阔叶混交林带，它们互相簇拥着，互相依偎着，紧紧地拥抱在一起。风越过了岳桦，在丛林中制造了巨大的合唱乐声，丛林快乐地享受着属于自己的幸福，或许，是在嘲笑那个脱离了大家、顶风冒雪踽踽前行的岳桦。丛林一直在观看岳桦孤独而倔强的背影，丛林也只能看到岳桦的背影。

海拔已经接近两千一百米，山巅触手可及。但是再前进一步都变得异常艰辛。刮过一阵风，岳桦迎接着，把力气本能地用在树的弯曲处。山巅仍然在上方，仍然在迷人地召唤着它们。当我借助汽车，借助人工修建的道路，借助厚厚的衣物，把这些岳桦远远地抛到身后时，我不禁回头观察，我发现，它们的身体更加低矮，更加贴近山体，就像是人类站在跑道的起跑线上，蹲下身子，保持着蓄势待发的姿势，随时等候着来自内心深处的发令枪声。

穿过荒芜的高山苔原地带，我终于踏上了通往山巅的最后阶梯，一步步接近长白山的顶峰。我是幸运的。因为上来之前，他们说，今天能够看到长白山天池的概率只有百分之四十。我替岳桦树看到了长白山最高处的风景。宽阔的火山口四周，被风化的赤褐色山体，萧索荒凉，植物的踪迹难寻。我在众人此起彼伏的惊叹声中，看到了朵朵白云抚慰下，那一池碧蓝色的湖水。这是白云的故乡，它们悠闲甚至有些懒散地悬浮着，把巨大的暗影投射到绸缎一样的湖面上。美丽端庄的天池，可能永远不会知道，有一种叫作岳桦的树，就在几百米之下的山脊上，幸福地怀抱着一个梦想，怀抱着不安分的雄心壮志，梦想登上最高峰。也许，这一时刻还要等上许久，但是对于不知疲倦的攀登者来说，这又有什么呢？因为在攀登的过程中，它们已经领略了一路精彩纷呈的风景……

《人民日报》
2023年10月2日
第8版

人民日报散文（精粹版）

崖壁上的《西狭颂》

赵丽宏

✳ 那是一种无法用言语描述
的大气沉稳，是俯仰天地的才
情横溢，是发自灵魂的力量。

　　茫茫天地间，峰峦绵延。山中有奇峡深壑，有万仞崖壁，清
泉穿过乱石，溅起一片片雪浪。水烟弥漫处，突显远古碑石，神
秘的文字，在记忆的云雾中闪烁……

　　记忆中的景象，距今已经多年。那天下午，我站在一条山间
的公路旁，遥望着远处的群山，感觉进退维谷。路边是起伏的农
田，田中有小路通向远方。不知道哪条路可以通向我们向往的目
的地。

　　这是在甘肃陇南的成县。来成县，很重要的原因，是想去探
访隐藏在深山中的黄龙碑，去看看一千八百多年前被勒刻在崖壁
上的《西狭颂》。这是中国书法史上一个光华耀眼的奇迹。成县
的朋友刘君，陪我坐车来到山间公路，下车后，我们一起离开公

路，沿着田间的小路，向远处的群山走去。

山在远方，在云雾缭绕处。小路蜿蜒，田野中一片空旷。在山脚下的一片红薯田里，遇见了人，一个老人和一个小孩，蹲在田里干活儿。见有人在小路上急匆匆走来，老人和孩子停下手中的活儿，站起来看着我们，眼神中闪着惊喜。

"你们要去哪里？"站在田里的孩子大声问。

"去看黄龙碑。"我大声回答。

孩子举手指着远处的山峦，笑着叫道："在那里，天井山！"

"在天井山的峡谷里，鱼窍峡。"老人笑着接话，"不太远，走一个小时吧。"

刘君认识路，他走在前面，我跟在后面。看着烟雾迷蒙的远山，感觉我们的目标有些遥远，也有些神秘。以前虽没有见过黄龙碑，但知道这块奇迹般留存在深山中的摩崖石碑，也在出版的碑帖上读过《西狭颂》，那是美妙绝伦的东汉隶书。黄龙碑的碑文全称《汉武都太守汉阳阿阳李翕西狭颂》，所以被人称为《西狭颂》，民间俗称《李翕颂》《黄龙碑》。中国书法史上有著名的"汉三颂"：《石门颂》《郙阁颂》和《西狭颂》。这三颂都是摩崖石刻，都是汉代的隶书。三颂中，在原址保存完好的，唯有《西狭颂》。我一直奇怪，为什么《西狭颂》能那么完好无损地保存了一千八百多年。

山路渐渐陡起来，土路变成了石阶，石头的山峦迎面而来。小路逶迤曲折通向大山深处。路边的景色，也发生了变化，只见山崖迭起，乱石交错，石缝里钻出缤纷的花树。走进山谷中，从四面八方传来流水的声音。水声如交响乐，层层叠叠，此起彼伏，近处的溪流激越喧哗，高处的瀑布如泣如诉，远处的激流如天边传来隐隐约约的雷声。路边的峡谷越来越幽峭，两边的绝壁不断逼近，争相展示着陡峻的面孔。崖壁上，依稀可见古栈道的遗痕。

"黄龙潭！"刘君指着前方，低声喊道。

幽谷间，出现一个水潭，水色墨绿，深不可测。这就是黄龙潭，古时传说，潭中有蛟龙出没。看到黄龙潭，一定是临近黄龙碑了。抬头望去，只见崖壁上横空闪出一个亭子，亭子的飞檐从崖壁上伸展出来，如大鹏羽翼，遮掩着一方崖壁。沿着搭在崖壁上的栈道，我和刘君一起走进了护碑亭。飞檐下那一方凹陷平坦的崖壁，就是黄龙碑。名扬天下的摩崖书法石刻《西狭颂》，突然以最近的距离展现在我的眼前，那种震撼的感觉，可以用"惊心动魄"来形容。

我眼前这块光滑如玉的崖壁上，密密麻麻刻着一大片隶书汉字。虽历经一千八百多年，这些用刀镌刻在岩石上的汉字，一个个清晰完整，闪烁着神奇的幽光。碑文每字四厘米见方，笔迹看似粗犷，但字体方整雄健，刚毅中又带圆融，结构和疏密极为讲究。可以想象书写者挥毫落墨时的气度，那是一种无法用言语描述的大气沉稳，是俯仰天地的才情横溢，是发自灵魂的力量。这是汉字由篆书演化成隶书的过程中，一次精彩绝伦的创造。历代书家都曾以景仰的态度赞美它。丁文隽所著《书法精论》说《西狭颂》："结构严整，气象嵯峨，此汉碑中之高浑者也；结构曼妙，笔有余妍，汉碑中之秀丽者也；风回浪卷，英威别具，此汉碑中之雄强者也。"

《西狭颂》碑文记述的是东汉武都太守李翕的生平和为官政

绩，颂扬了他开山修路、为民造福之德政。碑文中对西狭之险峻、修路之艰难，有很生动的描绘。《西狭颂》没有作为名篇载入文学史，但作为一仟精美绝伦的书法作品，它将千秋万代被人欣赏。这是艺术的魅力。碑文赞颂的武都太守李翕，现代已经少有人知道他。而《西狭颂》的碑文中，另外一个名字，却永载史册。此人姓仇名靖，字汉德，是李翕的部下，一名小吏，但却是一位伟大的书法家。流传千古的《西狭颂》，正是出于他的手笔。在碑文左侧的一篇小字附记中，我找到了关于仇靖的文字："下辩仇靖，字汉德，书文。"

我和刘君站在黄龙碑前，谛视着崖壁上那些古老神奇的美妙文字，浮想联翩。《西狭颂》历尽千百年完整无损，而和它同时代被刻到崖壁上的很多摩崖碑刻却相继被破坏，甚至荡然无存。这是什么原因，其中有什么奥秘？刘君饱读史书，是个很有见识的人。他笑着说："依我看，有三个原因。第一个原因，李翕一直保留了好名声。这样，他的政绩碑也就没有人来损毁。第二个原因，黄龙碑选址好，崖壁在隐蔽凹陷之处，避风遮雨，难以风化。第三个原因，低调，隐而不露，刻碑后隐藏山中数百年，被发现时重见天日，当然就被当成了宝贝。"

离开鱼窍峡时，已近黄昏。残阳抚照着嶙峋的崖壁，神秘的黄龙碑渐渐隐入一片暗红的暮色之中。

《人民日报》
2023 年 10 月 23 日
第 19 版

登华山

廖　奔

❋　所有这些事件的发生，都
被华山尽收眼底。亘古的华岳，
坐观世事更迭，阅遍人间冬夏。

五岳之中，最险是华山。

华山上的土很少，整座山岳就是一块硕大的花岗岩。不知何
年何月，上天把它摆在了豫陕晋三省交界处的黄河岸边。从天上
向下看，它就像一个耸峭的奇石盆景吧？

因为只有巨石崖壁，所以华山从整体上看，颜色是灰白色
的，又由于石缝里顽强地钻出松树和灌木，远远看去，灰白石壁
又总像是被墨绿色的笔道所皴染，于是华山强烈氤氲着一股刚
毅、凛冽之气。

华山自古没有路，唐代以前绝少有人登临。后来有道士来到
此地隐逸修行，陆续在石壁巉岩上凿出梯磴、辟开绝境，华山便
有了一条登山险径，所谓"自古华山一条路，登临尤比上天难"。

受了六朝山水诗人的自然逸兴感染，唐代文人大多喜欢游历名山大川，李白、韩愈都曾攀上华山，在山巅留下足迹。以后，宋元明清历代人物的登山讴歌之作不绝如缕。

五岳之中，中岳嵩山是我少年时的玩伴。长而东绝泰山、南攀衡山、北登恒山，唯独西岳华山仅只乘车从山脚下路过，远瞻而已，尚未登临。今天，我来登华山。

当地人告知，如果徒步攀爬华山，只有一条在岩石上凿出的狭窄梯磴路，从玉泉院开始，途经百尺峡、千尺幢等险径，爬4999级台阶后到达北峰顶，年轻人一般需要四五个小时。另外则有北峰和西峰两条缆车上去。梯磴绝陡，常常几乎垂直开凿，而且每个台阶只能放下半只脚，宽仅容二人侧身而过。抬头上望，梯磴沿巉岩绝壁直入云霄，成弯曲的一条悬线，时而隐入树梢，不觉双膝发软。七十岁老翁登山，还是识时务乘缆车吧。

缆车悠悠，凌空而起，迅疾滑向峰巅。只一会儿工夫，人已悬在万山之上。周围峰峦起伏，皆是白崖皑皑，陡峭耸峙。迎面一块白色巨岩扑来，上面垂有整齐的纵列弧线，看去犹如一条斜面瀑布倾泻而下。前望山巅，五峰攒聚，恰似莲花涌瓣。下窥隐约可见登山梯磴道，盘旋于山坳林隙间，忽而绕崖攀挂，忽而绝壁直立，有人手抓两旁夹护铁链正在攀缘而进，观之也令人手脚出汗。

到达北峰顶，原来这里还只是攀登华山的中途点，须继续向更高的中峰攀爬。我鼓勇而行，来到擦耳崖。所谓"擦耳崖"，是沿一巨崖旁侧的石路上行，右侧紧贴崖壁，人行其上，需擦耳而过，左侧即是万丈深渊。以往无路，只能踩着溜滑崖脊上凿出的坑窝前行。今天凿出了一条1米多宽的石阶梯，旁侧有铁栏杆护佑，并不危险，尽可以边爬边欣赏崖壁上重重累累的古人题字。

穿过擦耳崖，是一段竖直的石蹬天梯。我手抓两侧铁索，脚蹬石壁，攀缘而上。登到一个平台，喘息未定，前方忽然亮出一道斜向山壁，直直的一条路径通向远处山峰顶端，望去就像一条苍龙卧伏。我知道，著名的苍龙岭到了。这条山壁很薄，就像一堵直立的刀墙，人要顺着山脊的"刀刃"一直爬上去。这是通向山顶诸峰的唯一通道，长1500米，宽仅1米，两侧都是万丈悬崖。攀爬在山脊之上，虽然两侧皆有铁栏杆护持，仍然让人胆战心惊、头晕目眩，尤其不敢向旁侧观望，只能一步三蹶地向前挪行。传说当年韩愈曾攀上苍龙岭，其时雾气满壑，他看不到两侧的深渊，并没有感觉到危险。待下山时，雾气散去，看清了面临的险境，韩愈大惊失色，竟然不敢再措脚半步。大哭一场之后，他用随身携带的纸笔颤颤抖抖地写出遗书，投向崖下，准备就此了却残生。后来是当地县令闻讯，才组织人力将他救回。至今，崖壁上可以看到"韩退之投书处"几个镌刻大字，提示着这段轶闻趣事。

过了金锁关，转道西峰。西峰通顶要经由一条鲤鱼脊背一样的光滑岩石路，人流熙熙攘攘，两侧万仞悬崖。好在两旁已经拉有牢固铁链，防止坠落，并无危险。于是，人们挨挨擦擦，上行下移，欢歌笑语不绝。登顶为莲花峰，白石覆瓣，绝像一朵莲蕊未展，李白《西岳云台歌送丹丘子》因而说"石作莲花云作台"。山石如莲花一般，华山之名即取意于此，华山者，花山也，"华"是"花"的古字。

由西峰转爬南峰。华山的海拔高度为五岳之冠，南峰又为华山之冠。这里奇崖突兀、峰切峦削、险拔峻峭、直指苍穹，真可谓人间仙境。

登顶南峰，天高气爽，万山攒聚，云气横流，只觉天近咫尺，伸手可触。极目北眺，苍茫雾气中露出辽阔的绿色关中平原一角。其中渭水、洛水都流成辗转弯曲的黄线。宽阔的黄河由北方咆哮而来，遇到华山阻挡，向东直角转弯而去。河床极北处似乎约略可见龙门峡谷，那是传说中大禹开始治水的地方。黄河东北岸可以眺见森绿的中条山，山脚下的风陵渡、永乐宫隐于云霓之中。华山向东便是著名的潼关，紧扼华山与黄河之间的狭窄通道，卡住豫陕之间连接的咽喉。

华山本为花山，它的峰巅大多由重岩叠瓣的白石组成，给人似花的感觉，所以北魏郦道元在《水经注》里说："远而望之，又若华（花）状。"西周时期的金文字体里，"华"的字形就像一朵花，有花瓣、花萼、花托和根茎，所以说"华"是"花"的本字。花又与明丽、绚烂、辉灿的感觉相连通，因此自古"华"字又作华美、光华、光辉讲。只是到了魏晋时期，汉字里才又从"华"字分化出"花"字，专门指称花朵，"华"字则成为华山、华夏、中华的专称。

以后，华山成为历史上著名的战略要道，常常是军戎来去、兵戈相加，得此地者得天下。战国争雄，秦军从华山脚下越过，向东吞灭六国、统一中原；汉唐帝国均立都于华山之东西。所有这些事件的发生，都被华山尽收眼底。亘古的华岳，坐观世事更迭，阅遍人间冬夏。此刻，我的耳畔便隐约飘出华阴老腔那淳朴粗犷的歌吼声："女娲娘娘补了天，剩下块石头是华山……华山和黄河做了伴，田里的谷子笑弯腰……"

南天门外是万丈绝崖，就在绝崖的中间，横出一条长空栈道，系在绝壁上打入石桩、铺上木板而成，栈道断掉的地方甚至只有直壁上凿出的石窝可以落脚，那是登华山最为险要的所在。望着年轻人系上保护带、锁上保险扣，把自己和石壁钢缆连接在一起，起步横移跨上栈道，如猿猱般贴壁而行，悬身于绝崖半空，不觉魂魄飞出、心胆俱颤。清代才子袁枚《登华山》诗有句："天路望已绝，云栈断复交。惊魂飘落叶，定志委铁镣。闭目谢人世，伸手探斗杓……归来如再生，两眼青寥寥。"生动描述出他当年攀爬绝壁栈道时的恐惧绝望和过后的惊魂难安。据说东峰还有更加险要的"鹞子翻身"处，人在绝崖上辗转爬行，则已不敢想象了。

意尽筋疲之后，从西峰乘缆车回返。缆车从万丈绝壁顶端猛然跃下，滑行在直壁立崖间。山体竖直笔挺，如刀削斧劈般，上下贯通，撑天立地。壁面白石嶙峋，有奇松怪柏挺峙其间，或如白色瀑布挂壁，或如水墨壁画晕染。时而一条横切裂缝，把硕大的山体剖为两截，却又严扣紧合，仍然坚如铁壁。随着高度的降低，纵向山体更加纹路多变，加上墨绿树渍的勾边围框，结构出一幅幅自然曼妙的国画画图。我兴奋地不停按动相机快门，拍下连幅的生动照片，每一张照片都是那么恬淡沉静、意境绵邈。

华山，我心中的山！

《人民日报》
2023 年 11 月 27 日
第 19 版

晶莹的雪花

杜卫东

✳ 过滤了春天的妩媚、夏天的热情、秋天的萧瑟，冬天带给我们的除了寒冷，还有寒冷后面的细腻、真诚与柔情。

　　当圆明园的千亩荷池只剩最后一朵残荷时，冬天便如约而至了。

　　一年四季，春夏秋冬，冬天就像幸福常常姗姗来迟，好戏也每每最后出场。它以朔风为前导，"正是霜风飘断处，寒鸥惊起一双双"。不光寒鸥，树上的叶子也被寒风尽数吹落，光影斑驳、色彩相杂，为大地铺就柔软的地毯。如果说，春天是一幅素描，夏天是一张工笔，秋天是一轴山水，那么，冬天就是一帧油画。近看，或许有些驳杂、粗糙，远看则浑厚、丰富。描绘它时，大自然调动了太多的艺术灵感，在超然峻拔中展现山水的雄浑，于苍劲刚毅中又穿插隽永的诗情。它的丰富与质感不同于照片定格的瞬间，仅靠眼睛观赏远远不够，要用心去慢慢领悟。过滤了春天的妩媚、夏天的热情、秋天的萧瑟，冬天带给我们的除了寒冷，还有寒冷后面的细腻、真诚与柔情。

不是吗？且看冬天的潇洒亮相："晨起开门雪满山，雪晴云淡日光寒。"清晨推开门，飞雪一下子覆盖了世间万物，倏忽之间大地就披上了一身银装。此时，雪或许停了，白雪堆满枝头、房檐和屋顶，在晨曦中显得晶莹圆润，世界变得纯洁、静谧；或许，雪还在下，一片片晶莹的雪花在天空飞舞，朦朦胧胧，如烟如柳，飘飘洒洒，如诗如画。雪落无声，大道至简，站立窗前的你，一下子心静如水，从容而释然。是呀，雪是冬天洁白的衣衫，把尘埃和浮躁锁定，把落叶和枯草覆盖，在凛冽的寒风中泽被万物，于苍茫的天地间守护温情。随着阳光的照拂，最终不惜化身为水——那是雪的眼泪，也是雪的灵魂，只为促成新的生长。夜半枯树折残枝，晨听新笋拔节声。莫言冬日寒风啸，唯有瑞雪最多情。冬天的美，虽然没有春天的璀璨、夏天的斑斓，也没有秋天的空寂和高远，却深沉而庄重，像是一位阅历丰富的智者，双瞳剪水，慧心巧思，为我们讲述四季的轮回与人生的真谛。

下雪，是孩子们的节日。如果赶上春节，就更有仪式感了。小伙伴们会在院子里堆出一个大大的雪人，鼻子是半截胡萝卜，眼睛是两个煤球，头上戴一顶破草帽。嘴巴呢？也许是一个没了捻儿的"钢鞭"，在鼻子下一横，霸气；也许是哪个女孩儿贡献出来的一张糖纸，剪成月牙状，贴上，雪人立马喜笑颜开。然后，小伙伴们分成两拨，开始在雪地里疯跑、鏖战，偶尔有雪球击中脖子，冰水流进前胸和后背，不由一个激灵，战斗意志却丝毫不减。在那个贫瘠的年代，这是我最难忘的童年记忆。一晃，过去了一个多甲子，两鬓的霜雪早已掩埋了曾经的童趣，雪中赏梅成了我最心仪的乐事。

梅花，是冬天珍贵的馈赠。常见的梅有两种：红梅和蜡梅。蜡梅的躯干不如红梅高大，但花期长，花朵大。北京的卧佛寺蜡梅树极多。刚开花的时候，只展开两三片花瓣，后来变成七八片，越开越密，越开越盛，在凛冽的寒风中越开越多，越开越艳，一簇簇挤在枝条上绽放，压弯了枝头；冰心玉骨，润泽透明，在冰雪的映衬下，像是一片片落地的云霞。难怪诗人感叹："梅花不肯傍春光，自向深冬著艳阳。"

不错，梅花不及芙蓉清幽、玫瑰艳丽，也没有月季的芳菲与牡丹的华贵。可是，它"冰骨清寒瘦一枝"，风骨何等坚毅，"冰雪林中著此身，不同桃李混芳尘"，气节多么高贵。而且，无论百花的艳羡也好，漫天的风雪也罢，都不妨碍它将大爱洒遍人间，"忽然一夜清香发，散作乾坤万里春"，这又是多么纯洁的情怀？难怪梅花历来为人们所钟爱，它已经成了一种品格的象征，一种精神的隐喻。

住到京郊后，离卧佛寺更远了，去一趟大不易。所幸，小区里有几簇蜡梅，邻居说，在严寒中，梅开百花之先，独天下而春。今年不必远行，便可以体会到王安石《梅花》风骨卓然的意境。不过，观赏蜡梅还是要有风雪衬托才好，如饮佳酿，总要有与之相配的酒具。漫步雪中，听脚步落在雪上的声音，感受飘扬的雪花在脸上融化，深吸一口被雪浸润过的空气，看蜡梅迎着风雪傲然绽放，浮躁的思绪会变得像白云一般舒展、轻盈。

踏雪归来，邀三五知己，点一只铜锅，烫两壶老酒，涮一顿羊肉，是冬天最美的享受。肉片是新切的，豆腐洁白嫩滑，白菜晶莹如玉，还有粉丝、糖蒜也必不可少。聊到兴起，妙语迭出，析人生大义；逸兴遄飞，诵历代华章。当然，话题少不了雪与梅花。

《人民日报》

2023年12月13日

第19版

岳麓山，桃花岭

王跃文

※ 尤是晴好秋日，傍晚时分，西望天边腾腾一片夕阳，冶铜熔金，绛红烟紫，无限光色流泻湖中，水天相映，绚烂至极，也奢华至极。

　　我刚到长沙时，岳麓区还叫作西区。我住湘江东岸，长沙人谓之河东。西区在湘江西畔，长沙人谓之河西。五一路从老火车站起头，一箭笔直射到橘子洲大桥，过了湘江，再往深处去，就到了蔚然横亘的岳麓山。长沙山、水、洲、城的气脉就这样贯通了。

　　我那时还没学会电脑写作，白天忙公事，爬格子写小说只在周末或晚上。周末双休制正试探着执行，一周单休，一周双休。我很渴望每周都是双休日，多些时间写小说。那个夏天，我正在写中篇小说《秋风庭院》。暂住的斗室热得凳子挨不得屁股，人坐下去就张嘴喘气。提起笔来，落纸不是墨水，而是汗水。有个周末，我背着稿纸上了岳麓山。行至半山亭，风过林响，鸟鸣啁啁，心里顿时清凉。我在半山亭坐下，背靠亭柱写小说，阳光斜照在稿纸上，金晃晃的有些刺眼。偶尔闭目沉吟，便有两条金龙在眼皮下的暗红里游动。那时我并不懂得保护眼睛，不知眼睛是不能过久盯着强光的。写起小说来，我脑子动得比手快，只好龙飞凤舞地写。初稿上的字，别人是认不得的，我便晚上再去誊抄和修改。半山亭内并无石桌，只能以膝头为几。游人过亭，三三两两，老老少少，或有驻足观望者。我写得忘情，视若无睹，只顾沙沙走笔。写到得意处，我会笑出声，或情不自禁摇头晃脑。游人以我为疯子也未可知。这部中篇小说是《湖南文学》黄斌先生约的，后来发表在该刊1995年7、8月合刊上。次年，小说获得《小说选刊》组织评选的全国最佳中短篇小说奖。

那几年，我陆续写了六部与《秋风庭院》相关联的中篇小说，先后发表在《当代》和《人民文学》上，最后结为长篇小说《朝夕之间》出版。这些小说的很多文字就是在岳麓山上写的，有时是在半山亭，有时在爱晚亭往上一点的放鹤亭，有时在岳麓书院前的吹香亭。放鹤亭我最喜爱，素朴雅致，气态安闲，仿佛一位饱学先生，旧衣旧鞋，清清朗朗，立于清风峡边上。放鹤亭中间有个方石磴，刻着"放鹤"两个大字，据说是为了纪念曾经的山长罗典。放鹤亭游人来往最多，却大都脚步匆匆，奔爱晚亭去了。我便安坐其间，埋头写作，有时还把石磴借为书几，也不管罗典先生允不允许。

岳麓山是有灵的。我不敢惊动岳麓山上的前圣先贤，但岳麓书院里的古樟怪柏、麓山寺的六朝神松、爱晚亭前的翠竹红枫，也许皆见过一位年轻人，或低声吟哦，或俯首沉思，或摇笔疾书。《朝夕之间》里有位离休多年的地委老书记陈永栋，长年半闭着眼睛独来独往，每日清早都在大院里舞太极剑。老书记去世前写下遗嘱：全部积蓄45万元交作党费。众人知此，莫不感佩。我描写陈老的外貌和性情时，模拟了在麓山寺前屡屡遇见过的一位老者。有天，我坐在麓山寺前写小说，见一位老者，不僧不道，长辫垂背，手秉宝剑，半闭双目舞太极剑。我初以为老者是疯子，却见他舞起剑来惊风遏云。我目不能移，待老者收势立定，忙趋步上前试与攀谈。老者却双目低垂，转身下山去了。那段日子，我常在麓山寺前遇着这位老者，却始终未能同他搭上话，倒是将他的身形写进小说里去了。

几年后，我终于卜居河西，向岳麓山又近了些。我居住的地方叫咸嘉新村，选择这个地方住家，大半是为它离岳麓山近，距闹市远。站在屋顶花园举目望，远近皆是绿意葱茏的小山，仿佛画家笔下的青绿山水，随意一拖一带，都是气韵。田野边美人蕉红黄连天，松竹深处隐现着村舍人家。我的所谓"屋顶花园"，只是房产推销的噱头，不过就是个露天大阳台而已。我好种花木，把阳台侍弄得好似小花园。我家的三角梅翻悬到阳台栏杆外面，花开时节火红欲燃，引得楼下行人登楼敲门争看。

眼看着四周高楼拔地起，咸嘉新村很快又成了闹市。热闹起来的咸嘉新村倒也闹中得静，生活设施极是方便，但我心里总恋着山野气，便又向着离岳麓山更近的地方搬了家。我现在的陋居背靠桃花岭，面向梅溪湖，前湖后山，绿意扑人，极是称人心意。桃花岭本就是岳麓山伸出的支脉，为修西二环公路劈开了。我每同朋友说起桃花岭好，便说："桃花岭其实就是岳麓

　　　　　　　　　　　　　　　　　人民日报散文（精粹版）

山。"2022年，岳麓山新修了西大门，正对桃花岭，看看，岳麓山同桃花岭不又连起来了？

冬日清晨，太阳从桃花岭上升起来，热热闹闹照进卧室。由春往夏走，天气越来越暖和，太阳也慢慢移位。待到酷夏来临，太阳就照到别的地方去了，我的卧室竟到了阴凉处。从客厅望去，一湖青蓝横陈，阳光下碎金辉跃，晃人眼睛。尤是晴好秋日，傍晚时分，西望天边腾腾一片夕阳，冶铜熔金，绛红烟紫，无限光色流泻湖中，水天相映，绚烂至极，也奢华至极。梅溪湖四季好花，春来桃花如海，夏天紫藤垂地，秋时桂香袭人，冬日梅花幽馥。爱花的人，恨不能时时守在湖边，寸步不离。我的陋居朝湖的窗前尚有一奇，湖边往湖心柔柔弯出去两座小山，以一石桥相连，桥上桥下水如圆镜，青山白水若青白二鱼，环抱依偎，仿佛一个太极图。我每日晚间散步，要么上桃花岭，要么走梅溪湖。走梅溪湖，环湖有时觉得太远，散步总要走回头路。心想，湖心有座桥就好，人们爱走大圈也可，只走小圈就跨桥而过。不多久，居然心想事成，湖心真建步行桥了。从我家门口上湖边栈道，一路绿草茵茵，花木扶疏，风荷轻举，清波粼粼。过桥到节庆岛，或略作盘桓，或径自前行，再上北岸往东走，刚好万步归来。

我写《家山》是在咸嘉新村动笔的，先写了三十几万字。家搬到桃花岭下梅溪湖畔，我对原先写的却不满意了。于是，另起炉灶，重新开笔。人物和故事有些是先前写过的，小说的结构和语言却变了。我偶尔写到笔钝，赶紧出门走走。桃花岭上见到的香樟、松树、麻雀、乌鸦，都会到我笔下。岳麓山中，桃花岭上，梅溪湖边，初春的樟树林新叶老叶杂陈团簇，成鸟雏鸟翻飞，正是我在《家山》里写到的样子。《家山》的笔墨具体而微，庄稼树木，五谷六畜，花鸟鱼虫，皆称其名。《家山》里写到的风物，岳麓山、桃花岭、梅溪湖及附近乡村，都能寻到。

2022年12月2日凌晨3点58分，《家山》杀青。我木坐良久，心里一一跟小说中的人物道别，不舍而怅然。我在床上倒了一会儿又起来，曙色渐明。拉开窗帘，桃花岭山间霞光万道，一轮红日正冉冉而升。望着窗外桃花岭，恍如家乡雪峰山飞抵眼前。梅溪湖上起起落落的水鸟，也让我联想到家门口的溆水。我到长沙已二十九年，竟有二十三年逐岳麓山而居。不管长沙再怎么长大，我会永远住在岳麓山桃花岭下。岳麓山，也是我的家山。

《人民日报》
2024年1月10日
第20版

荆芥的味道

刘庆邦

✳ 我并不盼着看荆芥的花朵，我更爱看的是荆芥的绿叶。每看见荆芥的绿叶，都会唤起我的记忆。

初夏的一天，我坐在菜园边的一棵杏树下看菜园。年轻时在我们老家，我曾参与过看瓜、看秋，也看过菜园。不管看什么，我都负有一份保卫的责任，防止夜行人偷生产队的东西。而我现在看菜园呢，变成了欣赏的态度，是休闲，看着玩儿。我看见了，菜园里的不少蔬菜都在开花。黄瓜开黄花，辣椒开白花，茄子开紫花。有一对翅膀上带黑色斑纹的白蝴蝶，翩翩地在各种菜花上面飞舞，像是把每朵花都数一遍。可它们数呀，数呀，老也数不完。越是数不完，它们数得越来劲，乐此不疲的样子。花眼看花，看着看着，我觉得蝴蝶仿佛也变成了两朵花，是会飞的花。

只有荆芥还没开花。

这里是一处建在北京郊区的文化创意园。文创园的建园模式是一园加三园，其他三园分别是花园、果园，还有菜园。花园里的花多是春花，如牡丹、芍药等。它们开时很盛大，也很鲜艳，但花期很快就过去了。果园里的果子多是杏子和桃子等夏果，夏季一过，果子就没有了。唯有菜园里的多种蔬菜，就像其中的两畦韭菜一样，发了一茬又一茬，从初夏到初冬都绿鲜鲜的。

我最喜欢的蔬菜是荆芥，说我对荆芥情有独钟也可以。

有布谷鸟在园区上空飞来飞去，发出催促人们割麦的叫声。在布谷鸟嘹亮的叫声中，我似乎闻到了麦子成熟的毛茸茸的香气。艳阳高照，菜园里已经有些发热。因我坐在杏树下的树荫里，我不仅感觉不到热，小风阵阵吹来，我反而感到清爽、惬意。我还是起身走出凉荫，到种有荆芥的菜畦边，去看阳光下的荆芥。菜园里种有三畦荆芥，荆芥有些稠密，整个看去，不见植株，只见整块的绿，洒水不漏的样子。大概因为荆芥稠密的缘故，所有荆芥都在争相往上生长，以争取更多的阳光和空间，更好地拓展自己的叶片。这是新发的第一茬荆芥，每一个叶片都厚墩墩的、绿莹莹的，在阳光下闪耀着翡翠一样的光彩。荆芥还不到开花的时候，直到初秋，荆芥才会开花。荆芥开出的是一串串白色的、细碎的花朵。我并不盼着看荆芥的花朵，我更爱看的是荆芥的绿叶。每看见荆芥的绿叶，都会唤起我的记忆。也就是说，我看荆芥，也是看自己的记忆。

我的老家在豫东大平原，从我刚会吃饭的时候开始，每年夏天都能吃到荆芥。生荆芥可以用盐调着吃，可以用蒜汁拌黄瓜吃，也可以下到汤面条锅里煮熟吃。荆芥有一种特殊的清香味，那种味道可以用口舌尝出来，但很难说清。好像它的味道生来就是用来尝的，而不是用来说的。如果硬要说的话，它的味道有一点点像薄荷，入口有丝丝凉意。但它的凉却不像薄荷那么明显，那么刺激。荆芥的凉，是一种温和的凉，恰到好处的凉。听母亲说过，蝇子害怕荆芥，从来不敢落在荆芥上。我注意观察了一下，还真是呢，蝇子可以在别的蔬菜上爬来爬去，无所顾忌，可一遇到荆芥，它们便如临大敌似的，赶紧飞走了。这表明荆芥是一种有独特味道的菜，也是一种健康的菜，吃了对身体有好处。

我十九岁那年到煤矿工作，从豫东来到了豫西，从平原来到了山区。在矿区生活了八九年，我不记得自己吃过荆芥，好像一次都没吃过。从豫东到豫西，距离并不是很远，四五百里路而已。可平原上种荆芥，山里人却不种荆芥，也不吃荆芥。每到夏季，我都会想到荆芥，想得几乎口舌生津。然而，好像山里产煤，我们那里不产煤；我们那里种荆芥，山里人不种荆芥，让人一点儿办法都没有。二十七岁那年，我从河南调到了北京，越走越远，就更吃不到荆芥了。

有一年，母亲来北京帮我们看孩子，说家常话时我说到，在北京吃不到荆芥。母亲有心，我随便说一句闲话，老人家就记在了心里，再来北京时，就带来了荆芥的种子。母亲说，她要在北京种一下荆芥试试。我家住在二楼的一间屋，家里一寸土地都没有，母亲在哪里种荆芥呢？母亲的办法，是把一只废弃的搪瓷洗脸盆利用起来，在里面盛进多半盆子土，放在东边的阳台上，在盆子里种荆芥。在母亲的悉心照看下，几天之后，荆芥还真的发了芽，长了叶，很快便嫩绿盈盆。荆芥还是那个荆芥，味道还是那个味道，我终于又吃到了荆芥。

在盆子里种荆芥总是有限的。有一次，我跟老家的朋友说起母亲在盆子里种荆芥的事，那个朋友趁着到北京出差，竟给我带来一大塑料兜子还带着根须和露水的新鲜荆芥，恐怕七八斤都不止。那两三天，我把荆芥的叶子掐下来，又是凉拌，又是烧汤，又是煎荆芥面糊饼，又是用荆芥炒鸡蛋，吃得连三赶四，总算一点儿都没有浪费。

我在菜畦边蹲下身子，掐了一片荆芥的叶子，用手指捻了一下。我一捻，荆芥叶子里的汁液浸出来，就把我的指头肚染绿了。我放在鼻前闻了闻，一股清香的荆芥味扑鼻而来。行了，荆芥可以吃了。我晒得头上出了微汗，又到杏树下的藤椅上坐着去了。我记起来，有一次我到新疆石河子参加一个文学活动，竟在建设兵团招待所的餐厅里吃到了荆芥。我有些惊讶，问服务员：这里怎么有荆芥？服务员告诉我，因为河南人把荆芥种子带到了新疆，所以新疆就有了荆芥，这没什么奇怪的。是的，到北京三十多年后，我在菜市场的一个摊位上也看到了荆芥。看到荆芥，我眼睛一亮说，呀，荆芥！卖菜的中年妇女说：是荆芥，买一把吧？我说一定要买。荆芥用塑料绳扎成一把一把，论把卖，一把三块钱。我听出中年妇女是河南口音，跟她交谈了几句。交谈中得知，她所在的县和我老家的县是邻县，我们是老乡。老乡说，她租住在北京的郊区，荆芥是她自家种的，种得多，吃不完，就拿到菜市场卖一些。她还说，她是以荆芥找老乡，凡是买荆芥的都是老乡，她已经找到了好几个老乡。我跟她说笑话：这样一来，荆芥不是成了老乡接头的暗号吗？老乡笑了，说：不管暗号不暗号吧，反正人不认人，荆芥认人，凡是小时候吃过荆芥的人，一辈子都忘不了。我以后再去菜市场买菜，那卖菜的中年妇女一眼就认出了我，说老乡，有荆芥。

文创园的园主更是我的老乡，我们的老家不仅在一个县，还在一个乡。他所在的村庄房营，和我所在的村庄刘楼，相距不过四五里路。文创园开办以来，他不仅留出一块地作菜园，还特意安排，菜园里一定要种荆芥。别的什么菜种不种他不管，只有荆芥必不可少。如此一来，在整个夏季，我只要到文创园为我设的写作室写作，每天都可以吃到荆芥。这表明荆芥很皮实，生长能力很强，对地域、土地没什么挑剔，在哪里都可以随遇而安、蓬勃生长。

据传，荆芥是从波斯传到我国的，荆芥也叫假苏、姜芥、樟脑草等，在我国的栽培历史已超过了两千年。荆芥最早的记载见于汉代的《神农本草经》。荆芥既是一种风味独特的蔬菜，还是一种中药材。明代李时珍所著《本草纲目》里记载，荆芥有"散风热、清头目、利咽喉、消疮肿"的作用。李时珍的文字可真讲究，您看他所使用的动词，一个都不重复。

身旁"啪嗒"一声，我扭头一看，是一颗成熟的杏子掉落在旁边的草地上。这棵根深叶茂的杏树上，结满了又大又白的杏子，以至硕果累累，压弯了枝头。风很小，树上的杏子不是被风吹落的，是自己掉落的，是真正的"杏熟蒂落"。绿丝毯一样的草地上，落下的大白杏已经不少。草地是暗色，白杏是明色，明暗对比，像是一幅油画。园区里住有一些专事岩彩画的画家，我想他们应该就地取材，把草地上的白杏画下来。成熟的杏子是诱人的，我起身随手捡了几颗刚刚落在草地上的杏子，到浇菜用的水龙头那里冲了冲，就掰开吃起来。成熟的杏子又甜又沙又香，真是好吃极了！

　　吃完杏子，日近中午。我掐了一把荆芥，还摘了两根带有黄花儿的嫩黄瓜，上楼准备和妻子一块儿做午饭。

《人民日报》
2024年1月29日
第20版

花香果香书香

谢冕

※ 决定一个城市的悠久生命力的，不是铺天盖地的高层建筑，也不仅是异常发达的现代科技设施，而更应是它的历史文化。

　　闽江自武夷山麓一路南下，开始是涓涓细流，江流蜿蜒，染绿了夹岸山峦。建溪、沙溪，诸多的碧水清滩汇聚于山城南平，遂成巨流。这一派流水，洋洋洒洒，直奔东海。所到之处，一路花香伴着果香，茉莉、缅桂、柑橘、龙眼、荔枝、杧果，铺天盖地的香气氤氲。花果香一路伴随，这就到了三塔鼎立的省城，但见闽江从城中悠悠流过。群山夹峙中，一泓清流，映照着这里的佛塔和寺庙。从那里传出了佛号弦诵之声。这就是我的家乡福州往日的风景，人称此乃有福之州。有一首古诗唤起了我旧日的记忆：

　　　　路逢十客九衿青，半是同窗旧弟兄。
　　　　最忆市桥灯火静，巷南巷北读书声。

这里说的是除了花香果香之外，由满城的读书声夹带而来的另一种迷人的香气：这就是书香。这首题为《送朱叔赐赴闽中幕府》的诗的作者是南宋的吕祖谦。诗人为我们带来了遥远年代的特殊的文化记忆。记得幼时，我家在城中如今被称为"三坊七巷"的郎官巷。每天夜晚，市集散后，街巷寂静。此时家家亮起灯火，四围响起了琅琅书声。那是童蒙识字的读书之声，其声悠悠，其乐融融，我在其中。

像这样描写福州读书之盛的诗文还有很多。有专讲读书的，表现了福州的风雅："等闲田地多栽竹，是处人家爱读书"（龙昌期）；"天涯何代无逋客，海上千秋有讲坛"（叶向高）。福州人认定，三坊七巷里有大智慧："谁知五柳孤松客，却住三坊七巷间"（陈衍）。

闽省旧称"蛮荒之地"，文化并不发达。晋室东迁，衣冠南渡，带来了中原文化，滋润着这一方土地。在宋代，一代大儒朱熹在八闽大地开坛授徒，极大地传播了儒家文化。有宋一代，蔡襄、曾巩、陆游、辛弃疾这些名家，都在福州留下了足迹和声音。他们是传播和繁荣文明的一代人，他们致力于当地文化的建设。正是他们的到来，为这片大地增添了生机和活力："家有洙泗，户有邹鲁""比屋为儒，俊选如林"。跟随着前人的足迹，这里走出众多学者、作家和诗人。

八闽子弟也真的没有辜负先辈的期望。他们以自己的勤奋和智慧回报。福州后来成了东南的全盛之邦，获"文儒之乡"的美誉。史载，福州文庙保存的历代进士名录中，共有进士四千余名，其中有宋一代占了两千六百多名。在我有限见闻中，近代以来，福州人因好学和勤奋，造就了令世人瞩目的文化业绩：第一位"翻译家"是不懂外文的林纾，他在他人协助下"翻译"了百余部西方名著；第一位用外文写作文学作品的是陈季同，他的法文小说被翻译成英文、德文、丹麦文等多国文字，陈季同在巴黎高等师范学院演讲时，听众中就有罗曼·罗兰，于是他被写进了罗曼·罗兰的日记；再有，第一个翻译赫胥黎《天演论》的是严复，他为中国翻译界提出了至今仍是经典的"信、达、雅"的标准。

　　我本人也是在深巷的书声中告别了童年。童年是如此令人怀念。难忘的是我幼年的记忆。我的家是平常人家，母亲是平常的乡间女子，没有上过学，不识字，甚至没有一个正式的名字。但她十分敬重文化，"敬惜字纸"是她给我们的最初的，也是始终的家训。母亲经常用雷公雷婆要打不敬字纸的人来"警示"我们。她目不识丁，却随时俯身捡拾有字的纸张。母亲一生育有五男一女，家境虽是贫寒，却奇迹般地让所有的子女都读书识字。在福州，知书达礼、目光向着世界是一个传统。因为方言复杂而全民学习普通话，是一般的气象。记得作家张洁对我说过，在福州没有语言的障碍，福建是全国普及普通话的模范。

　　我常想，决定一个城市的悠久生命力的，不是铺天盖地的高层建筑，也不仅是异常发达的现代科技设施，而更应是它的历史文化。一篇《岳阳楼记》使一座城市天下闻名，历史悠久的岳麓书院，因为"惟楚有材，于斯为盛"也是如此。文化的传承是无形的，却是永恒的。幸好福州的三坊七巷给我们保留了这自豪的记忆。

《人民日报》
2024年2月28日
第20版

古朴的钟鼓楼

葛 竞

✳ 北京的中轴线从钟鼓楼出发，胡同里北京的时间由钟鼓楼奏响。

冬日微雪，我又来到故宫。

穿过红墙黄瓦，行走于气势恢宏的昔日皇家庭院，我踏进了奉先殿里的钟表馆。这是一座属于时间的宫殿，各式古董钟表泛着时间积淀下的光泽。钟表设计师的巧思，能工巧匠的手艺，让人惊叹！作为一个土生土长的北京女孩，钟表馆是我从小就喜欢逛的地方。对我来说，这里到处都是时间的故事。

铜镀金象拉战车乐钟通体金色，大象披着镶满宝石的毯子，金盔金甲的士兵体型不大，却个个神采奕奕。到了整点，战车就会鼓乐齐鸣，大象迈步前行，士兵们也有序忙碌起来，击鼓、吹号、舞旗，栩栩如生。

铜人写字钟最让人好奇。一位洋装书生端坐在钟楼里，凝神伏案，在小小的条幅上书写起两排工整的字。他还会跟着笔画的方向摇头晃脑，真是生动极了。

我最喜欢彩绘楼阁祝寿钟。这是清乾隆时期造办处的代表作，古色古香的二层中式小楼，雕梁画栋。二楼站着报时人偶，一楼表盘左右则是两个神话小剧场。左边"海屋添筹"，山峦重叠，海浪起伏，近处那精致到可立于指尖的仙人，正站在云端，让海中升起楼阁；右边"八仙献寿"，山石园林中，苍松翠柏下，八位仙人飘然而至，给老寿星献礼。

这些几百年前制造的钟表，有的来自英国、法国、瑞士，有的是中国宫廷御用工匠的作品。漫步钟表馆，听着嘀嘀嗒嗒的钟表声，眼中是经历岁月打磨的艺术品，我不仅触摸到时间流动的质感，也感到东西方文化艺术的交汇与融合。

钟表馆把记录时间的钟表，变成熔铸文化与历史的艺术品、收藏品，凝结成时间长河中的一抹印记，这与故宫的高大巍峨、古风雅韵相得益彰。我禁不住感叹：北京的时间有着巧夺天工的精美，有着贯通中西的广度，也有纵横历史的恢宏气派。

城市与时间交融的方式不止一种，每一种都会让人动心、动情，难以忘怀。

沿着中轴线向北，走入地安门外大街，那里的人间烟火，会让人感受到北京的时间刻度中的另一种呼吸、另一种脉动。

北京的中轴线从钟鼓楼出发，胡同里北京的时间由钟鼓楼奏响。

这一带现在可是个热闹的地方！各色店铺装点着胡同，透出红红火火的人气。开在胡同里的小店，与开在高楼大厦里的商铺

古朴的钟鼓楼　　　◆━━━━◆※◆━━━━◆※◆━━━━◆　　369

带给人的感觉不一样。它们像是自己邻家的买卖，亲切可爱。铺面不算大，灯光温暖，随意逛逛，和铺里店员闲聊两句，心情也随着轻快。

我喜欢在那些胡同里遛弯儿。灰墙灰瓦大槐树，小店总藏在胡同深处，大都是杂货铺，什么都卖，零食玩具，日用百货，瓷罐的酸奶，橙汁汽水，让嘴巴和心里都甜美起来。在胡同里边走边吃，抬头就能看见古朴的钟鼓楼。

钟楼由淡褐色砖石搭建而成，黑色的屋顶，绿色镶边，肃穆淡雅。其中的大钟，雄浑庄重。铜钟铸于明朝永乐年间，纹样精美，撞击时声音浑厚绵长，"都城内外，十有余里，莫不耸听"。登上钟楼，仰望巨钟，仿佛仍能感受到那个时代的震耳轰鸣；闭眼想象，仿佛还能看到永乐年间繁盛的街景。

鼓楼则是红墙绿瓦，廊檐下满是精致的彩绘。夜色中，鼓楼披上金红色的"灯光扮风"，仿佛深藏繁华市井中的古老宫殿，耳边又响起那清脆响亮的鼓声，明朗璀璨。

钟楼和鼓楼，两座建筑物相守相望，像一对穿越时光之旅的老友，默默记录属于北京的时间，守护着生气勃勃的胡同。

我登上鼓楼，向南望去。左边是鼓楼东大街，小铺子里热腾腾的炒肝儿、档口里泛着金光的冰糖葫芦，这些我童年就爱的小吃一直都在，就是这个味儿！右边是什刹海和银锭桥，湖上的冰场又开了，红绿牌坊掩映之间，人们兴致盎然地在银白色冰面上滑冰、玩冰车，欢声笑语不断。

鼓楼的二层放置一面老鼓。这件传承自古代的旧物鼓面已破、鼓身伤痕累累，记录着它所经历的漫长岁月与曲折故事。在它旁边，还有二十五面新鼓，其中的二十四面代表着二十四个节气，剩余一面主鼓则代表着一整年。

古人对时光的解读实在浪漫，为一年中的节气变化都取了名字。从立春、雨水的万物萌动、草芽初发，到小寒、大寒的天凝地闭、落雪满城，二十四个节气里有时间，有万物，有人生。在鼓楼里，每敲醒一面鼓，就有一段美丽的时节应声而响。"紧十八，慢十八，不紧不慢又十八。"两遍敲下来，总共是一百零八下：一年有二十四个节气，七十二候，再加上十二个月份，刚好一百零八下，一下不落，一段日子也不错过。咚咚锵锵，这是中国人吟诵的一首关于时间的诗。

时辰到了，击鼓表演开始了！穿着白布衫、扎着红腰带的汉子排成一排，按照老规矩敲起鼓来。有节奏的鼓声沿着廊檐传了出去，人们仿佛在这一刻穿越了古今，乘着鼓声游历于时光之上。

鼓楼里还有古代计时器展。这也是一座关于时间的小型博物馆，圭表、日晷、漏刻、时辰香……时间在这里有了声音，有了形状，有了香气。

我也置身于钟鼓楼的往昔时光。一更，夜幕初临，先击鼓，再撞钟，提醒城门关闭，人们回房安寝；五更，晨露初降，钟声与鼓声提醒守卫打开城门，恢复交通。待到天边露白，日光熹微，街面上渐渐有了行人，直至熙熙攘攘，车水马龙。北京这座古城真正醒来了！那时候，在这里生息劳作的百姓们，就靠这暮鼓晨钟记录天光的流逝。

千百年东升西落，云卷云舒，世事沧桑巨变，钟鼓楼巍然挺立，见证着老北京城的悠悠历史。

等到纯白落满人间，一床雪做的被子轻轻柔柔地盖过中轴线，将钟鼓楼和周边的小胡同、四合院融融地团在一起，满目山河，落花风雨。待到雪将化未化的时候，住在这附近的居民便会三五成群地走出来，在钟鼓楼广场晒晒太阳，踢踢毽子，或是牵着心爱的人，走过街边的小店铺，赏街景，聊心事。直至天边夕阳那火红里淌出一点金色，温温柔柔的余晖投在你身上，催促你快些返家。

在北京这样一座快节奏、多元化的国际大都市里，有这样一个地方，能让人悠悠漫步，真是美妙！

每当白日将尽，倦鸟归林之际，仿佛总有穿越百年的钟鼓声在耳畔响起。钟鼓声温润而平和，就像那首歌所唱的："一座城听你召唤，晨起，日作，夜眠，春秋冬与夏，沧海几千年。"

《人民日报》
2024年3月13日
第20版

潘家园淘宝

王祥夫

❋ 一个人从小到大的学校可以有许多所，只要能学到东西的地方，我以为都可以叫作学校。

北京的潘家园，以前叫潘家窑，也不知道它经过了什么样的周折与变化，现在成了一个人气旺炽的所在。有一个词叫作"地摊文化"，我以为这个词潘家园当得起，那里的地摊儿真是到处可见。周末去潘家园，涌动的人流会把你一下子卷进去。不单是古玩，潘家园几乎是什么好玩儿的都有，整个潘家园被包裹在浓浓的文化气息之中。以前去潘家园除了淘自己喜欢的小古董，还可以买蝈蝈、金铃、油葫芦和大鹦鹉，后来卖虫卖鸟的都搬去了十里河花鸟市场，但实际上隔得也不远。

我总觉着，潘家园对我而言是一所学校，我在那里学到了不少在课本里根本就学不到的东西。其实，一个人从小到大的学校可以有许多所，只要能学到东西的地方，我以为都可以叫作学校。那时候，几乎是每个周末，我都会一大早就赶过去。到了潘家园也没干别的，就是看，不停地看，用北京话说，就是"练眼"。那时候，冯其庸先生是潘家园的常客。有一次我在冯先生家里看到了两块长方形的汉代琴状古砖，真是让人喜欢极了，放在茶台上，大小正合适，可真好。但他不舍得匀给我一块，就对我说："走，我带你去潘家园找那个摊儿，估计还有。"那时候，冯先生住通州张家湾，说走就走，我们便马上坐了车去。到了潘家园，冯先生穿着简便干净的中山装，在前边走，我戴着小黑眼镜，在后边紧紧跟着，不一会儿就吸引了不少人的目光，要我们照顾他们的生意。那一次，我买了一对五十多厘米高的铁狮子。明知那是新的，但仿得实在是太好，我便买来送给冯先生。冯先生把它们放在院子里的屋门口，真是好看极了。

"还在这里。"我每次去了都会拍拍铁狮子的头说。

"当然还在这里。"冯先生也说。

冯先生的院子里，蜡梅正盛开着。

"你去看看蜡梅。"冯先生对我说。那蜡梅种在院子的东北角，黄灿灿的，闻着很香。

进客厅的过道上，两盆梅花一红一白，也正在开着。

冯先生是一个热爱生活的人。他写字画画儿写文章的那张案子可真大。案子背后的书架上，一半是书，一半是从潘家园淘来的各种古物，整个书架上满满当当。

潘家园的真东西不少，但假东西也很多，真真假假，就看你的眼力怎么样。地摊上的瓷器、玉器、青铜杂项多到让人根本看不过来。逛潘家园，我特别喜欢到那些冷摊上去看。冷摊大多是临时摆的摊儿，往往会有意想不到的好东西出现。我在冷摊上淘到的两只萨珊王朝的大银碗和天蓝色带柄琉璃杯，就是极为少见的西域古物，后来捐给了博物馆。还有一件波斯银魁斗，那件魁斗原来只是波斯的一只小银碗，下边没有圈足，碗里有缠绕的植物纹。可能是当年不符合中国人的使用习惯，所以工匠又给它加了一个鸟首形鎏金手柄。一加上这个手柄，这件器皿就很难保持平衡了，放在那里总是朝着一边倾斜。这个从潘家园淘到的宝物现在在大同市博物馆。

到潘家园，最有意思的还是淘旧书和老唱片。潘家园的旧书都在最南边那块地方，后来又搬到了靠北边的棚子下边。有一次在旧书摊上看到了杨朔先生的一本手稿，一指厚的那么一大本钢笔写的手稿，当时要价六千元。我翻来翻去，最后还是没舍得买。记得那是写抗美援朝的一篇报告文学手稿，上边有许多涂涂改改的地方，现在想想有些后悔，那毕竟是杨朔先生的手稿啊。在潘家园的地摊上还看到过冰心先生不知写给谁的信，小字写得真是好。

那几年，能大量看到或买到老唱片的地方好像只有潘家园，百代公司的唱片也只要一百多块钱。我买到过一张谭鑫培的《洪羊洞》唱片，但音质受损，找到一部老唱机播放，仍是失真的。现在老唱片少了，主要就是听老唱片得要老唱机，现在想要找到好一点的老唱机很不容易。

潘家园是个好地方，我曾经在那里买到不少很珍贵的旧书，其中有上海开明书店的石印本。还有不少作家题字、赠送的书，也偶有放在摊子上卖的，比如浩然先生签名送某某的《艳阳天》，玛拉沁夫签名送人的《在茫茫的草原上》，等等。我每每看到这样的书，心里就有点难过。我后来不随便赠送别人书，也许就与在潘家园买旧书的经历有关。你送他书，签了名，结果被他拿去卖废品，这真让人心里不好受。

去潘家园淘旧书是一大乐趣，戴着口罩翻来翻去，潘家园好像什么都有，几乎什么都会翻出来。有一次翻一大堆旧书画，忽然翻出来一件叠得好好的整张《石门铭》，是清末原拓。当时我心里好一阵乱跳，想把它打开看看，但拓片太大，没地方可以把它打开。回到家，我的客厅不算小，但要完全打开还是地方不够。我知道这是捡了个不小的漏。这件《石门铭》清末原拓，后来我送给了写书法的朋友。

我住在光明桥的那几年，每到周末就会早早起床。先步行去吃早点，买几个荠菜包子，再要一碗武圣羊汤。吃完再往南去，等到了潘家园，那里早已是人挤人。

我始终认为逛潘家园是一种学习，而且可能是比正经上学更为宝贵的学习。逛潘家园的要诀永远是多看少买。不仅是多看，而且最好要把东西拿起来上上手，感觉一下手里那件东西的皮壳和气韵，用民间的说法这就是"养眼"。其实真正的买家去了潘家园也主要是看。因为潘家园的东西实在是太多，不可能一到地方就一个摊儿一个摊儿蹲下来看，所以我个人的习惯是，先顺着摊儿走。好像是什么也没看，但两边的摊儿都在眼里，一边走一边就记下了什么摊儿上有什么东西大约是可以的，一边走一边在心里就想好了，然后再在摊儿上蹲下来细细看货。在我国，不少城市都有天还没亮就开始的古董摊儿，但像北京潘家园这么大规模的古玩市场，别处好像很少见。

年前吧，去潘家园买我习惯使用的马毛笔，想不到竟看到了卖蜡梅和梅花的，真是让人高兴。年都已经过完了，但我买的蜡梅还开了好一段时间。

多少年了，去潘家园逛地摊儿像是一项自己给自己安排的工作，像是不去不行，像是有瘾。去了，往往一逛就是一整天。到了中午，若是出西门，会到对面的烤鸭店去吃烤鸭；若出北门，找一碗炒肝儿或卤煮火烧。吃完饭，希望再去转一圈，希望潘家园里有新的物件出现，希望可以捡到大漏。最高兴的事，就是和朋友一边吃饭一边把从摊儿上淘来的东西掏出来让大家看。那一次，记得看到一位朋友淘到的一枚古代的白玉蝉，可真好。

北京的潘家园真是一个令人着迷的地方。你时时希望有东西在那里等着你，你时时希望有东西在那里等着你让你开眼。潘家园是我的学校，里边有学不完的东西。

《人民日报》
2024年3月18日
第20版

雄浑的乌江

欧阳黔森

❋ 这风这雨，千万年的酸蚀和侵染，剥落出它的瘦骨嶙峋；这天这地，亿万年的隆起与沉陷，构筑了它的万峰成林。

乌江是一条湛蓝色的大河。

它从磅礴的乌蒙山脉海拔 2000 多米的高山之巅一泻千里，至重庆涪陵汇入长江。2000 多米的落差，造就了乌江的雄浑之气。

乌江是长江上游南岸最大的支流，有南、北两源，均发源于乌蒙山脉。南源三岔河发源于贵州威宁彝族回族苗族自治县，为乌江主源，北源六冲河发源于赫章县。两源在黔西市化屋村汇合后，开始称为乌江。化屋村至思南县段，为乌江中游，思南县以下，为乌江下游。乌江全长 1037 公里，总流域面积约 8.79 万平方公里。

乌蒙磅礴，乌江天堑，是对这片神奇土地最言简意赅的表达。于我而言，对这样的言简意赅，最为感同身受。30 岁以前，我是一名地质队员，徒步乌江流域，惊叹于大自然的鬼斧神工。在这样的惊叹中，我逐渐形成一个习惯，就是我一看见山，就想翻越，就想登顶。于我而言，没有比一览众山小更愉悦的了。这样的愉悦，美妙无比，却又不可言传。而这样的感受，从骨子里，又分明地让我想与人分享。于是，我成了一名作家。

成为一名专业作家的近30年里，一个地质队员的初心，仍然让我乐此不疲地行走在乌江流域。贵州有125万多座山峰，就是"万峰成林"这样的词，在这样的数据面前，也显得有些底气不足。

如果说，作为一名地质队员，跋涉在这块土地上让我惊叹；那么，作为一名作家，我绞尽脑汁也想不出能真实反映心情的词语。是的，没有最好的词语，只有用惊叹的近义词——震撼！好在惊叹和震撼，还是有区别的。惊叹，在脸上；震撼，在心上。

在乌江穿过的连绵不断的群山里，一抬头，看见的是14亿年前的山巅，落脚的每一步，都好像跨越了几万年。在那样的一瞬间，你会有什么感受？只能是感觉到自己的渺小，由此产生对大自然由衷的敬畏。

我当然记得，30多年前，我站在山之巅的表情，眼里满是惊叹。这样的惊叹让人直想嘹亮地大声歌唱。

我当然也记得，作为一名作家，这片土地给我的震撼。这样的震撼，不仅写在我的脸上，而且深深地烙在了我的心上，在我的胸中激荡起了滔天的巨浪。

"地无三尺平，人无三分银"是这一块土地千百年来的真实写照。李白来到夜郎，曾写下"夜郎万里道，西上令人老""去国愁夜郎，投身窜荒谷"。王阳明来到龙场驿，曾感叹"连峰际天兮，飞鸟不通。游子怀乡兮，莫知西东"。

距今约14亿年的远古时期，这里是一片汪洋大海。到了距今约3600万年至5300万年的第三纪始新世时期，发生了喜马拉雅造山运动。在青藏高原不断隆升的影响下，这一块土地逐渐隆起，构筑起了乌蒙山脉、武陵山脉、大娄山脉的千山万壑。

这风这雨，千万年的酸蚀和侵染，剥落出它的瘦骨嶙峋；这天这地，亿万年的隆起与沉陷，构筑了它的万峰成林。这是我行走乌江流域时的最初印象。

我们可以想象，在亿万年的沉积中，松散的沉积物在压力作用下，逐渐变成坚硬的岩石。这些岩石当中，有震旦纪、寒武纪、奥陶纪、三叠纪、侏罗纪等等地层，时长8亿年至8000万年以上。可这样比拟，喜马拉雅造山运动，像一只巨大的手，搅动着这些沉积岩层，原本在下面的，翻上来了，原本在上面的，覆盖下去了。这就造成了在一块不大的土地上，前脚刚刚离开五亿年前三叶虫刚开始活跃的寒武纪地层，后脚就踏上8000万年前侏罗纪恐龙活跃时期的地层。这样的奇观，地质队员最能深切感受到其中的端倪。

我穿越过罗布泊，横跨过塔克拉玛干，在喜马拉雅山脉、昆仑山脉、天山山脉、祁连山脉、阿尔金山脉、横断山脉等都曾留下过足迹；我俯瞰过壮观的黄河壶口瀑布，仰望过雄奇的长江三峡，在金沙江的虎跳峡领略过水的狂欢，在怒江的大拐弯感受过一江春水的奔腾……大自然的鬼斧神工，给予我无数的惊叹和震撼。但是，于惊叹和震撼而言，我体验最为深刻的，还是家乡的乌蒙山脉、武陵山脉，以及山脉中最大的河流——乌江。

在乌江之源，我惊喜地看到晶莹剔透的五眼清泉，从岩层狭缝里淙淙涌出。不难想象正是这无数的涓涓细流，变成了小溪，汇集成了小河。它一路奔流，时而潜伏在地下，时而冒出地面，最终变成一条蔚为壮观的大江，在跌宕起伏的山间飞流直下，一泻千里。在以往的印象里，乌江是蛮荒的，乌江岸边的文明是滞后的，可是六冲河沿岸的可乐考古遗址公园，改变了我的这一印象。

可乐，古籍称为"柯洛俣姆"，曾经是夜郎古国鼎盛时期的大都市，在古时与成都、重庆、昆明等齐名。不知道为什么，只有可乐大城淹没在了历史的岁月里。

白云苍狗、白驹过隙，乌江沉寂在这"失落的文明"里，几千年以来，只有零星的记载和历史的片段。可以说，它远离政治文化中心，也与重大历史进程失之交臂。一直到1935年1月1日，乌江边一个叫猴场的地方，迎来了"伟大转折的前夜"。猴场会议后，红军强渡乌江天堑，攻取了遵义城。

当我站在红军强渡乌江的河段时，已不见当年的急流险滩，只见高峡出平湖的景象。原来是乌江上的一个超级工程构皮滩水电站，改变了这一段"水急滩连滩、十船九打烂"的旧模样。

这个工程一举创造了六个世界纪录。通过一系列工程，经过构皮滩水电站的船体在"电梯"中被抬高230多米，然后进入构皮滩水库。这种奇观被人们形象地称为"船在天上行"。从此乌江的水运通江达海，创造了新时代的人间奇迹。

乌江的生态系统也曾遭到破坏，一度变成了"污江"。党的十八大以来，贵州以前所未有的力度抓生态文明建设，"铁腕治污"，推进乌江流域生态修复，乌江迎来了涅槃重生。

我走进化屋村这个悬崖下的村庄时，这里已经成为远近闻名的生态美、百姓富的美丽乡村。站在化屋村，我看见一座大桥像飞虹一样连接起乌江大峡谷的两岸。眼前青山如黛、江水碧蓝，船在江上走，车在天上行，仿佛置身天上人间。

我深切体会到了天堑变通途的奇迹。在这片"万重山""千条水"的土地上，一座座桥梁，一条条隧道，联通了昨天、今天和明天。峡谷不再限制我们的想象，我们可以站在高处看世界。如今的夜郎故地，已成为现代桥梁的展厅。截至2023年底，贵州架起了3万余座桥梁，大小桥梁连起来超过5000公里，创造了数十个"世界第一"，赢得了"世界桥梁看中国、中国桥梁看贵州"的美誉。造型各异的桥梁，已成为这块神奇的土地与世界对话的一张亮丽名片。

以往瘦骨嶙峋的贵州、"人无三分银"的贵州彻底撕掉了千百年来贫困的标签；万峰成林的贵州、"地无三尺平"的贵州告别了出门"万重山"、回家"千条水"的历史，谱写着新的精彩篇章。

乌江，这条湛蓝色的大河，美丽而富饶！

《人民日报》
2024年4月10日
第20版